小舅舅
My Dear...
AUTHOR
徐行
ILLUSTRATOR
九日曦

十七歲那年的夏天如此燠熱，令溫慎行口乾舌燥得難耐。

他久病不已的母親終於得到解脫，不過他離成年還差最後十個月。法院最後把他判給了素未謀面、只大他六歲，且沒有血緣關係，甚至還是個聾人的小舅舅……

溫慎行動筆在紙上寫：你的名字怎麼比？

你不用知道沒關係，知道怎麼比這個就好。顧錦言接過筆寫完這句話，而後指尖比劃著說：「你要叫我小舅舅。」

第一章

溫愼行十七歲那年的夏天似乎燠熱異常，即使那時才剛進六月。他把這罪怪到了發燒頭上，儘管嚴格說來是在初夏還能感冒的他不好。

但誰忍心怪他呢？他媽媽兩個星期前才剛剛過世，發個燒算什麼，哭到眼睛瞎了都不過分——他是單親家庭的小孩，和媽媽相依爲命長大。

他是做著惡夢醒來的。雖然他一點也不記得夢境的內容，那令人不快的鬱悶感倒是追到了現實來。

溫愼行小時候常做惡夢，也常常被嚇得哭著醒來。每一個掛著兩行眼淚嚇醒的夜晚，他睜眼後往往都找不到媽媽，於是他慢慢學會不哭，因爲哭泣也得不到安慰。

或許是長大了，惡夢再也嚇不著他，抑或是他早習慣不掉眼淚，他臉上找不到一絲淚痕，說是發燒出的滿身惡汗把他逼醒的還差不多。

這是溫愼行第三次從這張床上醒來，依然看不習慣這天花板。他坐起身來，窗外是中庭的花園，房間裡只有最基本的家具，少少幾樣個人用品胡亂擱在床尾的書桌上——那是他微不足道的努力成果，在這始終不會屬於他的地方留下一點他生活過的痕跡。

溫愼行抓著衣襬搧了搧風，讓汗濕的後背透透氣，然後推門離開房間。

外頭採光明亮的客廳沙發上坐著個削瘦的男人，穿著黑色的套頭毛衣和灰色的棉褲，端著杯咖啡、捧著本書。他有著一頭捲髮，每天早上都會被他順著髮流整齊地梳到一邊，露出大半個蒼白的額頭，更顯得那張少有表情的臉清清冷冷。

灰白色調的客廳和灰黑色調的他，彷彿這空間裡唯二的熱度就是他手上的熱咖啡和從窗裡灑進來的陽光。

溫愼行在原地佇了好一會兒，直到他輕輕踩了兩下白樺色的地板，男人才抬頭看他。兩人視線對上的那一刻，溫愼行邁開步伐走過去，男人也在同一時間伸手拿起咖啡桌上的筆記本和鉛筆。

溫愼行在另一張沙發上坐下時，男人將桌上寫了一行字的筆記本推了過來，上頭潦草而瀟灑的筆跡寫著：還發燒嗎？

溫愼行讀完，看向男人搖了搖頭。

男人沒說什麼，放下筆記本用手指敲了敲手裡的咖啡杯，看著溫愼行抬了下眉——這是在問他要不要喝咖啡。

本來溫愼行是不喝咖啡的，覺得給已經足夠苦悶的生活雪上加霜根本是自討苦吃，可是他錯過了三天前，第一杯咖啡被放在眼前時說不的機會，只好點了下頭。

男人起身走到廚房，溫愼行便伸手拿過前天他剛開始發燒、男人從櫃子裡拿出來後就一直擱在桌上的醫藥箱，拿出裡頭的耳溫槍，從紙盒裡取了個新耳套，套上後伸進耳朵裡按下按鍵。不一會兒後指尖傳來輕輕的震動，他把耳溫槍從耳邊拿開後看了眼螢幕：三十六點八度。

溫愼行把耳套拆下，丟進咖啡桌邊的小垃圾桶裡，再次伸手去搆桌上的紙筆，和耳溫槍一道拿著走往廚房。

廚房裡的咖啡香比他在客廳聞到的還要濃郁，男人站在流理臺邊，拿著細口壺往杯裡濾網上的研磨咖啡注水。這回溫愼行不必跺腳，男人發現有人擋住從客廳那扇落地窗照進來的光，便順著抬起頭，看了眼溫愼行再看向他遞上來的耳溫槍螢幕。

男人放下水壺，用手指點點耳溫槍的槍尖，又像方才一樣抬了抬眉。

溫愼行知道他在問什麼，於是把紙筆和耳溫槍都擱在流理臺上，轉身指指客廳後用雙手比了個圓柱，接著左手維持著形狀，右手朝其中做了個空扔的動作。

他知道這個男人有點小潔癖。三天前他剛搬來，行李都還沒搬上玄關，手就先被噴了消毒酒精，人則被叫到客廳。男人塞給他一本筆記本，翻開的第一頁上簡潔扼要地寫著十來條規矩，那行雲流水的鉛筆字跡絲毫沒辦法掩飾它主人的一板一眼。

溫愼行很快就學乖了，在屋裡一定要穿拖鞋、進屋後與吃飯前一定要先洗手、要洗的衣服一定要立刻扔進洗衣籃，深色和淺色還要分開、烘乾完的衣服一定要立刻摺好收進衣櫃……太多太多了。最初幾條還能說是生活習慣格外整潔，最後卻慢慢遞進成入門潔癖等級。

他不禁感嘆這男人必定深諳談判技巧，由淺入深地令人不得不接受他開出的條件。

溫慎行不是沒生過病，也不是沒用過耳溫槍，卻是第一次遇到眞的把耳套當作一次性消耗品在使用的人，雖說這才是耳套原本的用意——保持衛生。

確認過溫慎行好好地用了耳套，用完也乖乖地丟棄使用過的器材，男人這才滿意地點了點頭。

溫慎行在進廚房前確認過客廳牆上的時鐘：上午十一點四十八分。

他從前天傍晚開始發燒後就一直睡睡醒醒，上次吃東西是昨天傍晚的事。他正想伸手去拿筆，男人卻在這時把泡好的咖啡遞到他眼前，還順手先把筆拿走。

溫慎行接過咖啡，看著男人持筆的左手在筆記本上沙沙寫起字來，對方的手指細長，皮膚白皙，又因爲瘦而顯得骨節分明，看起來就像石膏像的手。

男人再一次把筆記本轉個方向遞到溫慎行眼前，上頭的字跡寫道：冰箱裡有你昨天吃剩的粥，吃不飽的話還有我昨晚吃的羅宋湯和麵包。用微波爐記得用保鮮蓋。

怪不得他昨晚半夢半醒間聞到了牛肉和蔬菜燉煮的香味。可惜他燒昏頭了，否則他會爬出被窩，看看能不能分到一碗新鮮的俄式羅宋湯。

見溫慎行點頭，男人便轉身離開廚房，到客廳取方才的咖啡杯，回到廚房在水槽邊清洗。他不是會讓髒碗盤在水槽裡堆積起來的人，哪怕是一個杯子或一根湯匙，都會在用畢後立刻清洗——他是真的在落實筆記本上的規則。

溫慎行肅然起敬的同時，也在心裡感嘆自己或許也會在接下來的九個月裡，不知不覺被逼成半個強迫症。

在他慢慢啜飲那杯手沖咖啡的功夫裡，男人已經回到臥室換了套衣服，出來時背著黑色的帆布背包和防水畫袋，頭也不回地走向玄關。

溫慎行站在廚房，豎著耳朵聽外頭的動靜。

他聽見男人換了鞋、拿過鑰匙，直到大門關上，才緩緩探出廚房，看了一眼玄關的方向，接著又扭頭檢視冰箱上那塊三天前還不存在的小白板，與筆記本上相同的字跡在上頭寫著今天的日期，還有一串文字：13:00—16:00學校授課。

溫慎行的腦袋前三天都燒得不省人事，這才想起剛來那天，男人說過他在學校教美術，每週一、三、五下午不會在家。

大病初癒的身體還是容易發冷，儘管客廳的空調溫度固定在舒適的二十六度，溫慎行還是決定端著咖啡走回房間。

由於先前睡了很久，他感覺精神了些，於是打算再整理點行李，至少整理出書桌的空間再去吃午餐。把咖啡杯放到桌上，他稍稍環視了下房間和帶來的三個大紙箱，裡頭裝著他所有的家當。

方才在冰箱那塊小白板上看見今天的日期時他才想起來，今天是他和他媽媽原本租屋處的租約到期日……幸好東西都已經搬來了。

他的房間不大，一角是房門，有一面牆是嵌入式衣櫃，門的對角處角落擺了一張黑色金屬床架的單人床，正好和衣櫃門平行，剩下兩個角落分別擺了一張書桌和兩個書櫃。

溫慎行想了想，打算先從塞進書櫃就算整理完畢的書開始。他彎腰把上頭寫著「書」的紙箱推到書櫃前，抬頭時正好看見唯一堆著幾本書的那層書架——書架被擦得很乾淨，而那幾本厚重的書上更是一點灰塵都沒落。

男人的潔癖連這種小地方也沒放過，溫慎行倒是不太意外，又或許那是他時常翻閱的書。那些書的書背上寫著《西洋美術史》、《圖解美術解剖學》等等，還有好幾本英文書，從書名能看出全是美術相關的書籍。

溫慎行順手拉開衣櫃門，裡頭還堆著幾個木頭畫架和水彩箱。

男人在他搬來以前是一個人住，選了最大的房間當臥室，次大的客臥當成畫室，這間小臥房則是儲藏間。他這幾天正在把小臥室裡的東西一點一點搬到畫室去，這幾本書和畫架、水彩箱大概很快也會被挪走。

溫慎行默默關上衣櫃，開始把他的參考書一本本從紙箱裡拿出來，塞進空著的書櫃。

等到紙箱清空，溫慎行還記得男人給他的生活守則第十一條：不准把回收垃圾堆在陽臺以外的地方。就算這是他房間，關起門來男人就不會知道，他還是乖乖地拿起紙箱去陽臺，一一割開膠帶、攤平後放在回收桶旁，最後回到水槽邊洗了個手——他正努力把那十幾條生活守則內化成生活習慣——打開冰箱拿出裝著粥的鍋子，盛了一碗後蓋上保鮮蓋，放進微波爐裡按下啓動鈕。

這是溫慎行第一次一個人在這個家吃飯，上飯桌時有種神奇的違和感與心虛，總感覺男人列出的每一條生活守則都像是一顆地雷，不小心踩上去就會引爆一切。餐桌大概是地雷埋得最密集之處，他很難在缺少掃雷手的情況下全身而退。

溫慎行不太自在地坐在桌邊，一口口吃著溫熱的香菇雞湯粥，環視著或許永遠不會熟悉起來的地方。這粥他昨晚吃過，可那時他腦子燒糊塗了，沒發現其實很好吃，哪怕現在重新加熱過了也一樣，簡單的調味保留食材本身的風味，飄散柔軟而溫熱的香氣，和煮出這鍋粥的人給他的印象完全相反。

溫慎行知道男人一定不是個壞人，他讓變成孤兒、無家可歸的自己搬來同住，給剛來第一天晚上就開始發燒的他敷毛巾、煮粥，還有那稱不上體貼，甚至有點冷淡，卻眞眞切切代表關心的字跡與咖啡——他其實還挺溫柔的，只要溫慎行別去踩他埋著並給過警告的地雷。

可是那不代表溫慎行會把這裡當成自己的家。餐桌斜對面的位置上靜靜地躺著一封文件，帶著令人厭惡的存在感突兀地闖進溫慎行的視野。雖然他本就不打算把這裡當成家，自然也不需要那文件來提醒他，這裡永遠都不會是他的家——

小舅舅

未成年人溫慎行（十七歲）於五月十六日喪母。有鑒於溫慎行距成年尚有將近十月，根據民法親屬篇規定，依照親屬順位選定其母顧錦心的胞弟顧錦言為其監護人，直到隔年三月十九日，溫慎行正式年滿十八歲。

溫慎行第一次見到顧錦言本人是在法庭的監護人選定判決庭審上，而名字則是他在母親剛走不過兩天就聽過了。

負責他的社工師說，戶政事務所查過之後發現他母親還有個弟弟，人在海外，但已經聯絡上了。對方聽說了他的情況，表示願意為此回國一趟。

溫慎行不是沒在學校學過法律知識，只是從來沒想過課本上的《民法》法條有天會適用於他。他從沒見過生父，也沒有祖父母和兄姊，所以他的監護權依《民法》規定的順位往下掉，最後落到法律上算來的二等親、他母親的弟弟身上。

本以為已經天涯孤獨的溫慎行，就這樣突然多出了個舅舅。

社工師說他的舅舅叫作顧錦言，看顧的顧，錦繡的錦，言語的言，他還說他們兩人的名字合起來剛好是「謹言慎行」，還眞巧。

溫慎行不確定社工師是不是想開點小玩笑讓他心情輕鬆點，只知道顧錦言出現後，一切事情似乎都簡單得多了。顧錦言不只一次付清了他們欠醫院的醫療費，還幫忙把他母親的後事也辦了。

處理這些事情的時候，顧錦言並沒有出現，告別式也只送來一對花籃致意，可是除了那之外的事他全都做了。他堅持讓溫慎行來爲母親的後事做決定，所有和錢有關的、需要大人簽字的，他都會負責，讓溫慎行只管做他想做的。

溫慎行沒有讓母親走得多風光，畢竟那是一筆不小的花費，而他從來都和奢侈二字無緣，不過他依舊照著社工師和師父們的建議，以最基本的方式送母親最後一程。

細細想來，他母親能走得簡單卻不失體面一定有顧錦言的功勞，否則喪葬補助不知得等上多久。

當時他只知其名卻不知其人的人共有三位，分別是他的生父、外祖父與舅舅。以一個只有名字的人來說，他對顧錦言的印象不算太壞……直到他在法庭親眼見到顧錦言。

溫慎行對顧錦言本人的第一印象可以用三個形容詞概括：冷酷、撲克臉、不近人情。

那天顧錦言是一個人來，穿著一身黑西裝，在經過溫慎行和負責他的社工師身邊時輕輕點了個頭，便頭也不回地往另一邊的座椅走去。要不是社工師告訴他，他甚至不知道這個如此年輕、看上去只不過大他幾歲的男人竟然就是他舅舅。

只消那冷冰冰的一個眼神，溫慎行立刻想起從年幼時便深信不疑的事——人終究是孤獨的。

他不是沒想過自己爲什麼沒有父親、祖父母或其他親戚，只有母親一個家人。在她過世後才浮出水面的一些眞相坐實了他的猜測，包括這個在母親還活著時彷彿不存在、他成了孤兒後才從天上掉下來的舅舅。

父親在他出生前就不要他，母親爲了他不分日夜地工作，落得過勞、營養不良，最後染上肺炎病死的下場。他知道自己就是顆燙手山芋，顧錦言則是伸手接下的倒霉鬼。

溫愼行曾經想過生父會不會出現，然而那人從來沒有出現在他的人生裡，遑論監護人判決法庭上。最終爲他的監護權提出聲請的，就只有收到聯絡後回國的顧錦言。

開庭並不是因爲有人搶著做溫愼行的監護人，只是要裁判顧錦言夠不夠格，否則他的監護權會判給地方社會福利主管機關。

那樣其實也不差，反正只剩不到一年了。溫愼行在心裡默默地想，看向顧錦言的眼裡卻悄悄地帶上一點期望。這個人在接到聯絡後特地從海外回來，趕在庭審之前親自提出監護權聲請，爲什麼要做到這種地步呢？

有著這樣的身世和處境，溫愼行很早就學會了處變不驚，或者說是變得麻木更貼切。他可是早在小學時就從老師那裡得到「過分早熟」的評價。

五年前他母親第一次因爲肺炎住院，溫愼行就知道她沒法再陪他太久。

他知道人終究是孤獨的，也明白所有故事的結局其實都有伏筆可循。母親苦撐十七年，終究還是走了；如果顧錦言事到如今才出現，他是不是也會走得像來時一樣唐突，在溫愼行年滿十八歲後又離開他的人生？

溫愼行直直望著顧錦言坐在前頭的背影，直到另一個約莫三四十歲的女人走進來，和他身旁的社工師打招呼。

他當下滿頭問號。他讀過開庭通知書，知道出席者理應只有顧錦言，這個女人又是誰？就在他滿腦子胡思亂想時，女人已經和社工師聊得熱絡。

等到她們叫了溫愼行的名字，社工師介紹了她，他才知道對方是手語翻譯員。因爲顧錦言是聾人，在這種正式場合需要翻譯員一同出庭。

他不說話是因爲他是聾人。這番解釋阻止了溫愼行激烈的腦內活動，反而將他的注意力拉到別的事情上。

翻譯員在對話結束後就去找顧錦言，只見他們舉著手，嘴巴偶爾開合卻沒發出聲音，偶爾擠擠眉、弄弄眼，雙手十指的動作快得他都看不清，有時在胸前交疊，有時又碰碰肩、點點手臂。

這輩子沒見過聾人的溫愼行當然不可能看得懂手語。他唯一懂的只有一件事——他們和世界上所有正在交談的兩個人沒有什麼不同，只是他們使用的語言沒有聲音。

當顧錦言比了什麼手勢，翻譯員臉上會有表情起伏，接著打起更多手勢；顧錦言看了以後會笑，用手勢繼續對話，可以說是相談甚歡。

溫慎行看出神了，不只爲他們舞動的雙手，還爲會笑的顧錦言——眼神那麼冰冷的人居然會笑，還笑得那張冰塊臉彷彿在一瞬間融化了。

或許顧錦言只是爲了社交，畢竟對方特別來幫助自己，不得不做做樣子，然而溫慎行總覺得他在顧錦言眼底看見了一點眞心。「皮笑肉不笑」這句話說明了臉上的假笑很好堆出來，可是眼睛很難騙人。

不知怎的，比起即將成爲自己監護人的舅舅是個聾人這件事，溫慎行滿腦子裡只剩下他笑起來的樣子，好像他更在乎顧錦言會笑的這個事實。

庭審大約四十五分鐘就結束了，顧錦言毫無懸念地成爲溫慎行的監護人。儘管他只有二十三歲，還是領有身心障礙手冊的重度聽力障礙人士，但出於聲請人的職業、品行、態度、意願、經濟能力與生活狀況考量，以及受監護人的年齡、性別、處境與人格發展需要，判斷顧錦言適任。

溫慎行對這個結果並不感到意外。畢竟對半大不大、離成年距離只有短短不到一年的溫慎行來說，只要有人供得起他的食衣住行就夠了。他和顧錦言素不相識，說白了就是陌生人，他們之間的家人關係多半也會在他成年那時煙消雲散，即使沒散大概也會變得有名無實。

庭審結束後，他在原地多坐了一會兒，視線恰好和前方剛從座位上起身、回頭望過來的顧錦言對上。

顧錦言默默地向他點了個頭，溫慎行也默默坐直回了禮，而後顧錦言就轉身默默離開法庭。

溫慎行先後認識了顧錦言的名字和他的人。不管是在紙上還是在溫慎行面前，顧錦言都是安靜無聲的。

所謂的寂靜無聲其實一點都不安靜，反而震耳欲聾。

退燒的溫慎行吃完飯，把剩下的行李都整理完畢，紙箱也照著顧錦言的要求收拾妥善，便躺上床，望著天花板開始出神，直到聽見玄關的開門聲。他抬頭望了眼時鐘，已經快要五點了。

他知道是顧錦言回來了，不過他並未翻身下床，只躺在床上豎著耳朵，聆聽房門外的動靜。

溫慎行不是沒有一個人待在家過，不如說他至今的大半時光都是獨自度過，家裡有人還更奇怪。以前他通常都是在準備入睡時才聽見母親回家的開門聲，或是在出門上學時聽見她剛進入熟睡的微微鼾聲。

顧錦言不必開口，僅僅是他從容沉穩的腳步聲、杯盤放上桌面的清脆碰撞聲，還有從廚房大老遠飄進溫慎行房門的咖啡香，都在在說著他就在家裡。

溫慎行以為自己早就清楚和人一起生活是什麼感覺，然而此刻心裡的訝異與踏實感卻新奇得很——顧錦言的安靜反而讓溫慎行能夠清清楚楚地聽見他。

當顧錦言令人安心的腳步聲逐漸靠近，溫慎行才匆匆回神並從床上跳起來。顧錦言剛好在他雙腳落地那一刻敲響他的房門，於是他站在原地緩了下，好讓自己開門的動作看起來不那麼倉促慌亂。

門外的顧錦言已經換回一身居家服，溫慎行知道他到家後先去沖了澡，就在他臥房裡的浴室。顧錦言的臥室和他的房間很近，兩扇房門夾了個直角，所以他基本上能聽見顧錦言的所有動靜，儘管他無意刺探對方隱私。

顧錦言身上還帶著一點淋浴後的熱氣，遞來的筆記本紙張彷彿也沾染上溫度，溫慎行接過時覺得指尖都是熱的。

顧錦言的筆跡算不上工整，瀟灑得令人難以想像筆跡的主人龜毛得能列出十來條用「不准」或是「不要」開頭的、和他住在一起需要遵守的生活事項。

溫慎行不禁擔心起自己吃完午飯後，洗好擱在架上的碗盤有沒有符合顧錦言的標準，心虛得有些緊張，怕那一行字是來問罪的……但紙上的文字出乎意料地簡單：還發燒嗎？

溫慎行愣了愣。雖然早上之後就沒有再量過體溫，不過他覺得現在精神挺好，不再昏昏沉沉，於是搖了搖頭。

顧錦言見狀點點頭，把另一手拿著的東西遞到溫慎行面前。

他反射性地接過，是條沒開過的維他命發泡錠，新得像是剛買回來的。

顧錦言在他手上把發泡錠翻看了遍，找到「一天一錠，過量無益」那行小字後抬起眼來看他，手指在那上頭點了點。

溫慎行不曉得他是想強調每天都得喝，還是要他別蠢得知道這玩意是維他命就拚命猛喝，總之就點頭應過。

顧錦言接著又在筆記本上沙沙寫起字來，然後亮給溫慎行看：沒事就好。我現在開始煮晚餐，會留你的份，什麼時候想吃都隨你。

溫慎行不知道回什麼好，又只默默點了點頭。

顧錦言便收回手，轉身走了。

確切來說是從監護權裁判庭開始，打從顧錦言出現、開庭，到他在判決書上簽字，溫慎行都小心翼翼地觀察著他的表情。一直到他搬進來，溫慎行依然會從顧錦言看不到的角度這麼做，或是用眼角餘光偷偷打量對方。

他不清楚自己圖什麼，也許是想從顧錦言臉上找出哪怕一絲快抓狂的跡象。雖說他也不能回頭去求法官把他的監護權判給社福機構，至少他可以把那條人與人之間絕對不能跨越的底線畫得離顧錦言更遠一些。

儘管顧錦言是自願提出監護權聲請，溫慎行卻對自己就是個硬送上門的便宜外甥一事非常有自覺。他知道如今的境遇有多得來不易，所以哪怕顧錦言只是皺了下眉或癟下嘴，他也會做好最壞的心理準備。

最糟不過就是同個屋簷下的陌生人，顧錦言會照著判決規定確保他最低限度的物質生活，又或者會再找間房子把他扔過去？從顧錦言的衣著、住家和之前「你只管做就行」的瀟灑態度看來，他或是顧家應該一點都不缺錢，完全能這麼做。

溫慎行心理建設都提前做完了，倒是沒能從顧錦言那張撲克臉上看出什麼。冷著臉的人看上去多半都是不太開心的樣子，至少顧錦言沒把「我不高興」四個字斗大地寫在臉上，情況應該不算太糟……除了此刻尷尬得能令人窒息的用餐氛圍。

溫慎行假裝心無旁騖地咀嚼著口中的食物，眼睛卻又偷偷摸摸地觀察起坐在對面的顧錦言。他吃飯時一如往常地安靜，拿筷子或湯匙的動作輕巧得幾乎不會碰上碗盤並發出聲響，咀嚼或喝湯時也沒發出一點噪音，餐桌禮儀優雅得無可挑剔。

顧錦言頭也沒抬，突如其來地放下碗筷後伸手搆來桌邊的紙筆。

溫慎行愣了下，而後自動自發地停止進食，默默捧著碗筷，等顧錦言寫好字。

他不曉得顧錦言是不是第一次和聽得到的人同住，因爲他看起來好像很習慣隨身或是在任何所到之處備好筆談所需的紙筆。如果他在房間裡，顧錦言還會敲門，而不是使用聾人之間常用的跺腳。

或許其實還有更多小細節，但溫慎行還沒能想到那麼遠，剛才那口還沒吞下去的湯便嗆得他直咳——是被顧錦言轉過來的筆記本上那行字激的。

罪魁禍首坐在原位再次拿起碗筷，只留一雙眼睛盯著溫慎行，確保他沒把自己嗆死，就又喝起了湯。

你為什麼一直看我？

這明明是個問句，還是寫在紙上的問句，溫慎行卻莫名覺得能聽見這語氣有多毫無起伏，問這問題的人有多雲淡風輕。因為在他被嗆得咳出眼淚的功夫裡，顧錦言已經喝完那碗湯了。

溫慎行先是看看顧錦言，又看看筆記本上那行字，如此來來回回了好幾次，想拿筆的手伸出又縮回。他總不可能直說「我在看你有沒有不耐煩，有的話我就立刻滾蛋」，更何況他甚至不知道能滾去哪裡。

顧錦言看他這副模樣也沒多作反應，只把紙筆拿回去，又寫了一行字推過來：飯菜不好吃？

溫慎行嚇得連忙拿過紙筆，寫了「很好吃」三個字推回去。

顧錦言又遞來了下一個問題：你缺什麼嗎？

這回溫慎行不必動筆，直接搖頭。顧錦言讓他這輩子第一次擁有自己的房間，而且床鋪、書桌、書櫃衣櫃等一應俱全，他想不出自己能缺什麼。

這下苦惱的換成顧錦言了。他歪著頭盯著筆記本上的兩個問題，良久才動筆寫下第三個：你有話想和我說？

溫慎行本想點頭，卻在半路突然改變主意，導致他的頭歪成一個奇妙的角度，奇妙地和方才歪著頭思考的顧錦言一模一樣。可惜他忙著死死盯住寫滿了問題的筆記本，錯過了顧錦言看著他那模樣時微微閃動的眼神。

顧錦言把筆記本抽回來後又動起筆。這回他想說的話長了一些，長得溫慎行有些彆扭，不過依然老實地拾起碗筷繼續用餐……這些飯菜都很好吃，冷了就太可惜了。

許久過後，顧錦言才再次把筆記本推到溫慎行眼前：今後想說什麼就直說，我會斟酌著聽；需要什麼也告訴我，我會看情況買給你。我不會要求你把這裡當成家、把我當成家人，但你可以不必那麼小心翼翼，除了我寫給你的遵守事項。

這一大堆字令溫慎行有些不合時宜地想笑，不是嘲笑，而是由衷地想笑。

顧錦言可能是配合著他用了「說」和「聽」這兩個字，實際上他還是得用寫的，顧錦言還是得用看的。他說會斟酌、看情況，可是溫慎行的臉皮哪能厚到提出顧錦言可能拒絕的要求？顧錦言要他別想太多、別太拘謹，但他在遵守事項四個字底下畫了加粗的底線。

溫慎行邊讀邊咬住下唇好忍住笑意，花了好一會兒時間壓住微微上揚的嘴角，才把臉抬起來看向顧錦言。

顧錦言見他抬頭，再次把筆記本拿回去，很快寫了幾個字後又推過來：明白了？

溫慎行立刻點點頭。

顧錦言滿意地拿起碗筷和空盤，準備開始收拾，溫慎行旋即伸手按住他打算拿起的盤子，抬頭直直對上了他驚愕不解的眼神。

見他停下動作，溫慎行連忙飛快動筆，字跡潦草得勉強能讀：我來收拾吧。

顧錦言臉上的訝異逐漸變成質疑，最明顯的就是他只挑起一邊的眉。

溫慎行迅速在紙上寫道：我洗好碗給你檢查，保證做到符合你的標準爲止。

就算只差了六歲，顧錦言還是擅自把他在溫慎行臉上看到的堅持與此許倔強擅自稱作孩子氣。他鬆手放下碗筷妥協時其實不抱任何期待，然而當溫慎行站在廚房門口朝他跺了幾下腳，他應著前去檢查後，才驚覺溫慎行居然做得很不錯——水槽邊和流理臺上沒落下一滴水珠，抹布也好好地擰乾才掛回去。

同樣令他意外的，還有他稍早回家時發現水槽碗架上洗得同樣乾淨的碗盤與整潔的廚房，還有後陽臺疊整齊堆好的紙箱——溫慎行幾乎沒有觸犯他寫在本子上的禁忌。

他沒有多作回應，只是朝溫慎行點點頭就走出廚房，還順手關了燈。

顧錦言原本是抱著破釜沉舟的決心提出監護權聲請、在判決書上簽字、親自去接溫慎行過來還幫他搬家。可是除了生活裡突然多了個人，讓他有些不習慣之外，和溫慎行一塊生活或許不會像他當初所想的那般，是場徹頭徹尾的大災難。

晚餐後，溫慎行回到自己的房間，顧錦言則是一頭栽進畫室。

小舅舅 24

溫慎行已經休了兩週的喪假，這個週末過後他就得回學校上學，到了月底就是暑假。他在房裡爲準備期末考讀了一會兒書，直到臨近午夜，上床睡覺前去刷牙時出了房間，看見畫室的門微微敞開，裡頭的燈居然還亮著。

顧錦言耳朵聽不見，卻對振動很敏感，有幾次溫慎行叫他時跺腳的力道輕了些，顧錦言依然能準確地朝著他的方向扭頭，就跟他躺在床上也能聽見房間外的動靜一樣。

爲了更清楚地傳遞振動，顧錦言家鋪的全是木地板。溫慎行放輕腳步出去，經過浴室門口卻過而不入，躡手躡腳地來到畫室門口並朝裡面瞥了一眼。

門縫開得不大，但足夠讓溫慎行看見顧錦言的背影和他面前畫架上的帆布。他知道顧錦言很瘦，沒想到他的背影更加瘦削，執著鉛筆的左手在白燈下更顯蒼白。

他在庭審時知道了顧錦言是畫家，還在啓聽學校兼差當美術老師，因此他在看見房間裡堆著的美術用書與用具，還有半夜還在畫畫的顧錦言時並不意外。

他只是很難想像顧錦言這樣的人是怎麼活在世上的，在哪裡出生長大、從前是什麼樣的小孩、上學時是怎麼樣的學生……他一向擅長觀察，卻發現自己看不透顧錦言，甚至想像不出這個人是如何走到今天。

溫慎行看了一會兒，想看出顧錦言在畫什麼，不過因爲草稿的鉛筆痕跡太淡、他站的距離太遠作罷。

回到自己的房間，溫慎行同樣輕手輕腳地關上房門，關電燈後躺上床。自從搬來和顧錦言同住，他每晚都伴著窗外灑入的月光入眠。

溫愼行在閉眼嘗試入睡前拿過床頭櫃上顧錦言給他的筆記本。翻開第一頁就是內容絲毫不如字跡瀟灑的十來條遵守事項，他從頭到尾又看了一遍，邊看邊皺起臉，看完最後一條後輕嘆口氣，把筆記本闔上。

把筆記本放回床頭櫃上時，拇指在塑膠封面的邊緣摩挲到了布的觸感，他知道有些便攜筆記本會設計筆套，還會配上一枝和筆記本尺寸相當的筆，方便隨時使用。顧錦言並沒有把筆記本要回去，多半當作給他了，卻打從一開始就沒有筆……他一點也不覺得顧錦言是會把配套東西拆開來用，甚至弄丟的人。

他把整本筆記本重新翻了遍，除了寫著遵守事項的第一頁之外全是空白，紙張的邊緣有點泛黃，看起來有點年紀。

從房屋的裝潢、擺設，以及屋內各種生活用品看來，溫愼行覺得顧錦言要不是什麼極簡主義者，就是極致的強迫症或潔癖。他的家裡沒有一樣非必要品，宛如想把屋主的潔癖與強迫症展露無遺似的缺乏生活氣息，一塵不染到令人蹙眉的地步。

雖說溫愼行沒見過顧錦言的臥室與畫室，仍舊覺得顧錦言不像是會收著好端端的筆記本不用，等紙張都發黃才終於拿出來寫的人。一是他何必拿著能用的東西卻不用，二是他何必留著老舊無用的東西，除非這東西對他有特殊的意義？可是又被他拿來寫這些龜毛得要死的規矩，甚至還給了自己。

溫愼行看著空蕩蕩的筆套，想起顧錦言隨時備好紙筆以便與他交談的習慣，立刻從床上翻身躍起，把筆袋裡的筆都倒在書桌上，從中挑了一枝看起來最短的塞進筆記本的筆套裡，筆尖稍稍超出了本子上緣。

把筆記本拿遠，他有些不滿地瞇起眼盯了一會兒才把筆記本放到書桌，回到床上。

一起生活的人往往會有相似的習慣，看來他才和顧錦言住了三天就被傳染強迫症了。他打算下次出門時帶上那本筆記本，去文具店找一枝長度更合適的筆塞進去。

溫愼行能感覺到顧錦言在用自己的方式釋出善意。他或許相信人終究是孤獨的，然而那不表示他會把全世界都拒於門外……

想著那些紛雜的事情，他緩緩沉入夢鄉，這是他在顧錦言家第一個睡得安穩的夜晚。

第二章

搬進顧錦言家已經一週，溫慎行在休完喪假後便回去上學。唯一知道他情況的班導不免將他單獨叫到了辦公室，問上幾句以示關心，還說如果有什麼需要幫忙的，一定要讓老師知道。

純論物質方面，溫慎行的生活品質在遇上顧錦言後簡直突飛猛進，不只不必再爲了房租、水電與伙食沒日沒夜地打工，位在市中心的顧錦言家還把他原先的兩小時上學通勤時間縮短到了二十分鐘——他和母親過往本就是哪裡便宜往哪裡住，而郊區的房租實在比市內便宜太多。

溫慎行心想就算他眞需要什麼，學校老師也不見得幫得上忙。

他簡單地道過謝後回到班上，他的班級是升上高二後重新組起的，同學們本就不熟，他也不是愛交朋友的性子，與誰都說不上熟識。幾個曾經與他同桌、同組的同學輕描淡寫地問了幾句，以示最低限度的關心。

他也再次搬出回答老師的那一套說詞回應，遵守著不會太過冷漠的禮貌。

久違地回到學校令他有種莫名的熟悉感。一成不變的校園生活讓他生出了彷彿什麼都沒變的錯覺，好像母親還在，放學後他還是會去打工，結束後再趕火車，回到誰也不在的家裡挑燈夜讀。

溫慎行會在一天裡經歷好幾次這種瞬間，接著想起顧錦言的臉，再能熊想起原先的生活已經不復存在。

那天是星期五，溫慎行還住在郊區時都是五點起床，儘管如今住在市區只需要通勤二十分鐘，早起的生理時鐘卻不是說改就能改。

第一堂課八點才開始，他依舊決定七點出門，踏出房門時大約六點五十五分，依序經過顧錦言的臥室和那間只有他在用的客浴，拐過轉角就是客廳和玄關。在踏進轉角的那一刻，他被畫室裡傳來的巨響打斷了前進的步伐。

溫慎行愣了下後往畫室望去，白色的木門一如往常地微微敞開，此刻宛如在邀請他前去關心到底出了什麼事。

他邊走往畫室邊想顧錦言不曉得昨晚又畫到了幾點。三天裡大約會有一天，他入睡前出來上廁所時會看見走廊另一邊的畫室還亮著燈，例如昨晚。

走到房門前，溫慎行差點下意識往裡頭喊聲「還好嗎」，話說出口前才想起就算問了也不會有人聽見，而且他其實也不確定顧錦言在不在裡頭，也許只是什麼東西掉了……

他探頭一看，發現他的猜想是對的——東西是掉了，不過是很多東西掉在了跌坐在地的顧錦言身上。

溫慎行連忙把門一推衝進裡頭，一個滑步在顧錦言身邊蹲下，將壓在他身上的好幾本書拿開，散落在一邊的則推得更遠，免得踩到了又跌倒。

顧錦言還在揉著頭，心想著不該把最厚的那本書堆在最上面，滑下來時直接往他頭頂砸。下一秒，他感覺身上的書被拿開，睜眼就看見溫慎行混雜了擔心與莫名其妙的臉。好極了，他肯定覺得為什麼有人會一大早被書砸得滿身……丟臉也該有個限度。

顧錦言看著溫慎行欲言又止的臉，左右張望了下，發現紙筆不在身邊，於是看向溫慎行，朝著他指了指窗邊的桌上。

溫慎行望去，回頭發現顧錦言的手指還沒放下，只好起身去桌上看看，發現一本翻開的空白素描簿和一旁的幾枝鉛筆，便把筆和素描簿拿給了顧錦言。

顧錦言人還坐在地上，腿上甚至還壓著幾本書，但他就那麼寫了起來，不一會兒就把素描簿亮給溫慎行看：謝謝，幫大忙了。

溫慎行瞪了瞪眼，還以為顧錦言有多要緊的事要說，例如罵他為什麼隨便進畫室之類的，結果居然只是要說謝謝。他莫名覺得心裡不是滋味，如果沒有紙筆，他和顧錦言之間連道謝這種簡單的事情都做不到嗎？

他一手把壓著顧錦言雙腿的幾本書拿開，另一手接素描簿，把筆也拿了過來，沙沙寫道：你是被書壓到了嗎？

顧錦言微癟著嘴，滿臉無奈地點點頭，指向角落的小書堆。

溫愼行順著他的手指看向大約由三四本書堆成的小書堆，再看看滿地散落的書，還有跌坐其中的顧錦言，不難想像發生了什麼事。

就在顧錦言慢吞吞地把地上或身上的書一本本堆回去時，溫愼行已經寫好了他的猜測，拿到顧錦言面前：你從書堆裡抽了其中一本出來，上面的書就全跟著滑下來了？

眞是感謝他沒有在最後加上一句「然後就全部砸到你身上了」，顧錦言已經被砸得夠痛了，不需要再來一句話直往他痛處上戳。

顧錦言這時把右手裡的書舉起來晃了晃——他想拿的那本書，這一切的罪魁禍首。

他倆一蹲一坐，用慣用手寫字交談，非慣用手則慢悠悠地把其他書堆回去。

溫愼行先在紙上問：有受傷嗎？

顧錦言搖了搖頭。

溫愼行又問：怎麼不放進書櫃，要用堆的？

他現在才終於有餘裕注意畫室內部的樣子，用他的話來說就是雜亂，跟客廳和廚房是宛如兩個不同世界的雜亂。除了剛剛砸了顧錦言的那堆書，居然還有兩疊幾乎和人差不多高的書堆，外加成堆的畫架、帆布、水彩和油漆罐，甚至還有石膏像，再往工作臺和書桌看去，上頭也都堆滿東西，只留下小小一塊工作區域。

這實在……很不像顧錦言，或者說很不像溫愼行「想像的顧錦言」，他覺得自己該承認，之前認為顧錦言是個強迫症潔癖的想法也許大錯特錯。

哦，還有他三秒鐘前才問顧錦言為什麼不用書櫃……這房間哪裡看起來像有地方塞書櫃的樣子，至少大得足以塞下這三堆書的書櫃絕不可能。

顧錦言大概猜得到溫慎行環視畫室時在想什麼，不過他選擇裝傻，只負責有問必答地在素描簿上寫：書櫃在你房間。

溫慎行看見這行字愣了愣，才慢吞吞地想起他房間裡確實是有兩個書櫃，其中一個層架上堆了幾本美術用書，所以他把參考書放進了全空著的地方，不過也只勉強塞滿一層。

顧錦言其實是想在溫慎行搬進來之前把暫堆在小臥房裡的東西都清出來，奈何他高估了自己的畫室，胡亂清出所有東西的後果就是溫慎行看見的雜物堆。他不是不想給溫慎行一間乾淨的空房，只是他再堆就要把可以走路的空間也堆不見了。

溫慎行恍然大悟似的慢慢點了點頭，然後寫道：你可以把書放我那裡。

顧錦言回答：那太麻煩了。

溫慎行讀過，邊收拾邊瀏覽每一本書的封面。這些多得嚇人的書大部分是圖鑑，不只動植物，還有礦物或飛機、船隻等交通工具，經過他手的還有《世界高山風景集》、《舌尖上的法蘭西：圖解法國料理》、《人體繪圖專科：美術解剖學》……各種奇奇怪怪，彷佛只要是有圖片的書都能在這裡找到。這大概全是顧錦言工作時可能會用到的書，所以才說放在他那裡麻煩。

顧錦言讓他看素描簿時還沒放下筆，溫慎行想他大概還有話要說，便繼續手上的動作，直到顧錦言再次把素描簿拿到他眼前：我會把堆書的地方清出來，然後把你房間裡多的書櫃搬到這裡。

溫慎行點點頭，不禁思考照這畫室堆滿東西的程度，不曉得搬書櫃會是何年何月的事，但又覺得不該小看顧錦言寫下十幾條遵守事項的魄力，那足以說明顧錦言骨子裡就是個吹毛求疵的人，只是他的畫室不知道爲什麼長成了這副模樣。

不知不覺他已經把書堆得快跟旁邊那疊一樣高，大概再一會兒就能完工，不過他的手卻在將下一本書拿過眼前時停了下來。封面上滿滿的肉色讓他差點反射性地把書扔出去，然而顧錦言一定會因此生氣，所以他努力讓視線避開那些裸露的肉體，去讀最上面的那行字：澳洲消防猛男月曆。

溫慎行看著那八個大字，再看看封面上多位渾身肌肉的健美男性，有點傻了……顧錦言喜歡這種的？

顧錦言看他在原地僵住，就探頭去看他手上拿了什麼，接著又無奈又好笑地嘆了口氣，伸手拿過筆在素描簿上寫了字後塞到溫慎行手上，順道把他的眼睛和那本令他開始思考人生的猛男月曆隔開。

寫眞集是很好的人體結構參考，特別是肌肉的運動方式和人體姿勢。

溫慎行努力想做出完全理解並點頭的樣子，事實上，他的確點頭了，眼裡卻還是有些驚恐。

於是顧錦言再就著他手上的素描簿寫：我沒有喜歡猛男。

溫愼行不禁笑出了聲，後知後覺地抬手把嘴遮住，這回他眞的壓不下嘴角，只能用這種方式避免讓顧錦言以爲自己在嘲笑他。

不過顧錦言沒說什麼，只是亮出兩本同樣滑落到地上、正好離他手邊比較近一點的書——知名日本女星的泳裝寫眞集和歐美知名男性向成人雜誌。

溫愼行下意識又別開了眼，他還有九個月才滿十八歲呢……幸好兩本書的封面都只是看著火辣，該遮的都遮住了。

顧錦言見狀忍不住笑了笑。

那聲輕哼清清楚楚地被溫愼行聽見了。他下意識抬眼，就看顧錦言嘴角微微揚起，連眼裡都有笑意。

他愣著任由顧錦言拿過他手上的猛男月曆和泳裝寫眞、成人雜誌疊在一塊堆了回去，直到顧錦言把素描簿抽走，寫好字又塞回來時才回神。

想什麼呢？都是爲了參考需要，不是我的喜好。

收拾了那三本特別刺激的，地上的書也差不多都整理好了，顧錦言拿著他一開始要找的那本起身，走到書桌旁擱到桌面上。

溫愼行還站在原地，一臉在思考宇宙的模樣，實則只是在想一件很簡單的事情——猛男月曆、泳裝寫眞、成人雜誌，顧錦言都說不是他的喜好，他到底喜歡什麼？

溫愼行很早熟，然而骨子裡終究只是個高中男生，感謝困苦的家世與遭遇並未泯滅他的這一面。

顧錦言當然不知道他腦子裡都在想什麼，只知道今天星期五，這麼一折騰後已經快七點半了，所以他在素描簿上寫：你不是要去上學？

溫愼行看了，整個人渾身一震，雙腳看起來已經想往外狂奔，卻還是折了回來，一手拿過筆，連忙在素描簿上寫：我去上學了。

只有五個字，但從他匆匆勾起地上的書包、三步併作兩步地衝出畫室的樣子看，句子後頭應該多出一串驚嘆號才對。

顧錦言站在原地，翻看著這三十分鐘之內他們在素描簿上留下的一字一句，最後決定不把這些擦掉。

後來，無論是在公車上、教室裡，還是圖書館裡，只要一靜下來，溫愼行就會不自覺回想起早上那起小意外。

這麼說可能對顧錦言有點過分，但溫愼行覺得自己這才第一次認知到一個簡單的事實：顧錦言並非眞的如他所想的那般冰冷、沒人情味。他被書砸了會疼得揉頭頂，自己幫了他，他的下一步不是重新站起身，而是讓溫愼行去拿紙筆，因爲他想道謝。

還有他們翻到各式各樣的書，顧錦言說他沒有喜歡猛男，也沒有喜歡辣妹，都是爲了工作，如今想來還是令溫慎行發笑。

可是他笑了笑，又想起那股說不上來的感覺，令他不大痛快——顧錦言和他之間，就算只是說句「謝謝」也不能沒有紙筆。

顧錦言總是準備萬全，溫慎行也決定開始隨身攜帶紙筆，可是事情總有個例外，就像今早的突發狀況。萬一眞的發生了什麼，在缺少紙筆或是有人拿不了筆的情況下，難道他們就無法溝通了嗎？

溫慎行想著，嘴角的笑漸漸消失了，恢復成毫無起伏的一直線。

今天早上顧錦言笑了，他眞切地看見顧錦言提起的嘴角，以及眼底的那絲笑意。

庭審那天顧錦言也有笑，但不是在看見他或社工師，或是其他任何時刻，而是在和翻譯員用手語時，他臉上會掛著淺淡而禮貌的微笑。

然而那和今早的顧錦言不太一樣。今早他好像笑得更開心、更發自心底，雖然非常短暫，不過已經足以讓溫慎行知道顧錦言在他面前是會笑的。

他突兀地想起小時候，他們母子幸運地抽中了公立幼兒園的名額，母親白天能夠工作賺錢，也因此傍晚前來接他時總是一臉倦容。他那時非常熱衷於幼稚園裡的美勞課，不管是剪貼、塗色，還是用紙杯紙碗做的小勞作，都做得非常認眞，才能在放學時送給母親，想逗她開心。

儘管溫愼行是個過分早熟的孩子，那時他年紀尚未大得能理解他們處境艱難，於是那份心意成了少數並未混雜著煩憂的童年記憶，只有最純粹的「希望媽媽能笑一笑」。

他竟然在想起顧錦言時也想起這件往事，自己都嚇了一跳，同時心中升起了個念頭……

溫愼行在午休時到福利社買了個三明治，邊吃邊走往社團辦公室大樓。他還只是個高中生，還是個寄人籬下過日子的高中生，不可能爲這個念頭花多少錢，所以能去的除了圖書館，就只剩一個地方。

他記得一年級時曾在發放給新生們的社團名單上看過那個名字，但他那時已經用打工塞滿空閒時間，一眼都沒多看，而這逼死人的打工生活一直持續到他母親過世爲止，也就是高二下學期末。

他的同班同學大多早已度過兩年充實的社團生活，都準備收心考大學了，只有他還對社團一無所知，在踏入社辦樓時感受到了強烈的陌生與違和感。

獨立一棟的社辦樓相當老舊，他將一樓的走廊從頭到尾走了一遍，又踩著破舊的樓梯上樓，最後才在二樓的走廊末端停下腳步。該間社辦的入口處掛著的藍色門牌上寫著「手語社」三個白色大字。

溫愼行站在窗邊往裡頭看，長桌邊有個女孩子正坐著看書。他又抬頭看了一下門牌，確定沒找錯地方後才抬手敲了幾下門。

那女孩子雙肩震了下，伸長脖子往外看，手上的書都沒放下……手語社的隔壁是超級熱門的吉他社。他們門牌的位置設計得有些奇怪，夾在兩間社辦正中間的樑柱上，所以常有人要找吉他社卻敲成手語社的門。那些敲錯門的人通常會在沒人來應門之後自己往窗裡探頭，發現這裡一把吉他或一個樂譜架都沒有時摸摸鼻子走開。

女孩以為這次也是，可是門外的人即使和她對上眼神也沒有轉身走掉。她起身開門，見到溫慎行後很快從制服上的學號認出對方是學長，不禁有些緊張，「學、學長好？」

女孩的個子偏嬌小，溫慎行甚至比她高了一顆頭，令她在溫慎行面前站定時好像又更緊張了些。

溫慎行只好盡量放輕語氣，「妳是手語社的嗎？」

小學妹抖了抖，怯弱地答：「是、是……」

「太好了。」他來這一趟是心血來潮，幸好真的遇到了人，語氣不自覺地放鬆了些，「我想參加手語社。」

「參、參加？」小學妹臉上的緊張變成了疑惑。她又看了一次溫慎行制服上的學號，「可是學長，你要升高三……」

溫慎行對學校社團一點都不了解，「有規定升高三的學生不能參加社團嗎？」

他真心的疑問，聽在小學妹耳裡卻像是一種威脅。她又抖了下，連忙搖頭，「沒、沒有！學長想參加什麼都可以……」

溫愼行覺得她大概誤會了，趕緊解釋：「我、我不是那個意思……我是想說，不塡入社單也行，我只是想參加手語社的社團課跟活動，不知道可不可以？」

「不塡入社單？」小學妹好像沒那麼緊張了，至少她的兩條腿不再抖得好像隨時準備拔腿狂奔。

「嗯，不塡的話，學校也不會有意見吧。」

他聽過班上同學數度提起「升上三年級就要退出社團」的傳統，儘管校方並未硬性規定，多數的準高三生也會自動自發遵守，或是受到同儕壓力影響而開始收心讀書。

小學妹當然也知道，才會對溫愼行這時想加入社團的行為感到疑惑，「是可以……可是沒有入社單就拿不到校方證明，也沒辦法寫在履歷上加分……」

「我知道。」溫愼行點點頭，「我只是想學手語而已，跟升學還是履歷都沒有關係。」

小學妹呆住了，一時竟無法言語。等她反應過來，回答溫愼行的音量與聲調都明顯地大了起來，「當、當然可以！」

去年八月底，她剛升上高中時非常開心，因為這所高中不只是第二志願名校，同時還是社團活動最百花齊放的高中。她以為會在這裡找到一群志同道合的好朋友，卻沒想到手語社宛如風中殘燭的超小型社團。

她入社時只有兩個學姐和兩個同屆學生，一共五個人，恰恰逃過倒社的命運。可隨著兩個學姐升上三年級，其中一個同屆社員上學期結束後就沒露過臉，另一個也慢慢不來了……說是社團，實則只剩她一個人。

聽見溫慎行說想學手語，她感覺這句話比「我想加入社團」還要令她開心，她的嘴甚至在反應過來前就答應了，雖然本來就沒什麼不行的。

「是嗎？謝謝妳。」溫慎行不太清楚小學妹為什麼突然又不緊張了，看上去還有些雀躍，「我需要去問你們社長嗎？還有社費……」

「不、不用！其實我就是社長……」小學妹把手語社的狀態如實說了。

溫慎行有些訝異。他只看過班上那些同屬吉他、熱音這種熱門社團的同學們成群結隊，以為所有社團都那麼熱鬧，卻忘了既然有人數極多的社團，必定也會有人數極少的。

「眞是……辛苦妳了。」

「不過如果九月開學沒有新生加入，手語社大概會被廢社，學長沒關係嗎？」

他都特別找上門來了，如果過了一個暑假就倒社，好像讓人有點白跑的感覺。

溫慎行搔搔後腦勺，「我是沒關係……但這是妳的社團，如果眞被廢社了，我很抱歉。」

小學妹連忙擺擺手，「哪裡！跟學長沒有關係，是我多嘴了。」

「不過——該怎麼說，就算手語社被廢社了，我還是可以跟妳學手語嗎？」

她沒想到溫愼行會這麼問，一時又語塞了。

溫愼行還以爲是他問得太過頭，社團都倒了還搞什麼社團活動，又補了句：「八月底的社團博覽會我會幫忙。手語社會擺攤吧？」

「會……吧？」事實上她還在猶豫。畢竟一個人根本不可能完成顧攤、解說、招攬等所有工作，何況這種冷門的小社團就算參加了，通常也只會落得在校園角落餵蚊子的下場，即使多了溫愼行，好像也……

「我一定會來，所以就算九月眞的沒有新生加入，也拜託妳教我手語。」

溫愼行的神情看上去不像在開玩笑，讓她下意識地點了點頭，聽到溫愼行開始道謝才慢半拍地心想自己怎麼就答應了，越想越覺得害怕。

「對了，我叫溫愼行。妳叫什麼名字？」

「啊，我、我叫李悅，喜悅的悅。」她愣愣地回。

「李悅，今天下午有社團課嗎？有的話我四點過來。」他原本還想這樣會不會聽起來太迫切，不過既然連幫忙社團博覽會這種事都提了，這點迫切好像也不算什麼。

「有，當然會有！」說是社團課，其實本來更像是李悅的一人讀書會，不過今天似乎會不大一樣。

「那我們四點見，謝謝妳。」溫愼行丟下這句話，無意間朝李悅彎了下唇，轉身就下樓梯離開了。

李悅站在原地，朝樓梯間探了探頭，確認溫愼行已經走了，才慢慢走回社辦，心有餘悸般地關上門。

她感覺心臟還在砰砰地跳，一方面爲有人找上門來說想學手語，另一方面也爲溫愼行。他個子高還冷著張臉，在門口問這裡是不是手語社時，讓她差點以爲要被討債了。

但感覺溫愼行人不壞，也許話和表情是少了點，態度卻很眞誠。

另一邊剛出了社辦樓的溫愼行還沒有意識到，其實別人眼裡的他和當初他眼裡的顧錦言根本像得不行。

濕熱的空氣、張狂的蟬鳴，與吹在臉上也不覺涼快的風，每一個都是溫愼行不甚喜歡夏天的理由，此刻的他很想知道是哪個傻瓜把體育課排在最後一堂課的……

四點整，老師踩著鐘聲準時下課，溫愼行匆匆忙忙地換了件衣服——他可不想帶著一身汗進社辦——並且衝到福利社買了兩枝冰棒。等到他再趕回社辦樓，已經四點十分了。

他一步踏兩階地跑上樓梯，開門時還帶著點衝勁，又把正讀著書的李悅給嚇著了。

「抱歉……」這一句好像能爲他遲到十分鐘說，也能爲又嚇到她說。

「沒、沒事，沒關係的，學長。」

溫慎行緩緩走進來，在李悅對面的空位上放下書包，把手裡的冰棒遞過去：「有紅豆牛奶跟清冰，妳先選。」

李悅有點想問他爲什麼要買冰，但考慮到現在時值六月，社辦還沒有冷氣，手就不自覺地伸了出去，「我選紅豆……謝謝學長。」

於是他倆紛紛拆開包裝，面對面坐著吃起冰棒。

李悅已經猜到溫慎行是個話少的人。她通常話也不多，可是她受不了跟今天中午才剛認識的人對坐著、一語不發地只顧吃冰，所以她從書包裡拿出下課時去圖書館借的書，放在桌上推到溫慎行面前，「這是我從圖書館借的，學長不介意的話，今天的社團課就一起讀這一本吧。」

溫慎行從椅背上直起身往前探去——那是一本有關聾人社會與文化的書。

李悅看他盯了很久，有些不自在地說：「還是……學長只想學手語？我可以先教你我會的——」

「不用。」溫慎行伸手隨意翻開幾頁，「這很好。」

李悅眨了眨眼，然後微微彎了下唇。

當兩枝冰棒棍分別被塞回塑膠袋裡、爲了讓位給書而被推到長桌另一邊時，李悅已經率先翻開了封面和頭幾頁，指著目錄上每一個章節，說著她特別喜歡或覺得有趣的部分。

「聽起來妳對這本書很熟悉。」溫慎行看了她一眼。

李悅笑了笑把書拉回來些後翻到書底，抽出小信封裡的借閱卡，上頭寫了一整排她的名字。

見溫愼行吃驚地瞪大了雙眼，李悅笑著說：「我眞的很喜歡這本書，可是一次只能借兩個星期。反正沒有別人等著要借，我就一直借、一直看。」

「妳眞的很喜歡這些。」溫愼行隨意地回。

李悅靜了下來，微偏著頭思考，一會兒後才說：「可能比較像不甘心吧……」

「不甘心？」溫愼行把書推遠了點，看向對方。

「我確實很喜歡手語，也很喜歡聾人文化，但是我會一直讀這本書，就算只剩我一個人了也要待在手語社，大概是因爲我很不甘心。」她見溫愼行似乎在等著她繼續說下去，便再次開口：「我父母都忙著工作，所以我小學前是由奶奶帶大的。她是先天的中度聽損。」

「先天……」溫愼行喃喃道。

李悅適時地翻開了書的第一章——致聾的成因與鑑定程序，又把書推回去，「如果戴上助聽器的話她還是聽得見，放慢速度也能進行對話，可是她從以前就很容易因爲助聽器導致暈眩，上了年紀以後更嚴重，就戴不了太久。」

「她跟妳在一起的時候，大多都不戴助聽器？」

「嗯，我開始會哭會笑的時候，奶奶就對我用手語。小孩子嘛，學什麼東西都很快，我很快就學會了奶奶的手語，也開始用手語跟奶奶溝通。」

李悅說到這裡時臉上的笑更深了，看得溫慎行不自覺地跟著微笑，「怪不得妳說可以教我手語，妳還那麼小的時候就會了。」

她嘿嘿地笑了笑，接著語氣卻有些失落，「可是我上了小學後就忘記了。最近重新開始找書和影片來學，所以想起了一些，不過一定沒有小時候擅長。」

溫慎行看得出來李悅是真的很喜歡手語，因此對她竟然會忘記手語而倍感訝異，於是皺起眉頭，「發生什麼事了嗎？」

面對溫慎行敏感的直覺，李悅只得苦笑：「我媽媽發現我話說得不好、口齒不清，手語比得比開口說話還順，她很生氣。」

用李悅母親當年的話來說，大概就是——

「好端端的孩子，耳朵跟嘴巴都長得很好，聽得到也不是啞巴，為什麼要學聽不到的聾子比手語？」

李悅沒有把母親說的話轉述給溫慎行聽，他的臉色卻肉眼可見地難看起來。

「所以她找了正音班，放學後就把我丟過去，她下班後再來接我。」

「她不讓妳奶奶照顧妳了？」

「嗯……之後就只有週末可以見到奶奶，而且我媽媽一定也會一起。她只要看到我們比手語，或是我奶奶沒戴助聽器，臉就會很臭。」

溫慎行沒立場對別人的父母說三道四，心裡卻仍然覺得李悅的母親做得太過分。

見溫慎行臉色有點糟，兩人陷入了有些令人窒息的沉默。

下一秒，李悅趕緊擺擺手，「對不起，我不是故意要把氣氛搞僵。」

「沒有，我還想謝謝妳願意告訴我。」溫慎行眨眨眼，手指像是想舒緩緊繃似的搔了下臉頰，「妳奶奶現在還好嗎？」

「還行，只是年紀大了，她不喜歡大都市所以搬回老家，過年回去的時候都見得到面。」李悅聽上去有點落寞，而後一轉語調，「所以我才想學手語啊！」

溫慎行聞言一愣。

李悅臉上不只沒了方才的些許惆悵，還笑了起來，「可以跟奶奶相處的時間已經不多了，從今以後還只會越來越少。我不想浪費時間，想好好學手語，才能在見到奶奶時用她的語言和她溝通，讓她知道我還是很愛她，也很想她。」

她說的那句話聽在溫慎行耳裡響亮無比，宛如迴音一般久久不絕——相處的時間已經很少了，不能浪費在彎彎繞繞上。

「不是有句話這麼說嗎？『當你用一個人會說的語言對他說話，你的話會說進他的大腦裡，但如果你用的是他的母語，會說進他的心裡』。」

聞言，溫愼行笑了下，「也許吧。」

「都在說我的事，學長又是爲什麼想學手語呢？」

「我？」他像是在最不擅長的課上被老師突然點名回答問題的學生一樣，明顯地侷促起來。

溫愼行也不太清楚自己怎麼就直接找上門，甚至四點還坐在這裡參加社課，沉默了會兒後才在李悅期待的目光催促下開口：「還不知道……」

他本想李悅會不會不接受這個答案，誰知她只是笑了笑，絲毫不在意。

「沒關係！我相信人如果是眞心想做好一件事，別人一定會感受到你的誠意，而且一定會成功。」

語畢，李悅把書拉了過來，開始找起她特別想讓溫愼行讀的段落。

溫愼行輕輕笑了聲，「妳人眞好。」

「我、我嗎？」李悅像是受驚嚇的小兔子，誇張地抖了下後抬起頭來，臉甚至有些燒紅，「學、學長你太誇張了……」

溫愼行的嘴角還掛著些許笑意，見狀大發慈悲地將注意力放回書上，「應該是妳剛剛翻開的第一章。我對致聾成因的部分有點興趣，是分先天和後天對吧？」

「對！聽力障礙也分成很多種，有外耳導致、內耳導致、中樞神經導致，或是混合……」

李悅的緊張在她開始說起喜歡的事物後逐漸消失殆盡。溫慎行聽著，時不時地點點頭或是嗯幾聲作爲回應，偶爾還會問幾個問題，而李悅總是欣然應答。

看著李悅滿腔熱忱的模樣，溫慎行悄悄地感到有些抱歉，他發現自己想學手語的理由大概和她不一樣。李悅是眞的喜歡手語，喜歡手語的視覺性、千變萬化的手勢與動作，還有使用著手語的聾人與他們的文化，她想學手語是爲了補上從前落下的相處與羈絆。

他聽得越多越覺得自己似乎只是想把手語當成走近一個人的途徑，看得更重的好像並不是手語本身，另有他在。

⁂

溫慎行大約傍晚五點半到家，顧錦言這時已經在學校教完課回到家了。

他之所以知道顧錦言在家，除了算時間之外，還有玄關那雙鞋頭朝外、規規矩矩地擺著的皮鞋，以及從畫室傳來、隱約能聽見的幾聲悶響。

他邊脫鞋邊想該不會顧錦言又被書砸了……但那聲音聽起來不太一樣。他把鞋子照樣的方式擺好，隨手擠了下鞋櫃上的消毒酒精噴瓶，搓著手往畫室走。

跺腳在這種時候等於敲門，這是早在筆記本上出現十幾條遵守事項前，顧錦言第一件教他的事情。

對聽不見的人來說，敲門和喊名字都沒有用，但不代表可以隨便把手伸進聾人的視線範圍裡亂揮，或是直接抓或拍他們的肩膀，那不只很沒禮貌、會嚇到人，溫慎行不用想就知道顧錦言一定會因此暴怒，所以他在知道的當下就把什麼時候該跺腳銘記在心。

溫慎行乖乖地跺了幾下腳後才推開畫室的門，就看顧錦言手裡抱著一小堆書，走了幾步後往另一個角落一放。他的耳朵聽不見，對東西的重量和被放下時發出的音量大小成正比一事也沒什麼概念，溫慎行在家時他還會注意一點，一個人時就怎麼輕鬆怎麼來，才讓溫慎行在玄關就聽到動靜。

顧錦言看他進來，只給了他一個眼神，就像語氣平平地說了一句「你回來了」。

溫慎行一時看不大明白他爲什麼要把一個大書堆分散成那樣，不只更占空間，還讓他的畫室看起來更凌亂……這麼做或許還是有點好處，至少現在每個小書堆都比顧錦言蹲下來的高度還要低，他的頭大概安全了。

溫慎行邊想邊掏出筆記本，在上面寫了一行字拿給顧錦言看：需要幫忙嗎？

顧錦言讀過，將手上那堆書抱到新的書堆角落放下，拿過早上那本素描簿寫下他的回答：不用，我快整理完了，不過我需要你幫忙搬書櫃。

這叫作整理？把一大堆書從這邊搬到另一邊就叫整理？溫慎行深深覺得顧錦言的強迫症與潔癖在畫室裡大概是餵狗吃了。但當他看完下一行字，顧錦言在他抬頭時用手指把他的視線導向一邊——今早顧錦言的被害現場，溫慎行才發現那個角落已經空了，而且看起來似乎足以塞下他房間裡的書櫃。

他恍然大悟地點了幾下頭，然後在筆記本上寫：我回去放書包再過來。

顧錦言也點幾下頭回應，接著又往那個角落走去，打算把畫架推得再旁邊點。

溫慎行放了書包、換下制服，打開房門打算出去時，就看顧錦言正好也走出畫室門口。他用餘光看見了溫慎行，轉過頭來抬起眉毛。

這幾天下來，溫慎行已經知道那是顧錦言在問問題時會有的表情，極度偶爾的情況下，顧錦言在把寫了問句的紙拿給他看時也會抬眉。因此他想顧錦言是在問他準備好了沒，他點了點頭，顧錦言便往他的方向走來。

溫慎行將房門敞開，退了幾步讓顧錦言走進。他一個星期多前才第一次擁有自己的房間，現在則是第一次有人進到他的房間，平白無故地有些忐忑。

他怕顧錦言嫌他不夠整潔、把他的儲藏室變成什麼德性等等，然而只見顧錦言張望了幾下，就走到書櫃邊。

事實上顧錦言看著房間，只是在想溫慎行是否住得習慣。畢竟這房間原本被他拿來當儲藏室不說，連家具都是匆匆購入，他很怕漏了什麼，溫慎行又不是會主動提起的性子，還是自己過來瞧一瞧最快。

想不到只過了一週多，原本他除非要找東西，否則一步也不想踏入的空間多出了一種生活感。好像在這個瞬間他才重新回想起來，有人和他住在同一個屋簷下，儘管還不太習慣，卻覺得心裡有些踏實。

溫慎行本來對於顧錦言會不會說點什麼又期待又怕受傷害，最後卻只看到對方回過頭望向他時，露出一臉「你還站在那裡幹什麼」的表情……好吧，沒說或許比有說好。

溫慎行認命地走上前，和顧錦言分別站在書櫃的兩側，蹲下身子去搆書櫃下緣。

通常一起搬同一個重物時，大家會習慣數個一二三好同時施力，不只容易搬動，體感上也輕鬆許多。溫慎行手都扶上書櫃了才想到顧錦言不只不會數，也聽不見他數，只好默默看準顧錦言打算施力的瞬間，算好時機一起發力。

一抬起書櫃，溫慎行緩緩倒退，顧錦言跟著前進。他們經過房門時稍微放低了手，防止櫃子撞到門框，一路小心翼翼，又用同樣的方式進了畫室。

溫慎行小心注意著腳下，深怕被牆邊那堆畫架和畫筒絆倒。一到定位，他和顧錦言站定後對看一眼，才一起蹲低把書櫃放下，往牆面一推。

感覺到牆壁的阻力後，溫慎行放手並往回退了幾步，不算意外地發現顧錦言清出來的那塊空間竟然堪堪塞下書櫃。

顧錦言怎麼可能沒量過書櫃的尺寸就動手整理畫室呢？想想他的強迫症，還有整理這麼雜亂的畫室多費功夫。溫慎行不知道顧錦言爲什麼唯獨畫室亂成這樣，倒是擅自在心裡幫他找起理由，多半是什麼藝術家的苦衷吧。

他扭頭看了下四周，發現顧錦言繞去新的堆書角落。既然書櫃都搬來了，當然沒理由繼續讓書在地上堆著，所以他也跟了上去，抱起其中一堆。

他不曉得顧錦言打算怎麼擺這些書，於是只把那幾堆書搬到顧錦言腳邊，搬完了就原地坐下，一本一本地遞過去。

溫慎行仰頭就能看見顧錦言。他的畫室有一面向西的大窗戶，書櫃被放在與那扇窗相對的牆邊。此時正是傍晚，夕陽逐漸西斜，橘紅的陽光灑入窗，爲顧錦言周身度上了一層暖意。

他曾經以爲顧錦言是個像冰塊一樣的人……那是多久之前的事了？感覺像好久好久以前，他過去怎麼就那麼蠢呢？

顧錦言一直只伸手接書，直到他爲那不間斷的目光而低頭去看溫慎行。自從失去聽力後，眼睛是他剩下唯一與外界聯繫的窗口，因此他變得對視線非常敏感。他早就知道溫慎行在看他了，他只是在等，等著看溫慎行能盯多久。

他恰好直直對上溫慎行的視線，四目相接。

溫慎行愣了一下，但是沒躲。

顧錦言抬了下眉，用溫慎行知道的方式向他提問：你爲什麼一直看我？

溫慎行大概看懂了，伸手去掏口袋裡的筆記本。

顧錦言一眼就認出那筆記本，還發現溫慎行塞了枝小鉛筆進筆套裡，唇角無意間勾了起來。

正低頭寫著字的溫慎行沒能有幸看見顧錦言那抹笑，只想著碰巧在福利社找到的鉛筆尺寸正好，比原本那枝他隨手塞的順眼多了。溫慎行寫好他的辯解，抬手亮給顧錦言看：我只是在想晚餐要吃什麼。

顧錦言見狀挑起一邊的眉，溫慎行就又在下面補了一句「眞的」。他決定高抬貴手放對方一馬，看了眼時鐘後拿過紙筆寫道：收拾完書就吃飯，今晚叫外送吧。

溫慎行看完點了點頭，接過顧錦言塞回來的筆記本，可那隻還了筆記本的手依然停在原地，還勾了幾下手指。他才意識到顧錦言是在等著接下一本書，趕緊抓了一本遞上去。

顧錦言這幾堆書就跟他的畫室一樣，沒有任何邏輯可言，米開朗基羅雕刻作品集的下一本可能會是浮世繪合集，再下一本是蕨類圖鑑。溫慎行已經習慣了，不過每拿一本書時還是會順道瞥一眼封面再遞出去。

他剛給出一本撒哈拉沙漠動植物百科全書，正猜想下一本又會是什麼書時，卻再也移不開視線。

他手裡那本硬皮書不大，眞要說的話更接近兒童繪本的大小。封面是幅水彩畫，綠中帶青、褐中帶紅的色彩分別勾勒出樹木與大地，天空宛如揚起波紋的水面，無限接近漆黑的深藍與明亮如淺水的淡藍彷彿光譜一般，和諧而完美地融成一片。

要不是溫慎行早在哪裡看過這幅畫，多半只會簡單地想這幅畫很美，然後就把書遞給顧錦言。

見顧錦言看起來還在思考要把百科全書塞在哪裡，他便趁機把方才筆談完被隨手擱在一邊的筆記本撈了回來，和那本硬皮書擺在一塊兒——封面上的畫是同一幅。

溫慎行把筆記本收回口袋，兩手把書拿正了看，上頭寫著英文，能從書名看出是某位藝術家的作品集，但他見都沒見過這個人名，也不記得聽過發音接近的譯名。

他又把筆記本掏出來記下那串字母，抬眼看顧錦言時發現他正好伸出了手。

溫慎行直接把那本和小筆記本有著相同封面的作品集交了出去。他手上這本筆記本看起來有些年紀，如果顧錦言一直以來都留著，他不可能認不出這幅畫。

這很可能只是個巧合。顧錦言恰好有本一直沒用的舊筆記本，恰好和他收藏的其中一本畫集用了同一幅畫當封面，又或者他壓根沒注意過這件事情。

彷彿想印證溫慎行的猜想似的，顧錦言看了一眼作品集的封面，往後轉身伸長了手——畫集沒被收進書櫃裡，而是被擱在了工作臺上。

那本書，或者說那幅畫可能真的是特別的。溫慎行微微瞪大了雙眼，不過依然沒有停止手上的動作。

他倆繼續著無言的一人遞書、一人放書，直到書櫃被塞滿。後來不止那本畫集，還有大約五六本書被一道擱在了工作臺上。

不曉得顧錦言是不是早知道這書櫃沒法塞下他全部的書，所以揀了幾本另外堆在一邊，溫愼行試著回想被挑出的都是什麼書，但奇奇怪怪的書眞的太多了，他一點印象都沒有，除了那本畫集。

顧錦言發現沒有下一本書被放上手時轉頭看了過來，溫愼行便張著手掌轉了幾下手腕，讓對方看他已經兩手空空。

顧錦言環顧腳邊和四周，發現書確實全被好好收進書櫃裡了，除了工作臺上那一堆。下一秒，只見顧錦言去桌邊拿了素描簿和筆，多半是想和溫愼行說什麼。

溫愼行卻跺了幾下腳，等顧錦言抬頭後指向工作臺上的那堆書。

顧錦言本就還沒動筆寫下一開始要說的話，順勢改寫道：沒關係，我會另外收。

溫愼行有點想知道他打算把那些書，主要是那本作品集收到哪，但問了感覺也挺奇怪，只好摸摸鼻子算了。反正他已經知道那幅畫是誰畫的了，便只點點頭表示理解。

顧錦言又寫了下一句拿給溫愼行看：謝謝你幫忙。

他又道謝了，就像今天早上溫愼行把那些砸下來的書從他身上拿開，然後得到一句寫在紙上的「謝謝」。

溫愼行想過如果再重來一次，他大概還是會爲此感到心悶，所以他在社團課結束前問了李悅「謝謝」和「不客氣」的手語怎麼比。

於是他照著李悅教的，舉起雙手，手掌朝外，像剛才推書櫃那般往外推了兩次，她說這是「不客氣」。當時他沒有預想過顧錦言會有什麼反應，也沒有期待，只是不想連道謝這麼簡單的事情都必須藉由紙筆。

直到他抬起手，眞的用手語說了「不客氣」，才忽然想起這件事，然後猜想著顧錦言的反應。或許他又會只點個頭，像之前檢查他洗的碗；或許他會很驚訝，抬起眉問他爲什麼知道怎麼比手語；又或許，他會再微笑一次。

然而顧錦言永遠都會是個出乎他意料的人——他皺起了眉，不可置信般地瞪大了眼睛。

溫愼行看得出他的驚訝，卻也看見了一點不知其名、複雜的負面情緒。只消那一眼他就明白了，顧錦言不希望看見他比手語，非常、非常不希望。

溫愼行還來不及拿出筆記本寫點什麼，顧錦言已經抄起素描簿和鉛筆，很快地寫好一行字然後塞到他眼前。他寫得太急，又或許帶著一點怒意，字跡比平常還要潦草：你學了手語？

溫愼行幾乎不敢伸手去拿他手上的紙筆，只好掏出了自己的筆記本。可是他該說什麼？我爲什麼不能學手語？你不喜歡嗎？我想用你的語言和你溝通，你不願意嗎？

他認爲那只會讓問題變得更複雜，所以挑了最簡單、最原始的想法，將其化爲文字：我不想沒有紙筆就不能和你說謝謝或不客氣。

讀完這行字的顧錦言很明顯地冷靜了些。

溫愼行從來不曾覺得顧錦言是個容易衝動的人，甚至覺得他大多時候像個沒有感情的冰塊，方才那多半是他在顧錦言身上看過最為強烈的情緒。

顧錦言深深嘆了口氣，在素描簿上寫了一行字後塞給溫慎行，隨手把筆擱在一旁的桌上後就出了畫室。

被留下的溫慎行用視線追逐他遠去的背影，不敢看手裡的素描簿上到底寫了什麼。

直到再看不見顧錦言，溫慎行才終於認命地低頭，顧錦言的字跡在那上頭冷酷地說道：你不必去學手語，學了也用不上。

第三章

溫愼行在星期一午休開始時離開教室，手裡拿著的芒果青茶是上午和班上同學一起訂的——他對眼下的行動顯然早有預謀，聽到同學在問還有誰要訂飲料時第一次回答說他也要，把那位可憐的同學嚇了一跳。

放學後總是不見蹤影、不管是訂便當還是飲料、甜點都從來不曾加入的溫愼行居然要一起訂。重點是，他還沒有一拿到就喝，而是在午休時拿著飲料和吸管出去了。

溫愼行要找的自然不是別人，正是李悅。李悅從他制服上的學號看出他是學長，他自然也能從她制服上的學號知道她幾班。

不爲別的，只爲顧錦言已經一整個週末沒和他說話了，準確地說，是沒和他有任何交流，別說一張紙條，連一個字都沒寫給他。

溫愼行週末沒出門時知道顧錦言也在家，但不是關在自己房間就是在畫室。

他出房間上廁所時總想碰碰運氣，也許會在走廊上遇見顧錦言，卻老是撲空。本以爲吃飯時一定會在飯廳看見顧錦言，踩著飯點下去只看到裝在保鮮盒裡的飯菜，連微波用的保鮮蓋都一併準備好放在旁邊。

溫愼行就算傻也知道顧錦言在躲他，多半是因爲他先前對顧錦言用了手語。他還以爲學了手語，他們之間總有一天就可以不必再借助紙筆，用手語愉快地溝通。結果顧錦言別說高興，當下的臉色不僅難看得好像有人逼他吃蟲，事後還躲了他一整個週末。

然而大概是一個人度過大半童年時光帶來的後遺症，溫愼行非常不擅長向他人描述自己遭遇的問題或困境，也不習慣求助，往往寧願獨自想破頭——可是他受不了了。

能決定來找李悅已經是一大進步。溫愼行拿著那杯芒果青茶來到李悅的班級前，叫住了一個從教室裡走出來的女孩子，說要找李悅。

他站得遠了些等，但距離並不妨礙他在一會兒後聽見裡頭突然爆發的尖叫聲，令他渾身一震。

李悅就在他驚恐地看向教室門口時，匆匆忙忙地跑了出來。

「抱歉，突然跑來找妳，裡面怎麼了？」溫愼行看見李悅的同班同學們正一個個從窗戶或門口探頭探腦往這裡看。

李悅比溫愼行第一次見到她時還要慌張，音調都高了八度，「學、學長！我們去福利社吧！」

「福利社？」溫愼行不明所以，可是李悅已經開始往樓梯間走，他沒得選，只好快步跟上。

五分鐘後，李悅坐在福利社外的餐桌椅上喝著溫慎行送她的芒果青茶。而坐在對面苦惱並且一頭霧水的溫慎行，才剛剛描述完自己上個週末的煩心經歷。

李悅嚥下嘴裡那口茶，「所以……學長你對一個聾人用了手語，結果他生氣了？」

溫慎行沒有明說那個生氣的聾人是他舅舅，他們還住在一起，「大概吧……他震驚又生氣地問我是不是學了手語，還叫我別學了，反正也用不上。」

「好奇怪啊……」李悅捏著下巴，「我曾經和奶奶一起去過聾人協會辦的活動，那裡的人們知道我會簡單的手語時都很開心……」

溫慎行覺得大概不能把顧錦言和那些會特地去參加活動的聾人們相提並論，畢竟顧錦言看起來就不像是個熱愛社交的人，和他一樣。

「學長。」李悅的臉色突然嚴肅起來，「你確定不是你做了什麼別的事情，惹那個人生氣了嗎？」

「應該……沒有吧？」那天以前一切都挺好的，直到他對顧錦言用了手語。

他還以爲自己離顧錦言更近了些，至少不再像當初法庭上素未謀面的陌生人一樣。出了這麼一件事後別說靠近，顧錦言與他之間的距離簡直比一開始還要遙遠——他當初可不至於連人都見不到。

溫慎行突然有種前功盡棄的失落感，儘管從來沒有人要求他必須和顧錦言多要好，畢竟他們終究只是突然被《民法》湊在一塊兒、沒有任何感情基礎的舅甥。

顧錦言只需要負責讓溫慎行吃好穿暖，而溫慎行對他甚至沒有一點責任，這限定十個月，如今只剩九個月的監護關係也會在他滿十八歲時立刻結束。

那他在圖什麼？他為什麼想學手語？從現在這狀況看來，不就是他自作多情、吃力不討好嗎？

溫慎行人生頭一次體會到什麼叫難為情，不禁用拄在桌上的那隻手把眼睛遮住。

李悅在一番深思熟慮後說：「學長，我覺得這只能問本人了。」

溫慎行當然不是沒想過要這麼做，但「想過」和有人對他說「你得這麼做」終究不一樣。他把手移開，一張臉少見地略有皺在一起的趨勢，「真的要問本人啊？」

李悅第一次看見溫慎行露出這種表情，感到有些新奇，嘴上仍非常真誠地回：「對啊。就算都是聾人，每個人的個性都不一樣。就像我們也都是聽人，個性卻不盡相同。」

他知道李悅說的都是對的，可是要他在知道顧錦言正在躲他的狀況下去問這種問題還是太難了點。

「學長，如果你真的很在乎的話就去問吧，假如你還會再見到那個人的話。」

他當然會再見到那個人，那個人可是他舅舅，他們還住在一起呢。

「妳說得對……」溫慎行不情不願地答：「我會……試試看。」

「學長，有些事情不問不會知道。就算很難，開口詢問也很重要，雖然可能會碰壁，至少對方會知道你很有誠意。」

溫愼行本以爲這個話題已經到此爲止，因此略感意外地重新把視線放回李悅身上，就看她幾度想開口卻又把話呑回去，最後終於下定決心似的開了口。

「我……其實對芒果過敏。」

溫愼行傻了三秒，看看李悅再看看她面前那杯好像眞的只少了一兩口的芒果青茶，然後艱難地說：「……對不起。」

「沒關係，謝謝學長請我喝飲料……」明明她才是過敏還硬著頭皮把飲料喝下肚的人，看起來卻比溫愼行還難受，「我只是想強調開口詢問眞的很重要……」

其實他有李悅的聯絡方式。上週五社團課結束時，他想將來或許會需要，所以開口詢問了。

他確實該在選飲料前問問她，這甚至不是喜好問題，而是過敏，嚴重點可能會死人……他怎麼也沒在開始學手語前去問顧錦言呢，蠢蛋。

「還有……」李悅的表情和語氣都有點抱歉，「學長以後如果要找我，可以傳訊息叫我去社辦，盡量不要來班上……」

溫愼行記得剛才爆發的尖叫聲，可是他一時沒辦法把這兩件事聯想到一起，「我會記得的，但是爲什麼？」

李悅不好意思地笑笑，臉頰紅紅地答：「女生班嘛，很愛起哄……總之，如果學長需要找我，就傳訊息跟我說，我有空一定會過去。」

「好，謝謝妳。」他說著伸手按住李悅正打算拿起的芒果青茶，「拜託妳別喝了，我知道錯了。」

「可是這是學長請的……」

「我下次再請妳喝別的，拜託妳別喝。」

李悅喝的明明是芒果青茶，溫愼行卻感覺她喝的好像是他心裡滴出來的血。

溫愼行那天放學後在圖書館裡讀了會兒書才回家。下週就是期末考，他再不讀書實在有點不妙。

之前幾天他和顧錦言還會坐在一起吃飯，顧錦言會在飯好了後敲響他的房門。然而顧錦言從星期五過後就開始躲著他，他就想反正也沒有人等他吃飯，索性讀到將近八點才收拾東西離開。

他進屋後極爲自然地脫下鞋子、把鞋頭朝外擺好，最後用鞋櫃上的酒精消毒雙手。他在這方面的努力非常傑出，顧錦言列出的遵守事項幾乎已經完全內化成他的生活習慣。

餐桌上一樣擺著裝在保鮮盒裡的飯菜，一旁卻並未擺著保鮮蓋，從玻璃上附著的水蒸氣看來，飯菜還是熱的。不只如此，顧錦言本人甚至就捧著一本書坐在沙發上看。

事發後第三天，溫愼行第一次看到顧錦言出現在公共區域。

飯菜是留給他的，顧錦言大概已經吃過了，卻還是在沙發上等著，讓他哪時回來都能有熱的飯菜吃。

就那麼一聲都不吭地吃起來未免太糟糕了。溫慎行跺了幾下腳，顧錦言回頭看了一眼，又把頭扭了回去。

溫慎行也沒要他有什麼反應，就只是知會他一下罷了。他以爲顧錦言是扭頭回去看書，沒想到顧錦言居然站起來走向他，手裡還拿著一張摺好的紙條。

溫慎行嚇得留在原地不動，只在顧錦言把紙條遞過來時機械式地抬手接下。

顧錦言把紙條給了他就走了。他沒有拿筆，代表他想說的話不需要溫慎行的回答，自然也不會站在原地，耐心地等溫慎行動筆寫字。

溫慎行看著他的背影鑽進畫室，後知後覺地覺得這情形似曾相識，心裡的預感也開始不妙起來。

他不情不願地打開紙條，這回顧錦言說：星期五的事對不起，但你不需要去學手語，我是認眞的。

李悅說得容易，溫慎行做起來卻沒那麼簡單。

顧錦言道歉後就開始不再躲著溫慎行，房門不再永遠緊閉，而是輕輕靠著，吃飯時也會來敲溫慎行的房門，然後兩個人一起上桌。

不過他依然一句話都不和溫慎行說，別說是拿筆，甚至不再隨時備好紙筆，也不知是有心還是無意。

溫慎行依舊把那本筆記本帶在身上，就算顧錦言直接用行動表示他無話可說，溫慎行也覺得自己應該道歉。不管從哪個角度來看，都是他對顧錦言使用手語這件事情冒犯到對方了。

他不知道顧錦言爲什麼生氣，隨便道歉感覺反而更沒誠意，然而想知道顧錦言到底爲什麼生氣，勢必得開口問。

但要怎麼問，直接寫「你爲什麼生我的氣」，然後拿給顧錦言看嗎？這麼做雖然最簡單直接，可溫慎行的臉皮還不夠厚。他根本沒跟人有過不愉快，因爲他從來不會和誰過從甚密，更別說發生摩擦。

星期四，收到顧錦言那張道歉紙條後的第三天，溫慎行再也憋不住了，他在吃晚飯時遞到顧錦言眼前的筆記本上寫著：你還生氣嗎？

他努力維持著稀鬆平常的鎮定神情，希望看上去自然一點，就像當初顧錦言問他還發不發燒那樣。

還以爲顧錦言只會用點頭或搖頭回應，他卻放下了筷子，左手向溫慎行要過了筆，接著寫：我沒有生氣。

顧錦言把筆放在筆記本上一道推了回來，拿著碗筷起身離席。

溫慎行很無奈，見這反應，他怎麼有臉問顧錦言到底爲什麼不開心。

到了星期五下午，他一在手語社社辦裡坐下，李悅立刻關心起這件事。

他不知道是李悅特別貼心，一直惦記著他說過的話，還是他把自己的心情都寫在了臉上，有眼睛而且沒瞎的人都看得出來。

最後他只和李悅說沒事，只是需要一點時間，也不知道說的是他自己還是顧錦言，也許都有。

那次社團課，溫慎行和李悅一起研讀了那本書的第二和第三章。他沒有再讓李悅教他別的手語，李悅也沒有提。

溫慎行用讀書塞滿了剩餘的週五和週六，不是去市立圖書館就是咖啡廳，總之就是不待在家。

與其像現在這樣，他還寧願顧錦言繼續躲著他，他就不會察覺到顧錦言把他們之間那條不可跨越的界線加得多粗多深。

星期日，溫慎行照樣一大早就出門，只不過背著的書包裡一本參考書都沒裝。

他在公車站上了車，又換了兩班車後才在鄰近山腳下的市郊下車。這裡嚴格說起來還算是市區內，不過已是非常邊陲的地帶，沒有繁華的大樓，只有幾棟破舊的小公寓。

他下車後熟門熟路地往右轉，於巷口處再往左拐，走進了巷子裡的金紙行。老闆娘早就認識他，問都不必問就拿了一捆金紙出來給他。

溫慎行同樣不必問價格，從錢包取出剛好的金額。買好了金紙，他又到附近的水果行買了一些橘子、蘋果等天熱也不容易壞的水果，付過錢裝進背包後就去山腳下等公車。

他母親是在星期日下午過世的，今天是她走後第五週，她的五七……不知不覺間已經過去一個月了嗎？溫慎行垂下眼想。

那時前來幫他母親誦經祈福的師父說過，現在做七的人不像以前那麼多了。每七天就要辦一場法事對很多家庭來說都是勞神傷財，大家多半只會辦到告別式，等到清明或忌日等時節才會再去掃墓祭祀。

就算有顧錦言付錢，溫慎行也不可能每週都為母親辦盛大的法事。

他知道做七就如其名，一共有七場法事，還會分別由不同身分的人出資主持。光是告別式就只有他、陪同的社工師和她幾個有情有義的同事參加了，哪可能找得到那麼多人來做七。

師父說過這種事有心最重要。溫慎行自認在母親生前做得不多，在她走後能做的也不多，至少頭七、二七、三七，一直到尾七，還有之後的清明節、她的生日和忌日，他都要來看她。

他母親的塔位買在山上的一間小佛寺裡，而開上山的公車特別小臺，也特別少，每個小時只有一班。他出門時算過時間，只在候車亭坐了十五分鐘就等到車了。

車上乘客只寥寥四五人，到小佛寺那站時甚至只剩下溫愼行。他下了車，熟門熟路地走過寺門，和正殿裡的尼姑們點頭打了個招呼，而後直接走往後頭的小廟。

來這裡的人很少，通常只有他一個，今天的供桌上卻已經擺了一份金紙和一份糕點，令溫愼行有些意外。

他把背包放在一旁的板凳上，從裡頭拿出水果走往清洗和整理供品的專用水槽，簡單沖洗一遍後放上敬果盤，拿到供桌前擺好。

溫愼行並不是特別清楚拜拜流程，只知道照師父教的做。他把金紙拿出來和水果一道擺好，到一旁取了三支香點上，一支給菩薩，一支給土地公，最後一支給他母親。

他其實不大相信世界上有神，也不大相信什麼靈魂、死後輪迴之說，但他還是會來拜拜，多少表達尊敬，還有不讓母親太孤單。

母親都走了一個月，他當然不知道她到哪去了，也不知道她會不會聽見他說話。可他站在母親的塔位前拿著香，依然在心裡喃喃念著，報告自己的近況，讓她別擔心，該去哪就快去哪云云……

以往的四次祭拜，他在說完想說的話之後就會把香插進香爐，坐在板凳上等個三十分鐘，等香燒完了再去燒金紙，最後把水果收拾好後就回家。今天不知怎的，他突然苦笑了下，然後自言自語般地說：「媽，妳能不能教教我怎麼和妳弟弟相處啊？我好像惹他生氣了，可是我不知道該怎麼辦，他好難懂。」

回答他的只有無限的沉默，溫愼行自嘲般地笑了下，轉身離去。

他跨過門檻出來時，發現供桌前多出一個滿頭白髮的老婦人。除了另一份金紙和供品外，他還發現前兩個香爐裡都有另一支快燒完的香，想來應該都是這位婦人的。

老婦人恰好在溫愼行走下階梯時抬起頭。他稍稍點了個頭當作問好，沒想太多就直接走到香爐前，上好香後雙手合十拜了一拜，轉身時老婦人就不偏不倚地站在他身後，把他嚇得心臟差點跳出來，「嚇、嚇我一跳……您有事嗎？」

聽起來很像是罵人或挑釁，但眼下的溫愼行除了這句話之外什麼都說不出來。老婦人很顯然不是恰巧站在他身後，因爲她的眼睛直勾勾地盯著他，眼神還愈來愈奇怪。

任誰被陌生人這樣盯著都會感到不快。看在對方只是個老太太的分上，溫愼行不打算說什麼，只想當作遇到怪人，繞過她離開就好。

可是那老婦人看著他的臉，開口就說：「……你是錦心小姐的孩子嗎？」

溫愼行立刻警覺地望向對方，同時告訴自己冷靜一點。上次看見手語翻譯員時，他不也擅自以爲對方和他的監護權有什麼關係，結果對方只是來幫顧錦言翻譯……冷靜，他要冷靜——

冷靜個鬼，這個老太太剛剛說出了他母親的名字，她怎麼知道的？更重要的是，她怎麼會知道他是顧錦心的兒子？

「原來是真的……哎呀，簡直長得和小姐一模一樣……」

溫慎行的腦袋還處在一片混亂中，見這個老婦人的眼眶居然泛起了淚，他連忙說：「您是哪位？怎麼知道我媽媽的名字？」

「哎唷！」老婦人一拍手，開始翻找身上背著的老舊皮包，「看看我這個老糊塗，居然忘了這麼重要的事……」

她拿出了一張邊緣有些發黃的老照片，遞到溫慎行面前，「我在顧家工作過，以前是錦心小姐的奶媽。」

溫慎行接過照片，感覺心臟開始狂跳，他得費些力才能讓雙眼在照片上聚焦。照片裡有個穿戴軍服軍帽，看上去年約四十、表情嚴肅的男人。他手裡牽著一個身高只到他腰側的小女孩，穿著純白色的洋裝與皮鞋，對鏡頭笑得很甜。

溫慎行立刻認出照片裡的女孩，就是小時候的顧錦心，他的媽媽。他臉上裝得平靜，眼裡卻藏不住動搖地抬起頭。

老婦人對他笑了笑，又把手伸進包裡，拿出另一張照片，「我今天是代替老爺……還有少爺，前來看小姐的。」

他的手微微顫抖地小心翼翼捏住第二張照片的一角，拿到眼前。

第二張照片裡依舊有顧錦心，還有多半是他外公的男人。這張照片裡的男人老了點，頭髮也花白起來，臉上多了一些皺紋，眼神卻依然不失威嚴，而他母親長大了許多，完全是個大人了，依然笑得十分甜美。

他們兩人坐在同一張沙發椅上，中間坐了一個有著一頭捲髮、襯衫上打著蝴蝶結、神情緊張的小男孩。

溫慎行不自覺地喃喃說著：「您剛才說老爺、少爺和小姐……那這照片裡的小男生是——」

「啊，你沒見過他吧。」老婦人湊了過來，和溫慎行一起看著照片，「這位是錦言少爺，算起來是你的舅舅。」

他心裡早就猜得八九不離十了，可當他真的從老婦人口裡聽到答案，依然無法將眼睛從照片裡的小男孩身上移開。

還記得溫慎行曾經在心裡想過，他眼裡的顧錦言像是一個沒有過去的人，然而他的過去如今卻千真萬確地被他拿在了手裡。

他原本帶了本書，打算在等香燒完的這三十分鐘看，不過此刻他坐到板凳上時不只沒拿書，根本連背包都沒碰一下。

老婦人的香都燒完了，供品也收拾好了，但她帶著溫慎行坐了下來，一坐下就拉過他的手，握在手心裡，滿臉的疼惜。她在溫慎行臉上看見了當年小姐的影子，有些欲言又止，「你……你叫什麼名字？」

他小心翼翼地回：「……慎行，謹言慎行的慎行。」

「姓呢？你姓什麼？」老婦人明顯激動起來，眼神裡帶上迫切。

溫愼行此時恨極了自己這張該問的事不問，關鍵時刻還撒不了謊的嘴，老老實實地說：「我姓溫……」

老婦人眼裡的失望一閃而逝，接著無可奈何地苦笑起來，「是嗎……果然是當年那位溫先生……」

溫愼行心裡一震，嘴巴比腦袋先動了起來，「您……呃……」

「叫我潘姨就好。」

「潘姨，」溫愼行連忙接著說：「您說的溫先生是……我的生父嗎？」

「既然你都姓溫了，我想是的。」潘姨邊回憶著往事邊說：「小姐當年曾經把溫先生帶回來一次，所以我記得他。你身上也有一點那位先生的影子，但你更像小姐一些。」

溫愼行莫名安心下來，畢竟他不想太像從來不曾存在於他人生裡的父親，那樣太氣人了。

「那時小姐很年輕，才二十還是二十一歲吧，某天突然把溫先生帶了回來，和老爺說要嫁給他。」

溫愼行靜靜地聽潘姨說他出生前，母親的那些故事，他不知道的過去。

「顧家從前就是軍閥，之後依然代代都從軍。老爺做到了中將，一生求子卻未得，只有小姐一個女兒。他不只固執，還對小姐保護得很，早早就替她安排了和好人家的婚事，可小姐不僅不依，還帶了個來頭不明的男人回來。」

她不只帶了來頭不明的男人回來，還跟那男人生了個兒子，那個兒子就是他。溫慎行默默在心裡苦笑。

「所以後來得知小姐和那位溫先生私奔時，老爺氣得差點中風。」潘姨說著也苦笑起來。畢竟那兩個人都不在了，她早就能雲淡風輕地說起二十年前的往事。

「她是幾歲私奔的？」

「我記得是二十二？那時他們應該還沒結婚，小姐也沒有懷孕……」

「應該已經懷孕了。」溫慎行接過話，「因爲我今年十七，她是二十三歲時生下我的。」

「慎行已經十七歲啦，太好了……」潘姨低低地笑了幾聲。她心裡在看見溫慎行一個人來時已經有了個底，卻還是問：「你爸爸呢？他沒有跟你一起嗎？」

溫慎行的臉色有些尷尬，「我從來沒看過他……他們大概在我懂事以前就離婚了。」

他猜他們當年應該有結婚，否則溫慎行不可能不跟著生母姓顧。

溫慎行不知道他父母那時到底有多相愛，愛得不惜私奔都要結婚。可是後來就算結了婚、生了小孩，最後還不是分開了，母親甚至到死爲止都沒再見過那位溫先生……不管多相愛，最後還是會分開，因爲人終究是孤獨的。

「是嗎……」潘姨也沒罵溫先生幾句好爲她家小姐打抱不平，只淡淡地說：「小姐很努力了，一個人把孩子帶大，讓愼行長成這麼好的模樣。」

她看起來是由衷地感到欣慰，連帶著讓溫愼行也不禁微笑起來，「原來她眞的是一個人把我帶大的？我還想過娘家不曉得有沒有給她金援……」

然而要是眞有的話，他就不必千辛萬苦地打工了。

果然，潘姨搖了搖頭，「小姐當年是和顧家斷絕關係後私奔的。她從小就很不服輸，從來不曾向老爺低頭，父女關係也是說斷就斷，更沒有爲錢回頭過。但老爺……」她一想起來又不禁苦笑，「老爺好幾次都非常後悔，卻也未曾去求小姐回來。他們倆都不願退讓，誰知道現在兩個人都走了……」

溫愼行聽著不禁感到心酸。他只有大概猜想過媽媽爲什麼單親，沒想到背後居然是這麼一段辛酸血淚。

他母親本是軍中高官家的千金，爲了愛情拋棄一切私奔，最終卻連愛情都拋棄了她，除了孩子再無所有。

他還記得小時候，母親確實有過一些非常荒唐的事跡，例如不知道怎麼搭公車、不知道怎麼用菜刀。她煮出來的湯不僅味道奇怪，裡面的紅蘿蔔還切得比當時他的拳頭還大。而他吃完那鍋湯就立刻鬧了肚子。

溫愼行想著想著就無奈地笑了。顧錦心當年只是個不諳世事、十指不沾陽春水的大小姐，沒有人教過她怎麼做母親，她眞的很努力了。

「潘姨，您剛剛說我媽媽私奔之後就和顧家沒有聯繫了，那您怎麼知道她過世了？」聊了這麼久，他還不知道爲什麼潘姨會在這裡呢。

「啊，是錦言少爺告訴我的。」潘姨一愣，想起還沒解釋到這，「老爺是五年前走的，那時錦言少爺剛好滿十八歲，就成了顧家的最後一個人。」

那時顧錦心已經跟顧家沒關係了，就算還有血緣，溫慎行也不覺得他母親那性子會回來爭遺產。

「以前顧家有好幾位幫傭，後來我們也都老了。錦言少爺本來就多半待在海外，不常回來，就發給每個人一筆錢當退休金，讓我們統統回家養老。」潘姨咯咯笑了笑，又沉下語氣，「少爺畢竟還是顧家的人，應該是從政府那裡收到通知的吧。」

他確實有收到，不只是顧錦心的死訊，還有她的兒子溫慎行即將變成孤兒、需要他來做監護人的通知。

聽上去潘姨並不知道他認識顧錦言，也不知道顧錦言成了他的監護人、現在跟他住在一起。想來是顧錦言刻意沒說，溫慎行便也決定不提。

「我不知道他有沒有知會其他照顧過小姐的人，至少我來的時候沒有碰見過其他人。少爺眞是有心了……」

「您說您是我媽媽的奶媽，那她的媽媽呢？」溫慎行很好奇，因爲顧錦心從來不提自己以前的事。

「夫人在小姐十歲時因病過世了，她身子本來就不好，所以小姐從出生起就是由我照顧。」

「哦……」所以潘姨實際上等同是他母親的母親了……等等，「潘姨，您剛剛說她十歲的時候，媽媽就過世了？」

溫慎行的臉染上驚恐，潘姨卻沒有察覺，自顧自地掐起手指算著，「我記得沒錯呀……」

溫慎行也跟著掐起手指。他母親今年過世，享年四十，而顧錦言今年二十三，所以他們差了十七歲——

「如果她那麼早就過世了，那、那……」顧錦言是哪來的？顧家老爺有小老婆？還是再娶？那這樣顧錦言算是庶子嗎？還是……

「哦，錦言少爺啊。」潘姨恍然大悟，「少爺是被收養的，和老爺、小姐都沒有血緣關係。」

潘姨此話一出，溫慎行腦袋一片空白，失語了好一陣，「……收養？」

這樣算起來，顧錦言不只跟顧家，也跟他沒有血緣關係嗎？總不可能他素未謀面的生父在外面還有其他家庭，顧錦言其實是他同父異母的哥哥，不可能吧……

「是啊。」溫慎行害怕潘姨又要說出什麼驚人的眞相，幸好她只說：「少爺是老爺一位友人的獨生子，他們從軍校時期就是好友。那位友人病重時曾拜託老爺照顧兒子，他因病過世之後，老爺就名正言順地收養了少爺，當時少爺只有四歲。」

太好了，他們不是什麼失散已久的親兄弟……不對，溫愼行搖了搖頭，把那些亂七八糟的想法甩了出去。

既然會被收養，表示顧錦言四歲時雙親就都不在了。

他曾經想像過顧錦言的家人會是什麼樣的，也就是顧家，他母親的娘家人。然而顧錦言眞正的家人並不是顧家，眞正與他血緣相連的家人已經不在這世上了，就和現在的他一樣，他們是一樣的天涯孤獨。

溫愼行垂下眼時看見手裡拿著方才那兩張照片，又重新拿回眼前端詳。

「潘姨，這張照片是什麼時候拍的？」他問的是有他外公、母親，和小時候的顧錦言那張。

「是小姐二十歲的時候，錦言少爺的生父已經病重，老爺就和小姐一道去探望他，順道見了小時候的錦言少爺，就是那時拍的照片。」

顧錦心二十歲，那麼顧錦言就只有三歲……溫愼行更仔細地看了看照片裡的顧錦言，明明只有三歲卻苦著一張小臉。他是不是那時就知道自己的爸爸病得很嚴重，而他即將要被陌生人收養了？

「二十歲……她還沒私奔，怪不得會有這張照片。」潘姨不知道他認識顧錦言，所以他把那些想法藏在心裡沒說，只說了和他母親有關的事情。

「現在想來也眞令人感嘆……這是他們三人唯一一張的合照，在那之後小姐私奔，少爺一直留在海外，老爺的身體也每況愈下……」

潘姨從很年輕時就一直在顧家工作，見過許多人來人往和悲歡離合，顧家彷彿注定天倫不全的下場格外令她唏噓。

溫愼行現在不只知道了自己的身世，連他母親的也知道了。這是他十七年來時常想起，卻久久不得其解的一個謎團，如今終於撥雲見霧。

「愼行。」潘姨喊了他一聲，笑彎了眼，「你過得好嗎？」

溫愼行愣了愣，一時不確定該怎麼答。

顧錦心還在時，他們在物質上並不富裕，但他知道顧錦心愛他，也從未怨天尤人。後來顧錦言出現在了他的人生裡，他想起這兩三週以來他們相處的所有時光、筆記本和素描簿上的每一個字，以及他現在還在和顧錦言鬧彆扭……

溫愼行最後笑了下，「我過得很好。」

聞言，潘姨很滿意地點了點頭。

溫愼行又說：「潘姨，謝謝您告訴我這麼多，也很謝謝您來看她。我很高興今天在這裡遇見了您。」

潘姨立刻笑了起來，欣慰得彷彿快落淚，「我也是，沒想到能遇見錦心小姐的孩子。我也非常、非常地開心。」

他本只想和潘姨輕輕點頭道別，潘姨卻朝他張開了雙手。

溫慎行難以拒絕，只好有些難爲情地接受了潘姨的擁抱。

之後潘姨有些依依不捨地同溫慎行道別，說她下星期會再過來，若是有緣必定會再見面。

溫慎行站起來向她鞠了躬，目送著她微微佝僂的背影離去。

潘姨已經很老了，可是她的擁抱依然十分堅定溫暖，而他母親就是在那樣的臂彎裡長大的。

溫慎行在回程的公車上不停地看潘姨留給他的那兩張舊照片。

他記憶裡的母親沒有太多樣貌，因爲他根本很少在生活中見到她，即使見到也只是短暫的一兩眼。他記得最清楚的是她帶著倦意與憔悴的睡容，和最後五年裡渾身病氣、愈發消瘦的模樣。

兩張照片裡的顧錦心分別是小女孩和女人的樣子，無論哪個都不是溫慎行知道的顧錦心、都是她還沒成爲一個母親的時候。

他幾乎沒看過她笑得無憂無慮的樣子，此刻看著照片，不禁想著如果顧錦心沒有生下他，是不是會過得比較快樂？

溫慎行又去看了照片裡的小顧錦言，頂著一張苦巴巴的小臉和長大後也依然沒變的一頭捲髮。

他起初還有點驚訝顧錦言是被收養的，知道身世後再看照片卻不意外了，因爲他和兩個顧家人長得一點都不像。

顧錦心和老爺看起來都是一點自然捲都沒有的直髮、明顯而深邃的雙眼皮，而顧錦言是捲髮和單眼皮；顧錦心是渾圓的杏眼，顧錦言是丹鳳眼。

溫愼行在公車到站時把照片收進背包，準備去等會直接載他回家的另一班公車。

顧錦言和他並沒有血緣關係……不知怎的，他在得知這件事時只感覺被嚇了一跳，然後很快就接受了。

爲什麼呢？大概是他打從一開始就覺得顧錦言身上沒有一處像他母親吧，無論是外貌、個性，還是氣質。他母親就算曾是千金小姐，後來也爲了他染得一身煙火氣；顧錦言身上沒有名家少爺的氛圍，但也沒什麼人情味，更像是個用冰塊鑿出來的人。

眞正令溫愼行意外的是顧錦言特地從海外回來，就爲了成爲他的監護人。

潘姨剛才不只一次提到他常年待在海外，可是當他一聽說和他沒有血緣關係的姊姊過世，留下了一個同樣和他沒有血緣關係，還未成年的外甥，不只趕了回來，還提出要做這個外甥的監護人，最後也眞做成了，還做得很好。

溫愼行好幾次想過顧錦言大可用顧家的錢另外找一間屋子，把他扔過去，每個月只負責給錢，需要的話再幫他找個打掃煮飯的幫傭，就像很多父母忙碌的雙薪家庭，他們不都這麼養小孩？

可是顧錦言沒有。他讓溫愼行和他住在一起，準備好他會需要的一切，兩人都在家時還一定會叫他出來一起吃飯，天知道他最後一次和母親一起吃飯是什麼時候。

儘管顧錦言和顧家沒有血緣關係，但當顧家老爺和顧錦心先後走了之後，他理所當然成了顧家的唯一繼承人，不必特地做樣子給誰看，前軍閥兼軍中高官家的遺產早就全都是他的了。

難道是爲了還人情嗎？還顧家在他變成孤兒時給他一個容身之處的恩情？但如果顧錦言常年留在海外，他大概才是那個每個月被錢養大的小孩。這樣的他不至於爲此放棄在海外的生活，就爲了溫愼行一個人趕回來吧？

顧錦心二十二歲時就離開顧家，人在海外的顧錦言不可能和顧家或她多親密。他怎麼想都不覺得顧錦言有必要爲了一個半大不大、扔給社福機構一年也無傷大雅的外甥回來。

即使沒有血緣，也沒有人情的束縛，他就是回來了。

溫愼行曾經擅自以爲顧錦言是個冷冰冰的人，又擅自以爲自己好像多少離他近了一些，如今再退回一開始的起點，感覺他看不透顧錦言了。

不對，或許從來沒有看透過吧。溫愼行回到家，在畫室門口看見裡頭的顧錦言時如此想著。

顧錦言正站在他們一起整理好的書櫃前，耳朵上夾了枝鉛筆，手裡捧著一本書翻看。溫愼行還看見了他身後的畫架放著空白的帆布，應該是在打草稿前找參考資料。

顧錦言感覺到門口的視線而抬頭，他倆四目交接。溫慎行感覺他多少變得能讀懂顧錦言的眼神了——就和前天星期五下午一樣，他語氣平平地說著「你回來了」。

那一眼立刻讓溫慎行憶起他在回家途中想過的事。如果他和顧錦言沒有血緣關係，他們還算是家人嗎？還是兩個被收養與監護關係先後綁住的陌生人？

溫慎行只和顧錦言點了個頭，生疏得彷彿已經在心裡承認他倆就是陌生人，扭頭就想回房間。

可是身後傳來了顧錦言的跺腳聲。溫慎行有點錯愕地回頭，就看顧錦言手裡拿著他方才隨手搆到的素描簿，邊寫字邊朝溫慎行走來，走到他面前停下腳步時剛好也停筆：午餐想吃什麼？

溫慎行瞪大了眼，讀完那行字後又去看顧錦言的臉，來回了至少兩三次。

他每周日去看母親的路程絕對不近，來回就要花上兩小時，還要再算上採買、等香燒完的時間，今天還和恰好遇見的潘姨聊了挺久。他早上八點半出門，回來時都一點多了。

顧錦言沒直說冰箱裡有飯菜，而是問他午餐想吃什麼，就像是在等他回家一起吃飯。

顧錦言知道溫慎行每個星期日早上都會出門，約莫中午時會回來，但這是他第一次在星期日等人回來吃午餐。

星期日很常是他的趕工日，因爲商業委託和參展畫件都喜歡把期限壓在星期一，才能用剩下的四個工作日來跑完後續的流程。拜此所賜，顧錦言的週末往往十分緊湊，尤其他是一旦拿起筆，完成前絕不會停手的那種人，所以他會提前在冰箱備好隨時加熱都能吃的飯菜，不僅給他自己，也給溫慎行……但他今天特地等溫慎行回來。

方才那一眼也讓顧錦言知道一件事，那就是溫慎行心裡還是有疙瘩，因為他的眼神又帶上了當初的拘謹與防備。

顧錦言以為他說了對不起、重新上桌一起吃飯就夠了，卻忽略了溫慎行和他有多像。溫慎行絕對不是一個快樂無憂的少年，顧錦言甚至不需要去看他的眼睛，想想他的成長經歷就能知道了。他太早學會並習慣和孤獨相處，面對周遭笑他又窮酸又沒爸爸的冷嘲熱諷，他知道哭泣或反擊都沒有意義，所以變得內斂又早熟，把所有情緒都藏在心裡。

這些心緒無處可去，最後就只能從眼裡傾瀉而出，所以就算溫慎行不說也不寫，他的眼神依然傾訴了一切，全都被顧錦言看在眼裡。

於是他又主動踏出了一步，就像他當初讓溫慎行不必把他當成家人，但也不必那麼小心翼翼。

溫慎行愣了一會兒後才伸手去掏他不管穿哪件褲子，都已經習慣隨時放在口袋裡的筆記本，連忙寫道：都可以，你吃什麼我都吃。

顧錦言點點頭，正打算再寫一行字讓人去洗手，卻發現溫慎行的筆沒有停下，依然沙沙寫著。所以他停了筆，靜靜地、耐心地等，直到溫慎行將那行字拿到他面前。

你是不是因為我用了手語，所以不開心？

顧錦言說他沒有生氣，是溫慎行忽略了人的負面情緒並非只有憤怒，無論那天顧錦言眼裡盛滿的情緒究竟是什麼，肯定不是什麼好東西。

這回顧錦言沒有否定，點了點頭。

溫慎行把筆記本轉回去，又動起筆來：是不是因爲我是聽得到的人，對聾人一點都不了解還用手語？

他其實有點害怕，因爲無論顧錦言答是或不是，他都不曉得該怎麼辦。

顧錦言讀完後搖了搖頭，抬起手裡的素描簿和筆，緩緩寫了起來：你沒有做錯，是我自己。

顧錦言做錯了什麼？他才是被冒犯、被惹得不開心的人，溫慎行很困惑，卻依然寫：你願意告訴我爲什麼嗎？

他在顧錦言開始動筆時有些忐忑，直到看見顧錦言寫下的回答才稍微緩了一些。

改天吧。

聽起來就像是句委婉的「我拒絕」，溫慎行癟了下嘴，但還是老實地點了點頭。他正想繼續動筆問顧錦言他還能不能學手語，顧錦言卻彷彿會讀心似的先將這行字塞到他眼前：你還是可以繼續學手語，不過我不會陪你練習，而且你學了也不會有任何好處。

溫慎行讀完，腦袋還沒完全理解，只因爲不好意思讓顧錦言一直舉著手而點點頭。

顧錦言見狀把素描簿收回去，又寫了一行字叫他去換衣服洗手準備吃飯。接著他擱下素描簿，打算轉身回到畫室，身後的溫慎行卻跺了幾下腳。

顧錦言回頭，就看溫慎行低著頭寫字，時不時抬起頭來看他，彷彿想確認他不會在他寫好字前跑掉。

一會兒後顧錦言看見他在筆記本上說：我還是惹你不開心了，對不起。

即使顧錦言說過不是溫慎行的錯，他還是道歉了，讓顧錦言有點意外。同時他想起那張本末倒置讓溫慎行更加繃緊神經的道歉紙條，不禁無可奈何地笑了起來，然後搖了搖頭，彷彿說著沒關係，他已經不介意了。

既然兩個人都道了歉，再去追究誰對誰錯已經沒有意義。

顧錦言離開畫室到廚房去後，溫慎行回到房間，放下書包並開始換衣服。這也是顧錦言要求的，回到家就要先把外出服換掉，看是要掛到門後還是丟進洗衣籃裡，總之不要穿著在家裡亂晃，把外面的細菌撒得到處都是。

他手上的動作繼續，腦內的思考也沒停。

顧錦言說他不會陪自己練習手語，想想也挺正常的，他看起來就不像會爲這種生產性極低又極費時的事浪費精力的人。

然而顧錦言竟然不反對他學手語，這出乎他的意料之外。看顧錦言當初的反應，他還以爲他會因爲比手語被扔出去呢，難道是想了一個週末以後終於開竅了嗎？

不過他又強調了一次學手語不會有好處，這又是爲什麼？

如果他也學會了手語，和顧錦言交談就再也不需要紙筆，對他們兩個人來說都少一點麻煩，難道不好嗎？而且手語是顧錦言的語言，他還記得李悅當時說的那句話。

「這不是有很多好處嗎……」溫愼行喃喃道。

第四章

溫愼行的生活在那之後又恢復成風平浪靜，至少他自認一切又回到星期五那場小小的不愉快發生之前。他不再爲了顧錦言的一點小反應如履薄冰，也不再擔心他會不會又做了什麼惹顧錦言不開心。

除了那十幾條遵守事項，那些仍然是特大號的地雷。有次他從房間出來吃飯，坐上餐桌前忘了洗手，對面顧錦言投過來的一記眼刀就讓他感覺脖子一涼，立刻從椅子上跳起來衝去廚房水槽邊。

他都懷疑顧錦言要不是會通靈，就是不只在腦袋的後面和兩側，還有整間屋子上下都長了眼睛，否則他是怎麼看見自己沒洗手的？總不可能是因爲他沒聽見吧。

顧錦言當時的眼神絕對比質問他爲什麼學手語時還要可怕。

說起手語，他在這方面也有點小小的進步。當他對顧錦言比出「早安」、「謝謝」等簡單的手語，還有當初的炸彈引信「不客氣」，顧錦言也會用對應的、確定他也知道的手語回應。

因爲他比了「不客氣」就躲了他整個週末的顧錦言彷彿從來不曾存在。現在這個會看他比手語，也會用手語回應他的顧錦言意外地讓他有點開心，甚至開心得開始在星期五以外的時候也約李悅吃午餐，他們的社團課逐漸擴展成了以手語爲主題的讀書交流會。

他沒對李悅多說什麼，只說他和那個聾人和解了，他還是想學手語。李悅也沒多問，只是爲他感到開心，然後教他更多簡單且常用的手語。

生活乍看非常快樂，除了即將在下星期開始，也就是迫在眉睫、火燒屁股的期末考。其實考前一週的社團課是會被取消的，溫愼行沒有玩過社團不知道，是被當天才想起有這回事的李悅一則訊息敲醒，宛如當頭棒喝，於是答應她這週五先不碰面的提議。

他不只該讀書，也占用人家夠多時間了，李悅看起來就是個好學生，而且都考進第二志願了，要繼續讀書考上好大學是一定的，他怎麼能耽誤別人。不是每個人都跟他一樣不打算考大學，尤其是在第二志願的學校裡，大概除他以外半個都找不著。

星期五晚上十點，溫愼行直到警衛來趕人了才從準備關門的圖書館裡出來，不快也不慢地往校門走。

他星期日晚上在餐桌上和顧錦言說了月底期末考，他大概會常常在學校讀書讀到很晚才回家，會自己解決晚餐——好不容易才可以再次心無疙瘩地和顧錦言一起上桌吃飯，期末考眞不識時務。

溫愼行到家時，一看畫室的燈還開著，就知道顧錦言在裡頭。

他在轉角處拐去了和他房間方向相反的畫室，在門口朝顧錦言跺了跺腳，接著等顧錦言抬起頭，用他已經相當熟悉的眼神說「你回來了」。

這逐漸變成了溫慎行與顧錦言習慣的日常。

不過暑假很快就要開始了，等到暑假，學校會特別爲要升高三的學生開設暑期輔導，但並不是強制參加。

如果他想的話，就可以有更多時間待在家裡……他想多和顧錦言待在同一個家裡嗎？是因爲他會的手語愈來愈多、能用更多手語和顧錦言溝通讓他很開心嗎？溫慎行洗好澡躺上床時不禁暗忖。

他決定先把那連自己都想不明白的心思扔到腦後，轉頭看向了床頭櫃，起初那上頭只有一包抽取式衛生紙和他每天隨身攜帶的筆記本，從上週日開始多出了兩張舊照片。

溫慎行伸手構來那兩張照片，裡頭有他素未謀面的外公、分別是女孩和女人的顧錦心，還有二十年前的顧錦言。

時間過得很快，顧家老爺已經走了，母親從小女孩變成了大人，最後也走了，小男孩則長大了，成了他的監護人……照片裡的他們曾經想過自己的未來會變得如何嗎？

溫慎行其實沒怎麼想過未來的事，他從前滿腦子都是打工，打工才能不餓死、貼補家用，不打工就繳不出下個月的房租和水電費。他剛上高中時，顧錦心的身體已經差得只做得了一些簡單家庭代工，他們主要是靠他打工的薪水和低收入戶補助才勉強過活。

現在他母親已經得到解脫，他也不必再辛苦，可是將來呢？他不擔心考不考得上大學，反而更擔心繳不起學費。雖說大學有獎學金能申請，再差也不過是回到日夜打工籌錢的生活，然而一想到那麼遠，他卻感覺心好像沉了下去。

溫慎行三月就會滿十八歲，等到六月畢業、九月上大學時，顧錦言早就不再是他的監護人了。到了那時候，他和顧錦言會變得怎麼樣呢？顧錦言還會留在他的人生裡嗎？

讀了一整晚書的腦袋根本想不得這麼複雜的事，眼皮重得不知不覺間落下，溫慎行就那麼睡著了。

等到顧錦言終於趕出明天要交的畫稿、準備回房時就看見溫慎行的房間燈還亮著，房門沒關上，他就湊到門前看了看。

無論是他還是溫慎行都習慣關起房門睡覺。顧錦言出畫室前看過一眼時鐘，此刻已經接近半夜兩點，明天是星期一，溫慎行是要考期末考的人，怎能到了這時間還醒著。

他猜溫慎行該不會還在讀書，走到房間前連門都還沒進就看見側躺在床上、微微蜷著四肢縮起身體、早就睡著了的溫慎行。

顧錦言是第一次看見他這麼沒防備的樣子，本想伸手進去把電燈關上就好，直到他看見溫慎行手邊的那兩張照片。他想要是被睡熟了的溫慎行翻身壓到就不好了，便輕手輕腳地推開門走了進去。

走近床邊，顧錦言才發現溫慎行睡著時不只表情好像比平時小了幾歲，就連蜷起身體的樣子都像個小孩。興許是溫慎行的眼裡平常總是裝滿太多思緒，讓他不像個十七歲的少年，他睡著時閉上那樣的一雙眼，眉間卻依舊留有兩道淺溝。

十七歲的少年本該是快樂的，不管是在球場上揮灑汗水，還是爲了永遠填不飽的肚子或考卷上的滿江紅苦惱，都是只屬於那個年紀的快樂，過了就不會再有了……溫慎行享受過那些快樂嗎？

顧錦言想了想，然後慢半拍想起自己的十七歲也不怎麼快樂，哪有資格發表意見。

他本著替溫慎行把照片放好的意思伸出手，拿起來時順便看了一下，結果不看沒事，一看不得了，溫慎行怎麼會有這兩張照片？

顧錦言不自覺地皺起了眉，反反覆覆地看了照片好幾次。從泛黃的痕跡還有老照片特有的味道判斷，這並不是新洗出來的照片，而是有人把舊照片給了溫慎行。

顧錦言想都不必想就知道是誰到現在還持有顧家的老照片，還一留就留了二三十年——一定是潘姨，或是其他在顧家做過幫傭的人。

問題是溫慎行是怎麼拿到的？跟顧家什麼時候聯絡上的？顧家明明連顧錦心的死訊都是經由他才得知，怎麼會知道溫慎行的存在？

如果溫慎行眞的是從顧家的老傭人那裡拿到照片，那他大概也知道他的來歷了……他倒不是多想藏著掖著這件事，紙本就包不住火，更何況他連想包的意思都沒有。只不過他原本想親自告訴溫慎行，而不是經由別人的嘴，搞得他好像很想隱瞞這件事。

他很努力地猜測溫慎行是怎麼碰上顧家老傭人，也許他錯過了什麼蛛絲馬跡，但他想破了頭也沒有結果，最後只是把照片拿到眼前，再一次細細端詳起來。那張三人合影對他來說也已經是相當模糊的往事，他只見過顧錦心一次，當時的她就是照片裡的她，是顧錦言唯一知道的顧錦心。

顧錦言用拇指摩挲合照裡顧錦心的笑臉。他永遠都記得第一次見到顧錦心，那是打從他記事起第一次有人對他那樣笑，宛如一道溫暖的陽光，照亮他心裡所有的陰暗角落。

他看了看張照片裡的顧錦心，又看了看一旁熟睡著的溫慎行，嘴角不知不覺掛上一抹很淺很淡，卻十分溫柔的微笑。

顧錦言將照片放回溫慎行的床頭櫃，拉過了一旁的毯子幫他蓋上後靜靜地退出房間，順手關上了燈。

溫慎行的學校期末考只有兩天，接著馬上就是結業式。

全心全意地投入某件事時總是會感覺時間過得很快，溫慎行順理成章地認為自己對待期末考大概非常認真，才會覺得高中二年級的最後一週一下子就過去了。

該週週末是他母親的六七，他一如往常地上山一趟去看她，這次卻沒遇到潘姨。他沒有多想，該做什麼就做什麼地拜過母親，然後下山回家。

他到家時顧錦言居然不在，明明是個又名截稿日的星期日，對此他也沒有多想。

到了暑假第一週，李悅說她每週還是會有幾天到學校讀書，溫慎行就也跟著報名了自由參加的暑期輔導，一週挑幾天去學校，李悅也在時就在手語社一起上社團課，或者說讀書會可能更恰當。

即使放了暑假，溫慎行的生活好像也沒什麼變化，他不知道自己是安心還是失望，畢竟如果他真的多了更多時間在家，表示他會和顧錦言相處得更久。

他當然不討厭顧錦言，卻感覺有點複雜，並不是他多想和顧錦言待在一起，或是有多見不得顧錦言……不過，眼下讓生活維持不變似乎是最保險的。

於是他依然在星期日一早背起背包出門，那天是他母親的尾七。

當溫慎行插上第三支香時，原先晴朗的天空竟然下起了暴雨。

山上的天氣本就說變就變，他起初沒有太在意，覺得也許等香燒完雨就會停，畢竟暴雨往往下得突然，停得也突然。

溫慎行上週沒碰到潘姨後就又重拾了帶書過來的習慣，坐在板凳上看書，靜靜地度過三十分鐘。

潘姨今日依然沒有來，暴雨也仍舊沒有要停歇的跡象。

溫愼行燒完金紙回到供桌前，邊收拾供品邊回頭看屋檐外陰鬱厚重的天空，灰黑的雲團短時間內大概散不了。他不是沒帶雨傘，而是雨傘在這麼大的雨勢之下毫無用處。

山上的公車站沒有候車亭，只有孤零零一個站牌。

這是溫愼行第七次上山，並且正因如此，他非常清楚山上的公車幾乎不曾守時。他從來沒有在時刻表上寫的時間等到公車過，往往他下來時公車剛走，或是他原本想等的那班不知道去了哪裡，他就得再等上將近一個小時。

雨天的交通更容易被耽誤，不必想也知道今天的公車不可能守時，就算他走到了公車站，可能也得站在暴雨中苦苦等待。

六月初那場夏季感冒讓他心有餘悸。他不覺得喝完顧錦言給他的維他命發泡錠能把他的免疫力加強到哪去，特別是他這個星期幾乎每天挑燈夜讀，身心俱疲。

溫愼行聽過太多一放寒暑假或畢業就開始瘋狂感冒的鬼故事。他不只剛放暑假，不久前還剛發燒三天三夜，所以並不想冒風雨下山，就爲了早點回家。

其實他大可以繼續坐在這裡等雨勢變小，但他記著顧錦言星期日會等他回家吃午餐。

溫愼行默默地從口袋裡摸出按鍵式手機，這是他當初開始打工時爲了塡聯絡資訊去辦的門號，挑了只要能打電話、傳簡訊就好的機型，要價不過兩三千塊，他打工一個星期就能賺回來。

他看了看手機螢幕上顯示的時間，差不多要十二點了，是不是該傳封簡訊給顧錦言，告知今天不會回家吃午飯？

顧錦言大概不會多問什麼，甚至不曉得會不會回信。溫慎行沒有傳過簡訊給他，他可以爲了這種事情傳簡訊給顧錦言嗎？搞不好顧錦言今天不會等他回去吃飯啊……

溫慎行正要一手打簡訊，一手拿起剛剛拜過他母親的蘋果準備當場開吃，一雙黑色的靴子踩著雨滴，突兀地闖進了他的視野。

他還想是誰冒著這種大雨來拜拜，抬起頭就看見那雙黑靴的主人竟然是他的舅舅。他嚇得整個人往後彈了下，差點從板凳上掉下來。

顧錦言倒是一如往常地一臉淡漠，默默收起傘踩進廟地。

溫慎行是眞的開始懷疑顧錦言會通靈了，愣愣地刪掉原本手機訊息欄裡的幾個字，改打：你怎麼在這裡？

他把手機遞給顧錦言，想著他可以也用打字回覆，但顧錦言沒有接過，只是探近點讀了螢幕上的字，然後從外套的內袋裡掏出他隨身攜帶的手帳。

溫慎行默默把手機收回來，收回口袋前還看了看，顧錦言是嫌他的手機髒所以不肯碰嗎？他們不是沒有在筆談時共用過一枝筆啊。就算不是智慧型手機，他也覺得打字應該會比手寫快一些才對。

怕顧錦言是眞的介意他碰過的東西，溫慎行乖乖地掏出自己的筆記本，壓根沒想要藉顧錦言的手帳來繼續交流。

就在他胡思亂想時，顧錦言寫好了他的回答：因爲下雨了。

溫慎行抬頭看看他，然後寫下：你來接我回家？

顧錦言讀了，亮出他的車鑰匙，在溫慎行眼前晃了晃。

他第一次知道顧錦言會開車時非常吃驚，因爲他曾經以爲聾人不能開車。溫慎行當然沒有傻到直接去問顧錦言，然而他看見顧錦言開車來幫他搬家時的眼神立刻露了餡。

顧錦言也沒罵他，只是頗爲無奈地在紙上寫：我是聾了，但沒有瞎。

溫慎行事後查了法規，發現聾人確實能夠合法報考機車與小型車駕駛執照。

他理性上接受了顧錦言會開車的事實，感性上卻依然不敢置信。而現在顧錦言在暴雨天特地開車過來接他回家，他完全接受事實的速度快得自己都覺得好笑。

不過那不是重點，溫慎行回過神，又在紙上寫下：你怎麼知道我在這裡？

顧錦言沒來過這種佛寺幾次，還在張望四周，看見溫慎行那行字時才再次拿起了筆，不一會兒後寫道：你每個星期日早上都會出門，我當然知道。

讓顧錦心的骨灰放在這裡的契約就是他這個成年人簽的，他怎麼不知道。

溫慎行從來沒有主動說過他每週日早上都去哪了，顧錦言也沒有問，因爲他打從一開始就記得顧錦心過世那天是個星期日。溫慎行一週不缺地在星期日早上出門，然後在差不多的時間回來，去哪裡也很好猜了。

溫慎行沒想這麼多，再寫了一行字：你一直都知道我每個星期都會來這裡？

顧錦言看著他點了點頭。

溫慎行再次動筆時遲了一些，一會兒後才把筆記本拿到顧錦言面前：今天是她的尾七，最後一次了。

所以他不會再每週過來了。溫慎行其實是這個意思，不過他沒有把這句話寫出來。

顧錦言一直都知道他每個星期都會來這裡，卻一次都沒有和他一道來過。他起初只覺得大概是他們姊弟本就沒那麼親，直到他從潘姨口中知道顧錦言是被收養的，甚至常年待在海外，顧家對他多半只比陌生人多親上那麼一點點。

這樣的顧錦言不來又有什麼好奇怪的，他連顧錦心的告別式都只送來一對花籃而已。

溫慎行一想到這些，就想到自己一週不落地來看他母親，看在顧錦言眼裡不知道是什麼滋味？他大概不能理解吧。

從顧錦言的立場來想，他好心接手照顧的沒有血緣的外甥連續七個星期都特地來這種荒郊野外，就為了看可能他一點都不親的姊姊，甚至還有意無意地瞞著不說。溫慎行光想想就在心裡起了疙瘩。

他確認顧錦言看完後把筆記本收回口袋，轉身開始收拾背包，想著能早點離開最好。

顧錦言卻沒打算走，等在了原地，直到溫慎行望向他。

溫慎行疑惑著，沒想到顧錦言居然寫了一行字：你能教我嗎？

教什麼？溫慎行抬頭看顧錦言的眼睛，發現他視線往香爐和菩薩像一瞟，用下巴點了點那個方向。

溫慎行重新拿出筆記本：教你怎麼拜拜？

顧錦言點了點頭。

溫慎行又寫了句：你沒有拜拜過嗎？

顧錦言挑起一邊眉毛，像是在說「我要是有拜過還需要你教嗎」，然後搖了搖頭。

溫慎行摸摸鼻子，想起顧錦言以前多半待在國外，沒拜拜過也挺正常。於是他把點香、上香、拜三拜等流程演示了一遍。

顧錦言看完，乾脆俐落地點頭，照著溫慎行教的依序給菩薩和土地公上了香，最後是往生者。

溫慎行在一邊看著，發現顧錦言在往生者的香爐前閉眼合掌、無言祈禱的時間最長。他有很多話想和顧錦心說嗎？

顧錦言人很瘦，五官線條雖明顯卻不特別鋒利，反而意外相當柔和。當他一閉起眼睛，溫慎行才發覺自己初見顧錦言時之所以覺得他冰冷，就是因爲那雙彷彿蒙上厚厚一層冰的眼睛，讓人看不透他的心思，好像還將所有人都拒於其外。

那雙眼睛一閉上，冰冷的距離感也隨之消失。

溫慎行突兀地想起他好像很久沒有覺得顧錦言冷漠過了，尤其是經歷那次不愉快，他們把話說開以後。

隨著顧錦言睜眼，溫慎行連忙把視線別開，用耳朵聽著他的腳步聲走近香爐上香。他在筆記本上寫了一行字，告訴顧錦言要等香燒完，接著招呼人在板凳上坐下。

顧錦言坐在佛寺裡的畫面新奇又違和，因爲他和香火的氣息一點都不搭調。

溫慎行並沒有從潘姨那兒問到太多顧錦言的往事，畢竟她根本不知道他倆其實認識，他也不好多問。自從知道顧錦言常年待在海外，溫慎行偶爾還是會想像他是在什麼樣的地方出生長大，原本的家人又會是什麼樣。顧錦言在他眼裡就像是用冰塊鑿出來的，或是某天有塊大冰山裂開，他就從那裡頭出生了之類的。

顧錦言在他忙著想這些時又將寫了一行字的手帳遞了過來：我知道你和潘姨碰面了。

溫慎行又嚇得差點掉下板凳，望向顧錦言的眼神異常驚恐。

顧錦言想他大概一時也不知道能說什麼，就又寫道：你應該已經聽說了不少事情，不過如果你還想知道什麼，可以問我。

溫慎行看看顧錦言，又看看顧錦言寫的那行字，來來回回地反覆好幾次，最後才慢吞吞地又掏出筆記本，寫了一行字後遞過去：你和我媽媽關係好嗎？

顧錦言和他母親沒有血緣關係，也沒來她的告別式，可能還到尾七才第一次來看她，所以溫慎行並未期待他回答什麼，問這個問題只是想解決心裡的疙瘩。

顧錦言在他極度意外的眼神之中點了點頭，沒有在手帳上動筆寫字，反而從外套的內袋裡掏出一張摺得相當整齊的紙，拿給溫慎行。

那張紙有些泛黃、看起來有些年紀，立刻讓溫慎行想起他的筆記本。他小心翼翼地把紙攤開來，裡頭密密麻麻的好幾行手寫字讓他曉得這是一封信，還是署名給顧錦言的信。

給我的弟弟錦言：

這封信到你手上時或許已經十月了，聽說緯度高的地方在冬天時天黑得很早，你放學回家時的天空還亮著嗎？

上個週末來了個颱風，風雨還挺大，蔬菜和水果都變得好貴。我和慎行說了，他很高興地說他可以不用吃胡蘿蔔了，我接著說蘋果也吃不到了，因爲我們買不起。他立刻失望地嘟起了嘴，然後說要和我一起去工作賺錢，把我逗笑了。

之前運氣好，慎行抽中了公立幼稚園的名額，他這個月開始上學了。

慎行一直沒有同年齡的朋友，因爲我一直沒有時間和體力帶他去公園玩，也不認識其他孩子的媽媽。我覺得很對不起他，希望他會喜歡幼稚園。

等香燒完的那三十分鐘，溫慎行坐在顧錦言旁邊的板凳上讀起那封信，裡頭大多寫滿這種閒話家常，或是關心顧錦言在國外的生活如何，文字簡單、樸實。

她在信裡頭說了很多事，溫慎行都不太有印象了。他靜靜地讀著，像是在透過母親留下的文字試圖記起過去。

我前陣子去了一間美術館打工。他們要辦一場特展，所以招了一些臨時工讀生，那裡的時薪很不錯，而且我剛好受夠了罐頭工廠，就當給自己一個休息的機會去應徵，結果眞的選上了。

溫愼行讀到這段時輕輕地笑了出來。他還記得他母親有多麼灑脫、隨遇而安。

顧錦心是個神奇的女人，她換過很多份工作，每一次都會和溫愼行說。小時候的溫愼行覺得她酷斃了，什麼都做過，長大才發現她大概每一份工作都是呼之即來、揮之即去的臨時工。

顧錦心原本就是養尊處優的大小姐，當時溫愼行還不知道她甚至爲了私奔而輟學，連大學學歷都沒有，因而找不到太好的工作。日後等他長大、懂事了，才眞正體會到他們的家境一直以來有多麼困難。

在他還太小、不懂得這些時，她總是把所有事情都說得很輕鬆，笑著告訴他「一定會有辦法」，然後神奇地解決問題。

雖然他大了之後就知道沒有什麼好神奇，就只是她會爲了多賺些錢而把身體拚壞。可是她從來不說，甚至不會在他面前露出倦容，總是苦苦撐著，直到她在他十二歲那年得了肺炎。

他接著讀下去，深埋腦海中的一部分記憶似乎開始見了光。

展覽結束後，我拿到了一部份沒賣完的紀念品，衣服、馬克杯、提袋這一類的，裡面有本很漂亮的筆記本，還配了一枝筆。我本來想一起寄給你，結果愼行那小子把筆偷偷抽走帶去幼稚園，就只剩下筆記本了。

溫愼行幾乎立刻就想起這回事。那時他們在幼稚園開始要學寫字，老師讓他們記得帶文具來。他的同學們都帶了漂亮的自動鉛筆、原子筆，還有在小孩眼裡比什麼都酷的機關鉛筆盒，只有他拿著三枝普通到不行的鉛筆。

他很不甘心，所以回家看見桌上堆了一堆東西，其中一本筆記本夾著一枝特別漂亮的筆時，立刻就把筆偷偷抽了出來，裝進書包。

母親很少對他生氣，那次她難得面有怒色，嚴肅地告訴他未經同意擅自拿別人的東西就是小偷。

現在十七歲，讀著這封信的溫愼行從口袋裡把顧錦言寫下遵守事項後交給他的筆記本拿出來。微微泛黃的紙張和空虛的筆套讓他幾乎不必思考，就把信紙和筆記本一道塞到顧錦言眼前，而後挑起眉看他。

顧錦言默默地點頭，又用下巴點點信紙，示意他繼續讀下去。

我開始在特展打工後才知道那位畫家是加拿大人，來自你出生長大的地方。我想你或許早就知道她了，但我真的非常喜歡她的畫，所以還是想和你分享。

難得送你一份禮物卻少了最重要的筆，眞是對不起。我很認眞念了愼行一頓，但也不忍心眞的罵他。

說到底是我不好，連這點東西都沒辦法買給他，他該有多想要才會去偷拿。愼行是個很好的孩子，請你不要錯怪他。

記得我前一封信和你說過，我的白頭髮開始變多了嗎？明明我也才二十七歲，大概是睡得少又吃得不好。昨天睡前愼行也發現了，我們就在床上一起數著我的白頭髮。

今天晚上我去接他放學，他小小的手緊緊握著一團東西，說是要給我的。我接過以後把那團衛生紙打開，裡面居然包了一塊芝麻糖。

他說是幼稚園老師發的，每個小朋友一塊。他平時很少很少吃糖，可是哪個小孩會不愛？我問他怎麼不自己吃，他說老師告訴他們多吃芝麻會讓頭髮變黑，所以他特地留下來要給我吃。

那是我這輩子吃過最好吃的芝麻糖，一放進嘴裡，眼淚就流了下來。

溫愼行讀著，慢慢想起了有這回事，眼眶不自覺開始泛淚。

我有時會想，我這麼一個自我中心又隨心所欲的人，眞的值得一個這麼好的孩子嗎？

我爲了一時的私欲和衝動把他帶到這個世界上，卻連讓他有個父親、吃飽穿暖都做不到。這孩子如此善良、如此純粹，無論我有多愛他，好像都不及他百分之一的好，讓我很慚愧。

我一定不是個好媽媽，也不是個好姊姊，眞對不起，但我依然想眞心誠意地愛你們、待你們好，拜託你們多多忍受包容我了。

願你們都能幸福平安、健康快樂地長大。

溫愼行讀到最後一行時已經看不清字了，淚水不只模糊了他的視線，還逼得他必須把信紙拿遠點，免得每次眨眼時滾出眼眶的淚珠滴到信紙上。

從前發生的事不會眞的忘記，只是想不起來而已。當這些往事被重新敘述，用的還是顧錦心的口吻，曾經褪去的顏色彷彿又重新變得鮮明，連帶將當下懷抱的情緒和心思都帶了回來。

溫愼行在他母親走的那天沒哭，守靈堂時沒哭，告別式上也沒哭，還覺得應該要爲她感到開心，她病了那麼久，終於不用再受苦了。而且要是她還在，大概會沒心沒肺地笑著，和他說早點走也好，就不用繼續付醫藥費了。

他原本也是這麼告訴自己的，直到他讀過顧錦心寫下的一字一句，聽她重提那些往事，她的愛、她的感動與愧疚。

他從來沒有懷疑過顧錦心不愛他，否則她不必咬牙把他養到這麼大、再累都要在他面前保持微笑。只是好像當那些往事與眞情實感被一一攤在他面前，她的愛再一次得到證明，他才回憶起一切來，然後遲鈍地感到心痛。

人很容易在事情發生的當下被驚愕淹沒，事後才慢半拍地開始難過。

溫愼行在這一刻才發現他不哭不是因爲不難過，而是他直到現在才體悟到世界上最愛他的母親已經不在了。再也沒有人可以和他一起追憶這些過往，也沒有人可以和他一起繼續創造一樣的回憶。

他這輩子第一次哭得這麼傷心，泣不成聲。

顧錦言就坐在一旁。溫愼行知道他聽不見，所以如果他不去看，大概還可以認爲他不知道自己在哭……可是顧錦言還是從口袋裡掏出一包衛生紙，遞到他面前。

顧錦言可以假裝不知道溫愼行在哭，但他還是會告訴溫愼行，他就在這裡。

溫愼行接過，胡亂抽出幾張衛生紙擦去滿臉的眼淚與鼻涕，另一手仍然把信紙和筆記本抓得緊緊的。

香在淚水和不知有意還是無心的沉默中燒完了，之後雨勢漸漸變小，顧錦言就讓溫愼行把東西收拾收拾，準備回家。

顧錦言開的是臺銀色的賓士，停在佛寺外的不遠處。

溫慎行走到車邊時看見了輪胎上和車子底盤處濺上的爛泥巴，在銀色的車身上格外明顯。他回過頭，傘下顧錦言腳上那雙靴子也有一樣的痕跡，那些爛泥巴提醒了他，這個人是特地來這裡接他回家的。

車子一路穩穩地開下山，回到市區，溫慎行看著車外在雨中流逝的街景，想著上山去找他的顧錦言，還有他帶來的那封信。

溫慎行從來不知道他母親會和人在海外的顧錦言通信，那封信的落款日期大約在十三年前，當時他只有四歲、顧錦言十歲。信裡她的口吻不太生疏，多半不是他們之間的第一封信，應該更早之前就開始聯繫了。

他很好奇她爲什麼要做到這個地步，畢竟她在私奔後就和顧家沒關係了，顧家老爺領養的小孩理論上也一樣。

他知道顧錦心是個很善良、很有愛的人，但他沒想到她的愛多得可以分給遠在太平洋另一端、一個和她沒有血緣關係、只有一面之緣的弟弟。

溫慎行低頭看著手裡曾經一同遠渡重洋的信和筆記本，那是他母親的愛留下的證明。當年的顧錦心把這些寄到了人在加拿大的顧錦言手上，如今被現在的溫慎行拿在手裡。他想著原來顧錦言是在加拿大長大的，怪不得他書架上那麼多英文書；那樣一個冰天雪地的國度，怪不得養出這樣一個顧錦言。

他轉頭看了正開著車的顧錦言一眼，那張臉果然還是沒什麼溫度，甚至在灰暗的天空與車窗上雨景的映照下更顯冷淡，但他莫名地從那張臉上看出了一點溫暖——暖的大概不是顧錦言的臉，而是自己的心吧。

顧錦言一個出身北國、彷彿從冰塊裡鑿出來的人，竟然把他的心捂熱了。

他也不確定是因爲顧錦言來時的傘和黑靴、那封十三年前的信、那包衛生紙，還是現在平緩地在雨中載著他的車，或是他變得天涯孤獨後還有得回的家……他大概再也沒辦法覺得顧錦言像冰塊一樣了。

溫愼行有好多問題想問，卻還是只能乖乖地等到他們回家、顧錦言不必開車時才有空和他筆談。在這段路途中，他就只能任由那些問題混雜莫名的暖意，在心裡瘋狂發酵。

溫愼行到家後先去沖了個澡，洗去大雨帶來的一身泥土氣息和濕悶，把髒衣服扔進洗衣籃裡，接著回到房間就倒頭大睡。

大哭是一件比想像中還要耗費體力的事，怪不得小嬰兒總是大哭一場後立刻熟睡，睡醒以後繼續哭。

溫愼行的意識消失前，腦海中唯一的想法是睡醒後不想再哭了，眞的好累人，他還有好多事情要問顧錦言。

當他再次悠悠轉醒，外頭中庭的天還微亮著，天色恢復了晴朗，卻不帶有正午烈日的刺眼，明亮得令人心情暢快，他的心裡也平復許多。

他起身離開床鋪，想到廚房去拿杯水，打開房門時看見外頭牆邊擺了一個鐵盒子，還貼心地附上了一杯水。

那杯子是他搬來第一天時顧錦言給他的馬克杯，後來就成了他的專用杯子。他不只要用，還要全權負責這個馬克杯的清潔。顧錦言會盯著他每天清洗，不能只拿到水龍頭下沖沖了事，一定要用菜瓜布和清潔劑洗乾淨，搞得他都快對這個杯子生出莫名的責任感。

溫慎行蹲低身子去拿水杯，喝了一口後把鐵盒也勾了過來。鐵盒不小，是一般來說很難用單手拿起的尺寸，溫慎行的手偏大，但他也花了點時間找好角度才拿起鐵盒。

他把杯子放到床頭櫃上，盤腿坐到床上後把鐵盒放到了腿上，就見蓋子上貼了一張便條紙，他已經熟悉得不行的筆跡寫著：看之前記得洗手。

他坐在床上無言了三秒，然後認命地把鐵盒放到一邊，走去外頭的客浴洗手。

顧錦言房間的門是關上的，畫室的門則微微敞開，一如往常。他猜顧錦言大概窩在畫室裡，因爲今天是星期日，他的趕稿日。

溫慎行不知道顧錦言這週的畫稿急不急，但一個星期日總是關在畫室裡的人在大雨裡開車上山接他，可是很特別的。

他跳下床時還滿心無奈，看到顧錦言畫室微開著的門就想起這回事，手好像也洗得更心甘情願了點。

顧錦言在畫室裡多半不會知道溫慎行到底有沒有在開鐵盒之前去洗手，然而有了上次上飯桌的前車之鑑，他並不想拿自己的安全開玩笑。

洗過手的溫慎行重新把鐵盒拿了過來，花了一點力氣才把蓋子打開，盒子看上去有點年紀，盒緣也已經微微生鏽，怪不得蓋子卡得那麼緊。

有了筆記本和那封信的先例，溫慎行愈來愈覺得顧錦言是個念舊的人，或者不一定是念舊，而是個不似他外表的，非常眞情實感的人。

鐵盒裡裝了整整一疊信，信封和郵票的樣式不盡相同，不過全都蓋著加拿大郵政局的郵戳，都是他母親當年寄給顧錦言的信。

溫慎行這輩子還沒出過國，他手裡的這些信卻飄洋過海到過加拿大，又被顧錦言跨越太平洋帶回來。

他拿了幾封出來，發現這些信都照著日期整齊排列，立刻想到就算顧錦言沒說，他也最好把這些信照著原樣放回去，於是趕緊把方才拿出來的那一小疊信原封不動地塞回去，一次只抽一封出來。

他拿出最早的那封，是大概十五年前，也就是顧錦言差不多八歲的時候寄出的。

溫慎行小心翼翼地把信紙從切口整齊的信封裡抽出來，極爲輕巧地把信紙攤開，第一句依然是他已經讀過的開頭。

致我的弟弟錦言：

你好嗎？不曉得你還記不記得我，我們五年前曾經見過一面，還一起拍了張照留念。

我叫錦心，算起來是你的姊姊。不過如果你不想把我當成姊姊也沒關係，就把我當成一個朋友吧。

我會每個月寄信給你，要是你不嫌煩，偶爾可以回個信，我會非常開心。

溫慎行一行一行地往下讀，一封讀完就換下一封。他母親在信裡說她寫信的本意是想讓顧錦言不要忘記中文，還有好奇兼關心他在加拿大的生活。

我後來生了個兒子，被我取名「慎行」，和你的中文名合在一起念剛好是「謹言慎行」，是說話和做事都要謹慎小心的意思。我一向衝動，所以希望慎行能夠做個穩重的人。

原來他和顧錦言的名字真的是有意成對的？還有她也知道自己很衝動啊，溫慎行不禁莞爾。

每封信之間大約都間隔兩個月，而且從內容來看，他們聊得有來有往。顧錦言大概每次都有回信，而一個月大約是一封信跨越太平洋需要的時間，收到六封信就代表差不多過了一年。

這鐵盒裡有將近一百封信，可見兩人間的書信往來幾乎不曾中斷。他之前居然還曾經質疑顧錦言和顧錦心不親，他們何止親，有多少親姊弟能夠異地通信十來年不間斷？更何況這兩個人差了十七歲，還沒有血緣關係。

顧錦言剛才點頭、拿出信時不曉得有多無奈，思及此，溫慎行眞想把自己給埋了。

他接著翻出的下一封信是顧錦言十歲時收到、兩人一起讀過的那封。溫慎行笑了笑，忍不住拿出來再讀一遍，這一讀不得了，他那時讀到一半就忍不住掉眼淚，壓根沒發現信紙另外一面也寫滿了字，那是他剛上幼稚園那陣子的事。

今天去接慎行下課時，他突然問我自己為什麼沒有兄弟姐妹。

因爲他的父母在他出生後不久就離婚了。現在的溫慎行很清楚，四歲的溫慎行並不能夠理解。

他想不起當時顧錦心怎麼回答他了，就繼續讀下去。

我說「因爲媽媽一見你就喜歡得不行，只要有你一個就夠了」，他卻很不滿地嘟起小嘴，跟我說他的同學們都有可以一起玩、一起上學和回家的兄弟姐妹，讓他很羨慕，因爲他很寂寞。

他當時爲什麼會那麼想呢？大概是因爲看見別人不只有媽媽，還有爸爸、爺爺奶奶、外公外婆，以及形影不離的兄弟姊妹。而他就算和媽媽一起在家，她也常常得做代工和家事，或是照顧他，永遠忙得或累得陪不了他。

一個四歲的小孩該有多孤單才會說出那樣的話。儘管當年那個小孩早就長大了，他一回想起來還是不禁感到心酸。

我眞的覺得很難過、很對不起他，卻也想不出什麼能安慰他的話，只好和他說起你。我告訴他，我認識另一個孩子，他住在很遠很遠的地方，比他大六歲，是他的哥哥。

沒想到這孩子聰明得很，說老師告訴他們，同樣的爸爸媽媽生的才能叫做兄弟姊妹，接著他就問我「那個哥哥跟我有一樣的爸爸媽媽嗎」。

溫愼行忍不住笑了出來，小孩總是在某些奇怪的時刻特別精明。

我實在沒辦法說謊，就告訴他你是我的弟弟，但是今年才十歲，就像他的大哥哥。

愼行回問我你是不是他的舅舅，讓我嚇了一跳，問他在哪裡學到這個稱謂，他又說是學校老師教的，幼稚園眞厲害。

我笑了笑，給了他肯定的回答。他接著彎起他的小手指，好像在算著什麼似的。不久後又問我為什麼和你差這麼多歲，他的同學們幾乎都只和兄弟姊妹差兩三歲，最多五歲。

溫慎行愈看愈想笑，想著當年的自己哪來這麼多問題，真是為難顧錦心了。她總不可能對著四歲的小孩解釋收養這種複雜的事。

我被他的問題逗笑了，就說「對啊，很奇怪吧，和你只差了六歲，那就在『舅舅』的前面加個小字，變成『小舅舅』吧」。

十七歲的溫慎行讀到那三個字時不禁愣了愣，而那時四歲的溫慎行得知自己有個只差六歲的「小舅舅」，就再也不寂寞，很高興地笑了。

顧錦心在信裡沒有寫到他的反應，現在的他也記不太清了，只有「小舅舅」三個字刻畫出了當年的情景，讓溫慎行的記憶鮮明起來。小學那陣子，他確實偶爾會想起自己有個從未見過面、也不知道名字的小舅舅。

打從顧錦言成為他的監護人那一刻開始，溫慎行一直都在腦海裡或心裡連名帶姓地直呼顧錦言的大名。畢竟才差六歲，要喊「舅舅」實在太彆扭，加個小字變成「小舅舅」還合理一點，但他當時覺得聽起來也不大對，只是莫名地好像有點熟悉。

原來顧錦言早在十三年前、他還只有四歲時就是他的小舅舅，就已經出現在他的人生裡了。他覺得心頭緊了緊，又酸又軟，緩了一陣才有辦法繼續讀信。

他讀得愈多，顧錦心的文字就愈來愈在他心裡勾勒出更多他記不太清，或是本就不知道的往事。時間逐漸接近現在，他記得的事也逐漸變多，信裡內容開始像是敘舊，新奇感也慢慢成了懷念。

大哭過一場之後，溫慎行已經能夠相當平靜地看顧錦心以她的角度記錄過去的生活點滴，直到這行字闖入他的視野，狠狠撬開他的心門。

錦言，記得我上次和你說我咳血了嗎？那之後工廠的老闆就不准我上班，我只好去醫院檢查，結果被診斷是肺炎。

儘管他早就知道了，心仍然抽痛了下。那是四五年前，他母親工作的肉品加工廠爆發了大型肺炎感染事故，她就是因此染病還丟了工作的其中一個倒霉鬼，最後甚至因為肺炎惡化而病死。

溫慎行很怕自己心裡又掀起太多波瀾，就想草草讀過這一段，所幸顧錦心寫得不多。她本來就很少提自己的事，這封信大多都是關心顧錦言、問他加拿大如何，因此他很意外會在這裡讀到自己的名字。

錦言，我好像活不了太久。我知道我和顧家沒能爲你做點什麼，這麼要求你很不要臉，但是如果我走了，愼行就會變成一個人。如果他需要你的幫助，你願意幫幫他嗎？

溫愼行瞪大了眼睛，再也耐不住性子一字一句地讀下去，連忙拿了好幾封之後的信出來，拆出一封就快速掃過一眼，他需要知道後來他母親和顧錦言之間發生了什麼事情。

他讀到顧錦心在病床上，從顧錦言的上一封信裡聽說顧家老爺逝世，他年滿十八時就會正式成爲顧家的繼承人。

他讀到顧錦心的病情逐漸惡化，顧錦言好幾次說要回來見她，而她以忙著工作爲由拒絕了。

溫愼行記得那時她早就無法工作了，不見顧錦言大概只是不想讓他看見她瘦得不成人形的模樣，就像她一開始也曾拒絕溫愼行的探視，最後是他說了重話，顧錦心才同意。

溫愼行接著拿起最後一封信，讀完最後一行字，便直接從床上起身，拿著信去找顧錦言。

謝謝你，錦言。謝謝你平安長大，謝謝你和我通信，謝謝你答應我這個任性的要求。

對不起，我不是一個好姊姊，但是愼行就拜託你了，請你代替我看著他長大成人。

信封上的戳記來自他母親最後臨終的那間醫院附設的郵局，落款日期是今年的四月下旬。那封信被送到顧錦言手上時，他母親多半已經過世了，隨之而來的則是來自戶政事務所的正式死亡通知。

溫慎行站在畫室門口跺了幾下腳，聽見裡頭的跺腳回應後推開房門，就見顧錦言正端著調色盤和畫筆，坐在畫架前扭過頭來看他。

他看信看了一個多小時，不過夏天的天色暗得晚，顧錦言的臉上還殘留著一點窗外的晚霞。

顧錦言在溫慎行走上前時放下了手上的東西，順手接過被塞到眼前的信，從落款日期認出這是顧錦心的最後一封信。

他想溫慎行或許是來質問他的。畢竟溫慎行有知道實情的權利，他在百般猶豫後才終於決定把這些信拿給對方，溫慎行的反應卻彷彿直接指責他的決定簡直爛到了家——筆記本上寫著：你為什麼不早點告訴我？

顧錦言特地從海外趕回來，是因為他和顧錦心約好了。

他從很久以前就在那些書信裡看著溫慎行長大，只有溫慎行認不出他的小舅舅，覺得顧錦言是陌生人。他卻什麼都不說，由著溫慎行獨自誤會、如履薄冰，猜他回來是想圖什麼，甚至還膚淺地用血緣關係的有無斷定他這個人。

十五年來從未間斷、被好好寶貝著的書信，以及只爲了一個約定趕回來的顧錦言，哪還需要什麼證明。

顧錦言拿起素描簿，默默寫道：因爲你沒問，還有我不知道該怎麼告訴你。

溫愼行無奈得不知道該說什麼，一時之間只好把手抬起來蓋到臉上，長嘴不用的不只他一個人，還有顧錦言。

他和顧錦言根本像得不行，而顧錦心一定早就發現了。她要是能早點把這些事告訴他，他不曉得能夠省去多少彎彎繞繞的功夫。

不過就算撇開少根筋這點，她本來大概也拉不下臉要顧錦言幫忙，她是眞的撐不住了，才動筆寫下這封信的，溫愼行暗忖。

良久，溫愼行才又動筆：謝謝你遵守了約定。

顧錦言愣了下，抬眼去看溫愼行，居然從那張和他自己一樣、少有表情的臉上看出了一絲難爲情，讓他想起上次溫愼行和他說對不起時也是這種表情。

他能感覺到溫愼行很努力地把他早就傷痕累累、結著一片厚痂外皮底下的眞心拿出來。他不禁笑了笑，然後拿起紙筆寫下：下次再一起去看她吧。

顧錦言沒去顧錦心的告別式，也沒去拜過她，是因爲那時他還沒能完全接受顧錦心離開的事實，也還沒準備好面對溫愼行。他不想打擾到溫愼行，也怕被他完全當成外人、怕顧錦心看見了會失望、會難過。

六月中，若是顧錦心還在世、他還在加拿大，他應該會收到回信。顧錦言那時一個人上山見了她，在那裡爲他只有一面之緣，卻在信裡和他做了十五年姊弟的顧錦心暗自落淚。

失去家人很沉痛，可是他們兩個傻瓜都各自躲起來舔舐傷口，藏著不讓彼此知道……眞傻，顧錦言忍不住想。

覺得自己傻的還有溫愼行。他恨自己如此悶騷，亦步亦趨將近兩個月，才終於眞正靠近顧錦言一些。

第五章

距離的拉進體現在他們如今的相處方式上。

他倆依然多半各過各的日子，顧錦言繼續做他的畫家和美術老師，溫慎行則繼續盡他身爲高三學生的本分。但顧錦言開始會在下午五點，溫慎行暑輔結束的時間傳簡訊給他，讓他回家的路上順便買牛奶或雞蛋，或是問他晚上想吃什麼。

溫慎行也一樣，他開始主動攬過做飯的重責大任——要知道取得一個強迫症兼潔癖的人的信任有多麼困難。不過他好歹從身高足以搆到流理臺和水槽的時候就開始爲自己和母親做飯（主要是對小時候那鍋湯和拳頭大的紅蘿蔔心有餘悸），這點小事不在話下。

他就像第一次洗碗時一樣，讓顧錦言檢查他做的飯，要是不滿意就直接讓他別做。

顧錦言吃了一口他做的雞湯麵，接著什麼都沒說地吃了第二口、第三口，默默地消滅了整碗麵。

見狀，溫慎行知道他成功了。

此外，他們還多了一個習慣——在飯後下一盤棋。

一開始是溫慎行放學去書店採買文具時看到的。現在他就算不打工也不會餓死，顧錦言還會給他零用錢，但他不想白吃白喝，就買了那盒象棋回去，打算教顧錦言下棋。

他把象棋放到顧錦言面前時，顧錦言的臉難得露出了明顯的疑惑，瞪大的眼睛彷彿說著「這是什麼」。

溫慎行打開盒蓋後把規則說明書推了過去，還在筆記本上寫了一行字：我小時候和媽媽玩過幾次。她教你中文，我來教你下棋。

這招效果拔群，顧錦言一知道這是溫慎行小時候和顧錦心玩過的東西，立刻認眞研讀起了說明書。

雖然溫慎行說的幾次是眞的只有「幾次」，就只有他上幼稚園那幾年，在學校玩不夠就會回家繼續玩。他們沒有買象棋的閒錢，就用廢紙剪出好幾個圓，拿報紙做棋盤。

他想起這回事，看見對面彷彿把規則說明書當成論文研讀的顧錦言，不禁笑了下。

第一局，本就熟悉規則的溫慎行很容易地就贏了。

顧錦言很不服輸，右手的說明書都還沒放下，左手拿著的筆就在紙上說他要再來一次。

溫慎行就在筆記本上這麼回應：我們來賭棋，輸的去洗碗。

顧錦言答應了，反正今晚的飯本來就不是他做，要是贏了棋就可以名正言順地什麼都甩手不幹，而且他早就不擔心溫慎行用他的廚房了，何樂而不爲……結果他輸了，那雙溫慎行來了之後就只負責煮菜的手只好把那晚的碗盤洗了。

溫慎行隔天也做飯了，但他沒想到顧錦言會在飯後再次提出賭棋。他欣然應下，然後欣然看著顧錦言再次落敗之後無奈地去洗碗。

第三天的劇本也一樣，所以第四天時溫慎行輕敵了，兩人比得難分難捨，最後輸的竟然是他。他不可置信地看著棋盤，然後看顧錦言悠悠哉哉地站了起來，朝他比了個「謝謝」的手語就鑽回畫室裡去了。

溫慎行默默地嘆了口氣，想著敢做就要敢當，認命地起身收拾碗盤。

今天這盤被顧錦言贏得很僥倖。他明天只要小心一點，一定就又會是顧錦言洗碗了。

溫慎行的如意算盤打得叮噹響，然而隔天顧錦言居然先一步把飯煮好了。飯後溫慎行正打算去拿象棋，顧錦言卻先拿了一個木盒子出來——西洋棋。

對上溫慎行的一臉不解，顧錦言把寫好了字的筆記本推了過來：煮飯的人可以決定要玩什麼，賭注一樣，輸的去洗碗。

溫慎行想給之前把顧錦言當成人型冰塊的自己一頓巴掌，顧錦言哪裡是冰塊，他好玩得很。他一定也知道自己昨天是碰巧贏的，今天才先做了飯，才可以正大光明地加新規則。

於是抱著說明書下棋的人變成了溫慎行，那盒西洋棋甚至是顧錦言從加拿大帶回來的，說明書全是英文。他抱著高三生多讀多有益的心態硬啃，接著華麗地連輸了七次。

那週正好是暑輔尾聲，連著兩週密集地考模擬考，溫慎行常回來得晚，顧錦言就連續七天自然地攬過了做飯的活，自然地在飯後拿出西洋棋，自然地把溫愼行打得落花流水，讓他灰頭土臉地去洗碗。

溫愼行邊洗邊腹誹自己在學校要受考題的氣，回家還要繼續輸棋，心裡悶得要死，然而他臉上不只沒有一點不開心，還隱隱帶了一點笑意。他第一次知道原來一起「生活」是這種感覺，不僅僅只是同住在一塊屋簷之下的陌生人。

溫愼行不懂得怎麼靠近人，可他感覺好像每過一天，就多認識顧錦言一點，離他更近一些。顧錦言一直都在書信裡、溫愼行看不見的地方看著他長大，彷彿一直以來都觸手可及，只等他有一天發現，然後鼓起勇氣朝他邁進。

八月下旬，農曆七月十五，中元節，恰好是個星期日，溫愼行和顧錦言一道上山去祭拜了顧錦心。

到了八月底，暑輔倒數第二天，溫愼行考完最後一場模擬考到家時已經快要六點了。他進門就聞到咖哩的香味，說明顧錦言已經準備好了飯菜，在等他回家，那只代表了一件事情——他今天大概又要負責洗碗了。

溫愼行的預感在這種時候總是準得他自己都討厭。當他認命地洗完碗後回到飯桌上，顧錦言還在把玩精緻的木雕西洋棋。

溫慎行坐下時嘆了口氣，在筆記本寫道：你都能贏我象棋了，我怎麼就贏不了你西洋棋。

顧錦言看了，嘴角勾起很小很小的弧度，拿過溫慎行的筆：其實規則很像。

溫慎行望著他的動作，突然想起之前顧錦言不願意接過他的手機打字，偏要拿出手帳來寫。如今他們很自然地用同一組紙筆交談，驗證顧錦言並非不願碰他碰過的東西，那又是爲什麼呢？

顧錦言以爲他還在想象棋和西洋棋到底哪裡像，於是又寫了一行字：你慢慢想吧。我要出一趟遠門，三天後才會回來。

溫慎行讀完抬頭挑眉看了過去，顧錦言就又再寫：難得暑假，我想趁沒課的時候出去取材。

他順手又寫了個地名過來，溫慎行知道那個地方有國家公園。

從前陣子幫顧錦言整理的那堆多半是風景照合集的書看來，他大概比較常畫自然景色，只是因爲他在學校教課，還接商業委託，也得要會畫人像和摹寫，才會有那些雜七雜八的參考書籍。

顧錦言也是難得放暑假，終於有時間能做自己喜歡的事。

溫慎行沒多想就點了點頭，在筆記本上回答：我會好好看家。

顧錦言看了又補充一句：你還可以好好練一下西洋棋，不然下星期還是你洗碗。

他早該知道顧錦言說不出什麼好話，又氣又好笑地低頭嘆了口氣，因爲那確實非常有可能。

隔天星期五，溫愼行出發去上學時，顧錦言和他的車都已經不在了。

他回家時難得覺得有些落寞，開門時沒有聞到飯菜香。他一個人下廚，一個人吃飽飯，飯後也沒人和他賭棋。

溫愼行覺得奇怪，明明他不知道一個人吃過多少頓晚餐、多少個夜晚睡前去檢查大門有沒有上鎖，也不知道是想把危險都鎖在外頭，還是想鎖住裡頭一室的寂寞。

他以爲他早就習慣和孤獨爲伍，卻發現自己有點想念屋裡有另一個人的感覺。

顧錦言總是淡淡的，話不多，也很少有表情或笑，誰知他這一走就像就把整屋的溫暖也帶走了，明明就是熱得要死的八月。

星期六深夜，溫愼行在聽見玄關的開鎖聲時醒了——顧錦言回來了。

他閉著眼睛，聽顧錦言的腳步聲慢慢走近，接著他房間隔壁的那扇房門打開、關上，腳步聲在顧錦言爬上床後就不見了。

翌日，溫愼行少見地睡得晚了些，他簡單洗漱後就打算走去廚房弄早餐，經過走廊拐角時瞥了一眼顧錦言的畫室——顧錦言有時會在早上起床後先去畫畫，畫個三十分鐘維持手感或記錄靈感，然後才去吃早餐。

週末他不必上學，悠哉得很，就想去看看顧錦言起來了沒，也許早餐該多做一份，於是到畫室前跺了跺腳，卻沒有得到回應。

溫慎行輕輕推開畫室的門一看，顧錦言不在裡頭，他又繞到了廚房和客廳，一樣沒看見顧錦言的身影。

這太不尋常了，顧錦言從來沒有比他還要晚起過，就算是他要出門上學的日子也不例外（雖然有幾次是他直接畫了個通宵，根本沒睡）。屋子裡和往常一樣安靜，但少了每天早晨都有的手沖咖啡香，還有偶爾窸窸窣窣地傳出點小動靜的畫室，他就是從中品出了一點違和感。

顧錦言昨天很晚才回來，晚起一點也沒什麼好奇怪，可是溫慎行又覺得他不像是個會睡懶覺的人。於是他回到自己的房門，或者說是顧錦言的房門前，再次跺了跺腳……裡頭沒有傳來任何回應。

他猶豫了幾秒，決定轉動門把，輕輕推開門。

床上的顧錦言是醒的，溫慎行一進門就立刻迎上顧錦言那彷彿黏在他身上的視線，把他嚇得差點直接退出去把門重新關上，但他一眼就發現了不對勁。

顧錦言那頭捲髮只要不好好打理就會亂得像鳥巢，過長的瀏海半遮住了他的眼睛，本就白皙的脖頸此刻顯得蒼白，臉頰卻紅得不自然。

原來顧錦言早就醒了，不回應他的踩腳是因爲根本沒力氣。

他寫了一行字蹲到床邊，把筆記本拿給顧錦言看：你是不是發燒了？

顧錦言沒力氣把手從被子拿出來，只給了溫愼行一個無奈的眼神，並且點點頭。

溫愼行照著上次發燒時的記憶找到了醫藥箱的收納位置，拿出耳溫槍後回到房間遞給顧錦言。

顧錦言從棉被裡伸出一條手臂接過，看了一下槍尖再抬頭看看溫愼行。

溫愼行簡直快無言死了，趕緊點頭表示耳套是新的，顧錦言才甘願地量了體溫。

三十八點五度，果眞發著燒。顧錦言更加無奈地閉上了眼，把耳溫槍還給溫愼行。

溫愼行看到那數字也倒抽了口氣，立刻在筆記本上寫了一行字，拿到勉強還有意識的顧錦言面前：藥在哪裡？

方才的醫藥箱裡只有包紮用品和外用藥，沒有內服的。

顧錦言沒力氣拿筆寫字，只抬手指指他左手邊的浴室後又閉上了眼睛。

一走進浴室，溫愼行差點以爲自己不小心來到家具販售店布置的樣品屋，不只色系是全白，還幾乎沒什麼生活用品，只有洗髮乳和沐浴乳各一罐，洗手臺邊則只有一組牙刷、牙杯和刮鬍刀，或許連樣品屋都比這裡有生活味。

他一一打開櫥櫃去找藥的時候還順道發現櫃子裡頭全是空的，好像都只是擺飾。他拉開最後一個抽屜才找到一個白色塑膠箱，打開確認裡面有幾盒藥就把整個箱子抱了出去。

等溫慎行回到臥室，顧錦言已經在他翻箱倒櫃的功夫裡蜷著身體睡著了。

溫慎行突然鬆了口氣。他方才進來時急得沒有將房門關上，此刻餘光瞥見敞開的房門才想起顧錦言的臥室平時總是緊閉著，他終於得以一窺這房間內部的樣子，儘管他很不希望是因爲顧錦言病倒了，多像趁人之危。

臥室往往是一個人最隱密的空間，溫慎行想像過顧錦言的房間會是什麼樣子，也許會和他的畫室一樣亂，或者會擺滿一些完美對稱的藝術收藏品，有人動一下就會讓他發瘋。然而他錯了，顧錦言的房間居然比他屋子裡的任何一個角落都更缺乏生活氣息，一點人味都沒有。

這裡只有一對桌椅、一張雙人床、一個床頭櫃和一個書櫃，外加一個步入式衣帽間。除了必需品以外什麼都沒有，幾乎和溫慎行房間的配置一模一樣，但溫慎行住了快三個月的房間都比這裡有人味多了。

溫慎行把藥箱放到床邊，走到廚房接水時想著他果然還是不懂顧錦言。他的客廳勉強能說是極簡主義，畫室和臥室則分別處在極致的混亂與整潔兩個極端，要是讓不認識顧錦言的人看，絕對會懷疑他是不是人格分裂。

顧錦言在他端著水回來時又醒了，高燒讓他昏昏沉沉、時睡時醒，看見床邊的藥盒後就努力撐著身子坐起來。

溫愼行把水放下後打開藥箱，打算看看哪盒是發燒特效藥時，再次絕望地發現上面寫的都是字母，不是中文。

上次的西洋棋說明書他都看懂了，小小的藥盒有什麼好怕，溫愼行本著這種想法看了三行字，接著發現他居然看不懂。若是平時的他鐵定早就知道這不是英文，但顧錦言病倒讓他特別心慌，只想著明明每個字母都認得，怎麼擺在一起就看不懂了？

正向後仰著頭、靠在牆上休息兼等吃藥的顧錦言想溫愼行太久沒動靜，勉強撐開眼皮，就發現對方正死死盯著藥盒。

他無言了一陣，伸手在溫愼行旁邊的床鋪上點點，等溫愼行抬頭後才在他面前轉了一下手腕。

溫愼行似懂非懂地跟著做，藥盒被翻了個面，接著喜出望外地發現他看得懂上面寫什麼了——他一開始看見的是法文，和英文用著相同的字母、不同的排列方式。

溫愼行六月初搬進來，從加拿大趕回來的顧錦言只比他早大約一週入住。他大半輩子都在加拿大度過，就把在那裡慣用的成藥一起帶來了，而那裡的東西多數都會在包裝上寫英法雙語，溫愼行不小心先看到了法語那一面才會傻住。

他手上那盒是咳嗽化痰錠，幫不上現在的顧錦言，繼續拿起第二、第三盒藥，終於找到退燒藥。他讀著藥盒上的英文，再三確定藥效後才打開盒子，但就在把藥片抽出來前，像是突然想起什麼似的一頓，衝出房間後從醫藥箱裡拿了消毒酒精和一副醫用手套回來。

顧錦言在他衝出去時又累得閉上了眼睛，感覺到他回來的腳步震動時堪堪睜眼，就看見溫愼行煞有其事地把手消毒乾淨、規規矩矩地蓋好瓶蓋後把酒精放到一旁，接著戴上消毒手套，不知道的還以爲他是要進手術室的外科醫生。

顧錦言有點無言，他是很愛乾淨，有點潔癖，但還沒有到這種地步。不過他沒表示什麼，只接過了溫愼行隔著手套小心翼翼地剝出來的藥丸，放進嘴裡後又接過溫愼行遞來的水，把藥吞了下去。

溫愼行接過水杯，見顧錦言那隻空蕩蕩的手朝他比了個「謝謝」就又倒回去睡了。他把退燒藥、耳溫槍和水留在床邊，將藥箱擱在床頭櫃旁的地上後出去了。

對病人來說最重要的除了睡眠之外，還有補充營養，溫愼行來到廚房，把醫用手套扔進垃圾桶裡後打開冰箱，打算用剩餘的食材煮一鍋營養的粥。他正在思考著能不能把香菇、魚片和蝦仁都扔進去時，突然聽見了某種低頻且規律的機器震動聲。

他疑惑地抬起頭，發現聲音聽起來是從外面傳進來的。他想去一探究竟，出了廚房就發現客廳竟然閃著像警報器一樣的白色燈光，一閃就讓他眼前一片全白。

溫愼行有點慌，四處尋找光源，最後在玄關的牆上發現了一個大閃燈器，邊閃光邊震動。這讓他更慌了，慌得甚至掏出顧錦言給他的筆記本，檢視第一頁寫的遵守事項，但上面沒有一條規矩教他發生這種事情時該怎麼辦。

他很怕那個不停震動的東西會把房間裡的病號吵起來，很想讓這個東西停下，問題是他根本不知道這是什麼。

是警報器嗎？如果是的話，應該會用紅色來顯得更緊急一點吧？這白光看起來就會把人閃瞎，只會阻礙逃生。

出於尋找解決問題的可能性與激發思考的本意，人慌張時的下意識反應之一是四處張望，溫愼行也不例外。事實證明這個方法有時挺管用的，因爲他在門邊看到了一個螢幕——門禁對講機。

溫愼行有點忐忑地湊到螢幕前，心裡有個猜測卻沒什麼底氣地按了一下機器上的「顯示訪客畫面」按鈕。

結果眞被他猜中了，那個閃燈器是顧錦言家的門鈴。螢幕裡顯示著樓下大廳，對講機的攝影鏡頭前站著個人。

其實這款對講機有設計對應的應用程式，能從手機上看到訪客、通話與開鎖。顧錦言有用，唯一的問題是他病倒了，手機震動可以輕易叫醒平時的他，卻怎麼都叫不醒高燒昏睡的他，倒是難爲了溫愼行。

難爲他的還不只這個，還有溫愼行根本不知道門外那人是誰。如果對方身上穿著物流業或瓦斯、電力公司之類的制服，他大概還可以理所當然地按下開門鍵。

「不可以開門讓不認識的人進來」是條連三歲小孩都知道的規矩，溫愼行卻被白色閃光和震動逼得快抓狂了，很想踰矩。

螢幕裡的人看著很年輕，應該跟顧錦言差不多大。儘管對方長著亞洲人的臉孔，那抓著造型的瀏海、俐落的軍綠色飛行外套和掛在頭上的太陽眼鏡都讓溫慎行莫名有種感覺——這人是個外國人。

溫慎行一直都是用鑰匙進門，一次都沒按過電鈴，更不知道樓下的對講機也有螢幕。樓上的住戶按下「顯示訪客畫面」的按鈕後，下頭的螢幕會和住戶端顯示相同的畫面，訪客會在上頭看見自己的臉。

溫慎行很快也注意到了這點，那人大概是因此發現樓上有人在看，彎腰掏出了一本特別大本的寫生簿，幾乎可以舉來當大字報的那種。他翻開第一頁，上頭特粗的黑色簽字筆寫了一排字：*Come out, come out, wherever you are.*

先不論內容，瞧見寫生簿的瞬間讓溫慎行下意識地認爲這個人或許認識顧錦言，因爲他知道顧錦言聽不見，得要用看的。

那人接著把寫生簿翻到第二頁。溫慎行打算靜靜地觀察一下，或許這個人是眞的認識顧錦言也說不定，然而接下來的幾句文字讓他忍不住質疑起數秒前的自己。

Little pigs, little pigs, let me come in.
Not by the hair on your chinny chin-chin?
Then I'll huff!
And I'll puff, and I'll blow your house in!

溫慎行傻了，他覺得不管是這些英文還是外面這個人，都超過一個可憐高三生腦袋能夠理解的範圍。

他在幼稚園讀過三隻小豬的童話故事，知道大野狼是用吹的把第一隻小豬的稻草屋吹垮，但他沒想到會有人想對水泥鋼筋蓋成的現代建築用同一招。那人吹的甚至不是門，只是對講機。

最後那人用有點浮誇的動作把寫生簿翻了一頁，特大的字跡寫著：*Here's Timmyyyyy!*

此外，他還配上了一個看起來特別奸詐、特別調皮的微笑。

溫慎行經歷抗拒和理解，最後接受了在他腦海裡愈來愈清楚的想法：這人只是個喜歡亂按別人電鈴惡作劇的瘋子。他有點無言，開始思考是不是該報警……

溫慎行在玄關糾結了很久，好幾次往顧錦言臥室的方向踏出一步，又覺得不該打擾病人，況且他根本不知道該如何解釋情況，就把腳收了回來。

最後，他視死如歸地呼出一口氣，按下通話鈕，「你好，請問你是？」

螢幕上那人很明顯地嚇了一跳，渾身一震後湊得離鏡頭超級近，溫慎行一時間只看得見他的額頭。

那人一會兒後才吐出了一句話：「你是誰！錦言呢？」

我才想問你是誰呢，溫慎行心道。誰會去按別人家的門鈴然後問來應門的人是誰？

不過他說出顧錦言的名字了，他們果然認識。溫慎行一時不知該對顧錦言竟然認識這麼奇葩的人作何感想，只再次按下通話鍵，「我叫溫愼行，是他的……外甥。你找他有事嗎？」

「外甥！」

那人的呼喊聲之大把溫愼行嚇了一跳，令他不禁開始思考自己是不是搞錯稱謂了，「你找他有事嗎？」

「哦，抱歉抱歉，我是他朋友，來送禮物給他的，你看。」那人邊說邊提起了一個看上去沉甸甸的牛皮紙袋，從裡頭掏出一個漂亮的玻璃罐，看起來是果醬。

溫愼行原本還半信半疑，直到看見果醬瓶身上的標籤有著一排小字：*Made in Canada*。看來是位從加拿大遠道而來的朋友，但最關鍵的當事人顧錦言此刻卻掛了病號。

溫愼行不太確定他能不能招呼這位神奇的朋友進屋，於是說：「他生病了，現在發著燒在睡覺，我可以等他醒了再告訴他你來過嗎？」

「他病了？那可眞不巧。」那人癟了癟嘴。溫愼行正以爲他要打道回府，卻不想那人下一秒就說：「那我們兩個來交朋友吧！錦言的外甥，你覺得怎麼樣？」

溫愼行愣了足足三秒。螢幕上那人笑得有點太開朗了，前一秒聽說朋友病了，下一秒就要交個新朋友，對象是朋友的外甥，拿的是原本要給朋友的禮物。

溫愼行有點想拒絕，卻又有點害怕他幹出更可怕的事情。要是碰巧有其他住戶經過就麻煩了，所以他破釜沉舟地按下了開門鍵。

「嗨！你就是錦言的外甥嗎？長得跟他一點都不像！」那人邊進門邊說，進別人家自然得像進自己家。

溫慎行在他進門後開始脫鞋時默默地用比螞蟻還小的音量說了聲「你好」，其餘什麼話都插不上。

「錦言住的地方挺不錯的嘛！他的房間在哪？」

溫慎行還想提醒他鞋子要放好、進屋以前要用酒精消毒等，這人卻不用他說，東張西望發問的同時自然無比地全都做到了。

溫慎行見狀一愣，下意識地答：「走廊左轉到底右手邊……」

「謝啦，我先去看看他。」

他隨手把提袋放在玄關邊——他居然知道還沒消毒前，顧錦言絕不會把外頭帶回來的東西直接拿進屋裡——然後照溫慎行所指的方向直直前進。

溫慎行連忙跟了上去，就見那人在顧錦言房門前停下，不曉得照著什麼節奏跺了幾次腳，然後直接推開房門。

跟在後頭的溫慎行恰好看見顧錦言坐了起來，正捧著個杯子喝水。明明家裡突然多了個人，他卻沒有多驚訝，只微微瞪大了眼，把杯子放回床頭櫃上。

最驚訝的反倒是放人進來的溫慎行，因爲那人居然熟練地同顧錦言打起手語。

他驚訝的不只是那個人居然會手語，還因爲打從見到他起嘴巴就一刻沒停過的人，打起手語竟然這麼安靜。

溫慎行不是沒見過顧錦言用手語，法庭上他就和手譯員用手語溝通過了，但那天的顧錦言沒有像現在這麼放鬆。儘管還發著燒，他的神態並不緊繃，一點也看不出當時微微有些生人勿近的樣子。

他一直以來都只能和顧錦言筆談，看不見顧錦言這般自在的模樣。顧錦言的母語是手語，而那個用手語的人正在和他的心對談。

溫慎行突如其來地覺得有點落寞，明明只有幾步之遙，他卻很清楚那幾步之外是他無法涉足的世界。

「外甥，你怎麼站在那裡？快過來啊！」那人突然回頭，朝他招了招手。

溫慎行來回看了看兩人，兼看看顧錦言的臉色，確認他沒有抗拒才走上前。

「剛才是他幫我開門的！多虧有他。」他嘴上說，手也不停地動。

溫慎行眼睛看著他的手，耳朵聽著他說話，感到相當不可思議。

等到他停下，顧錦言也開始比手語。

那人眼睛看著顧錦言，比他的手晚了一兩秒後開口說：「你說你特別給我準備了驚喜，最好不要嚇到他，他又不認識你。」

顧錦言比完時，他也說完並朝溫慎行瞥了一眼，還笑了下。

溫慎行很快就明白了，他同時在幫他們兩人翻譯，把顧錦言的話從手語翻譯成口語，自己開口說話時也同步比著對應的手語，讓溫慎行和顧錦言都能懂。

溫慎行驚訝得下巴都快掉到地上了。

那人接著口語與手語並用地說：「誰叫你生病了沒辦法來應門，不然我覺得我的驚喜超棒的。」

他比完手語後把剛才那本寫生簿遞給顧錦言。

顧錦言接過後翻開，不禁微微翻了個白眼。

溫慎行第一次看見顧錦言露出這種表情，意外的同時也覺得有點好笑。

那人接著爲顧錦言翻譯，「你看太多史蒂芬•金了，我難道還得感謝你沒有拿斧頭破門而入？」

他翻譯完後自己也笑了，嘴巴和手同時回答：「少來，你明明也很喜歡，我下次來的時候再玩一次。」

顧錦言又翻了個白眼，比了個不管是動作還是對應的口語都非常簡潔有力的手語：「白痴。」

那人沒心沒肺地笑著，同時繼續翻譯：「你跟他自我介紹過了沒？門是他開的，總不能到現在都不知道他放了什麼人進來。」

溫慎行不曉得顧錦言是怎麼注意到這點的，也許是他此時依然無法理解狀況的小小驚慌不小心被眼神洩露，讓顧錦言看見了。

「你怎麼說得好像我是什麼壞人似的。」那人先是抱怨了下，接著笑起來對溫慎行說：「抱歉，忘記先告訴你我叫什麼了。我叫柯祐爾，如果你想用英文名或手語名叫我也可以，我的英文名叫Timothy，手語名是這個。」

柯祐爾邊說邊舉起右手，豎起食指與中指併攏，其餘手指握拳並手掌朝左地放在額前，在空中往前方畫出一道溜滑梯般的曲線。

「你呢？你叫什麼名字？」

溫慎行還來不及問什麼是手語名，柯祐爾就已經拋出下一個問題。他只好回答：「我叫溫慎行……」

柯祐爾聽了，轉過頭去看顧錦言時比著不知是什麼意思的手語，顧錦言也不知比了什麼回答他。

溫慎行看了還以爲他的名字是不是不太好懂，需要兩個人討論一番。一會兒後柯祐爾的回答確實證明了是那麼一回事。

「抱歉抱歉，我不會看中文，所以問了一下錦言是哪兩個字，是『謹言慎行』的那個慎行對吧？」

原來他不會看中文？說和聽倒是都挺好的啊，溫慎行想著點了點頭。

「那我知道啦，很高興認識你，慎行！」柯祐爾邊說邊熱情地大步上前，想和溫慎行握手。

溫愼行難得感到害怕地愣在了原地，任柯祐爾握住他的手上下晃了幾下。

顧錦言再次比起手語，而柯祐爾幾乎一刻不差地開始翻譯：「他問的問題都由你負責回答，廚房裡的茶跟咖啡隨便你泡，但是給我滾出我的房間，我要睡覺。」

柯祐爾翻譯完後立刻抬起雙手，嘴上回答：「好的，睡覺皇帝大，我們這就滾，到了飯點再來叫您起床吃飯。」

顧錦言差點又翻了個白眼，最後只甩了甩手讓柯祐爾趕緊滾。

溫愼行也被一併拉了出去，一想起剛才顧錦言那又煩又好笑的樣子不禁覺得有趣。他以爲聾人聽不到就不會嫌人吵了，但柯祐爾就算只比手語也能讓顧錦言嫌煩，而聽得見的溫愼行也覺得這人眞的是特別……活力四射。

「太棒了，愼行，錦言說茶和咖啡隨便我們喝。你想不想喝冰酒茶？我要去廚房裡找找，錦言一定有……」柯祐爾邊說就邊往廚房走。

「等一下！」溫愼行趕緊叫住對方。他還不知道對方的來歷，直接這麼問非常奇怪，但他糾結了一會兒後依然決定開門見山，「你跟我舅舅認識很久了嗎？」

「哦，對啊。我們是小學同學，六七歲的時候就認識，也十幾年了。」

怪不得和他相處時的顧錦言看上去那麼放鬆，原來是知根知底的老朋友。溫愼行對此並不太意外，然而有件事情他一定得問清楚：「你們一直都用手語交談嗎？」

他想直接問柯祐爾爲什麼會手語，但那似乎有點沒頭沒腦，所以他換了個方式問。

柯祐爾笑了笑，「對啊，從我們認識第一天開始就是。」

溫慎行聽完想了想，又說：「你那麼小的時候就會手語了？」難道跟李悅一樣，家裡有人用手語？

「哦，因爲手語是我的母語啊。」溫慎行還沒完全想通爲什麼聽力健全的人會以手語爲母語，柯祐爾就說出了他需要的答案：「我父母分別是聽損和全聾，而我是聾人家庭裡的聽人孩子。」

自從開始和顧錦言一道生活，溫慎行就常常經歷滿腦子疑問，想問卻問不出來的情況，對著顧錦言多半是他不敢問或不知該怎麼問，對著柯祐爾則是根本插不上話。

柯祐爾應該是個好人，只是眞的非常自說自話、想到什麼做什麼，上一秒說要去找茶包，下一秒就突然問起顧錦言爲什麼發燒。

「他前幾天爲了取材去了在山上的國家公園，昨天半夜才突然回來……」溫慎行愣愣地答。

柯祐爾臉上又出現了危險的笑容，「我大概知道爲什麼了。慎行，你知道這棟大樓的停車場在哪嗎？」

「知道是知道……」

「我們去找錦言的車，他東西一定都扔在後車廂。」

「可是我不知道他的車位是幾號……」

「沒事！停車場就一個，一定找得到！」
溫慎行一臉錯愕地被拖出門，回神時已經進電梯了。
看柯祐爾說得信誓旦旦，溫慎行壓根沒想到對方連顧錦言的車子型號和車牌號碼都要問過自己才知道。看起來他沒來過顧錦言家……不，只是沒來過顧錦言在這裡的家吧，他這麼熟門熟路，在加拿大時大概去過顧錦言家非常多次。
他們開始了在足足有三層樓的地下停車場找一臺車的荒謬行為，兩人一起行動，分別負責看左邊和右邊。溫慎行跟在柯祐爾後頭，覺得自己眞的看不懂這個人在想什麼，他和顧錦言不同，是另一種層次的難懂。
「你是不是想問錦言的事？」柯祐爾感受到背後的視線，語氣稍微正經了點。
溫慎行差點以爲所有會比手語的人都會讀心，愣了下而沒有回答。
「你一直不說話，我就想是不是這樣。」柯祐爾回頭來笑了笑，繼續邊走邊找車子，「我知道錦言有個會和他寫信的姊姊，今年才聽說他有個外甥。他五月的時候突然跟我說他要回來，把我嚇了一跳，我問了八百次，他才告訴我是因爲他有個外甥需要照顧，原來就是你。你多大啦？」
「……十七。」溫慎行頓了頓，「你見過他的家人嗎？」
「你既然這麼問，我猜你已經知道他是被收養的了？」柯祐爾回頭見溫慎行點點頭，
「嗯……如果你是說他的親生父母的話，我沒見過，他說他們在他還很小的時候就過世

了。」

溫愼行於是接著問出了打從知道顧錦言身世後就一直想問的問題：「那他在加拿大和誰一起生活？」

「他沒和你說嗎？他被寄養在一對俄羅斯裔的聾人夫妻那裡，姓顧的老爹好像每個月都會寄錢過去。」

「……寄養？」他早該猜到的。顧錦言那麼小的時候就被收養，卻長期留在國外，而且從潘姨的說法來推測，他一直都是一個人待在國外。

溫愼行想到了一個連他都討厭的可能性——因爲顧錦言是聾的，顧家老爺不想接他回來，才讓他孤零零地留在加拿大。

他莫名覺得心裡有點發酸，又有點生氣。

還好柯祐爾沒有回頭，只自顧自地說：「對啊。他們夫妻倆那時就很老了，但是人都超級好，不太像養父母，比較像錦言的爺爺奶奶。」

在北國被來自另一個北國的老夫妻養大，又是那種個性，怪不得他對顧錦言的第一印象如此冷冰冰。

「你說你們是小學同學？」溫愼行突然覺得自己好像不該背著本人問這些事，便換了個話題。

「準確說起來是隔壁學校的同學，但我確實六七歲的時候就認識他了。啊，愼行，是這臺嗎？」

柯祐爾停下腳步指了指斜前方，溫慎行立刻就認出了那臺在大雨中上山接過他的賓士，便點了點頭。

他以為顧錦言的潔癖應該也會體現在他的車上，可能當天下山後立刻就去洗車了。結果賓士不僅沒變乾淨，甚至比那天更髒，他覺得有點奇怪。

他還沒想通柯祐爾走上前是想做什麼，就看他從口袋裡掏出了不知道什麼時候摸來的車鑰匙，然後開了鎖。

見狀，溫慎行不知道他該驚訝還是該阻止對方。

柯祐爾在他進退兩難的功夫裡打開了後車廂，並喊道：「哈！我就知道！」

溫慎行默默湊了上去，就看柯祐爾雙手抱胸，一副抓了現行犯而得意得不行的模樣，「你看這小子，愛上山還每次都不看天氣出門，一定又是遇到暴雨才匆匆忙忙趕回來。」

後車廂那堆濕淋淋的防水風衣、背包、登山杖等戶外用品，以及裹滿爛泥的輪胎與汽車底盤似乎都佐證著柯祐爾的推論。

他邊碎念邊開始把那堆東西都拿出來，手拿滿了就轉頭朝溫慎行說：「抱歉啊，我一個人拿不完，你幫忙一下。」，接著不等人回答就把東西塞了過來。

溫慎行只得接下，有些無措地問：「他很愛上山？」

「超愛……不過也不是一直都很愛，你看他那副樣子就知道他不會喜歡運動，他甚至不喜歡室外活動，哪可能喜歡登山。」

溫慎行無言了下，「你才剛說他很愛上山……」

「哎，誰規定上山就只能去登山。他都是去畫畫，每次都大包小包，畫具、畫筒、畫袋樣樣不缺，就是不把戶外用具帶齊全，還老是不看天氣出門！他不發燒誰發燒？」

他感覺柯祐爾能抓著這件事念上很多句，趕緊改問道：「他從以前就很常去山上畫畫？」

「嗯，我想想哦……」效果顯著，柯祐爾真的安靜下來思考，「大概是他開始開車以後吧？他年紀一到就去考了駕照，還一次就過，之後週末或放假就常常一個人開車出去，回來才跟我說他去了哪。也不見得都是山上，有時候是海灣或湖邊，都是些沒車不太好去的地方。」

柯祐爾說完也拿完了全部的東西，把後車廂關上後從口袋裡摸出鑰匙將車上鎖，「好啦，我可不負責洗車啊，讓他自己洗。走吧，慎行。」

溫慎行一聲都還沒應，柯祐爾就已經自顧自地往電梯走，他只好摸摸鼻子跟上。

回到家裡，他們把那堆濕淋淋的雜物拿到後陽臺去。外頭天氣正好，又是中午，他們就把所有東西攤在地上讓陽光曬乾。

溫慎行以爲這就算完了，但柯祐爾又問了他畫室在哪。他指了路後對方又極爲自然地開門進去，出來時手上多了兩個濕淋淋的畫筒和畫袋，一樣被柯祐爾拿到陽臺去。

「你怎麼知道他會把這些東西放在畫室？」溫慎行並非沒有注意到以一個上山畫畫的人帶回來的東西來說，那堆雜物裡好像少了什麼，卻沒想到柯祐爾連問都不必問就知道去哪裡找那些東西。

「因爲錦言愛畫成痴啊。他絕對不可能把畫留在車上，就算發著燒也一定會拿出來。」

只要顧錦言生病時床邊擺著畫筒或畫袋，代表他又不看天氣就出門畫畫，就也能在他的車裡找到那些堆得亂七八糟還濕淋淋的戶外用具，對此柯祐爾早就熟門熟路了。

「這小子平常愛乾淨到有病的地步，一扯上畫畫就什麼都不管不顧啦。他的臥室跟畫室永遠都像這樣，一個乾淨到什麼都沒有，另一個雜亂到什麼都找不到。」

收拾完陽臺的東西，柯祐爾終於在廚房的櫥櫃裡找到了心心念念的冰酒茶，正在等熱水燒開。

「呃……祐爾哥？我該怎麼稱呼你比較好……」溫慎行想搭話卻苦於不知如何稱呼對方，跟顧錦言筆談時都沒有這個問題。

柯祐爾聽了大笑幾聲，「你覺得彆扭的話可以用英文叫我，Timothy或Timmy都行，或者就這樣拍拍我的肩膀，我父母跟聾人朋友都這樣叫我。」他邊說邊示範般地輕拍兩下溫慎行的肩膀。

溫慎行跟著照做，只見柯祐爾滿意地點了點頭。他又問：「中文不行嗎？」

「嗯……也不是不行，但我知道我的中文名字聽起來很怪，對吧？」柯祐爾用手肘頂了溫慎行兩下。

溫慎行立刻心虛起來，他一開始聽見這名字時確實直覺想到了「右耳」或「誘餌」，事實上他到現在還是不知道到底是哪兩個字。

柯祐爾看出他的尷尬，大笑起來，「你看吧！其實我的名字是天祐的祐，偶爾的爾。因爲我早產，出生的時候差點夭折，所以才叫這個名字。」

沒想到還是個很有意義的名字，代表「上帝保佑你」，只是這諧音實在有點微妙。溫慎行忍不住想。「你父母取名時沒有想到這個諧音嗎？」

「中文名是他們後來才想的。我在加拿大出生，所以先有英文名字，Timothy是榮耀上帝的意思，取中文名時就也往這個方向想了。他們字選得很好，不過不知道念出來會有這種諧音，我也是長大後有人告訴我才知道的。」

柯祐爾還說當初自己爲此鬱悶了三天，浮誇的表情逗得溫慎行都笑了。

「啊，對，你說他們是聽損和全聾。」他笑完才想起這回事，後知後覺地覺得好像不該笑。

「嗯，我媽是先天全聾，所以我只和她用手語。我爸本來是聽人，但九歲的時候得了一種叫梅尼爾氏症的病，很難治好，後來聽力就越來越差。不過我還在學說話的時候，他會爲了教我說話戴助聽器。」

「他會說話？」溫慎行有點吃驚，還以為所有聾人都像顧錦言一樣不說話。

「嗯……算是？不過聽人會覺得聽起來很奇怪。因為他們聽不太到自己說話，愈久愈不知道正確的發音到底是什麼。我爸還算會說話，是因為他學會說話之後才開始有聽損，但如果像我媽一出生就是聾的，就真的很難了。」

柯祐爾見溫慎行很努力地試著理解這件事，便笑了笑。畢竟耳朵和嘴巴是分開長的，多數人會把開口說話和聽得見想成兩回事，卻沒想過聽不見自己說話的聲音有多可怕。

「不過，就算念出來很奇怪，我還是很喜歡我的中文名字。」柯祐爾彎了彎嘴角，「我爸早就忘了這兩個字怎麼念，而我媽打從一開始就不知道，這個名字卻代表他們有多愛我，我很喜歡。」

溫慎行聽完也笑了笑，「我還是叫你祐爾哥吧。」

柯祐爾的笑加深了點，打趣地說：「我跟錦言一樣大，但他是舅舅，我是哥哥嗎？他虧大了。」

茶泡好後他倆移步到客廳，話題從燒開水時延續到了現在。

溫慎行對柯祐爾非常感興趣，尤其是對他和聾人生活、在聾人家庭成長的經歷，畢竟他認識的聾人就只有顧錦言一個，甚至還認識不久。因此柯祐爾說什麼他就聽什麼，雖然他說的話常常亂七八糟。

「對了，我是不是還沒跟你說我跟錦言怎麼認識的？」

柯祐爾是個話匣子開了就停不下來的人，溫慎行基本上很難找到縫隙插話提問。幸好他主動提起溫慎行很感興趣的話題，就順勢點了點頭。

「我們在溫哥華長大，我上的是一般小學，錦言上的是溫哥華的聾人學校，兩間學校正好共用一個校舍。我媽是小學老師，在聾人學校教書，所以我下課之後都會去找她一起回家。」

隔壁聾人學校的老師和警衛都認識他，他總是熟門熟路地晃進教師辦公室，在那裡等母親下班。

「那天我在她的座位旁邊看見一個小孩。通常那個時間學生早就都回家了，我有點驚訝，就用手語問他怎麼還在學校。」

柯祐爾都是在操場和朋友們玩了許久，等到母親差不多要下班時才到隔壁學校，沒想到那裡有學生還沒回家。

「他沒回答我，直接問我怎麼會手語。」

溫慎行一頓，「他怎麼知道你不是其他還沒回家的聾人學生？」

「很簡單啊，整間聾人學校差不多只有五十個學生。你應該知道他很聰明，記性好得要命，後來才告訴我他第一天就記住了所有師生的長相。」

他怎麼會不知道。一個從沒下過象棋的人才下第四盤就可以打敗他，還知道要用西洋棋幫自己增加優勢，哪裡不聰明？溫慎行無奈又好笑。

「所以他才馬上就知道你是隔壁的學生。」不愧是顧錦言，七歲就那麼聰明。

「對，我告訴他我耳朵聽得見，但我媽媽是聾人，所以我會手語。」柯祐爾笑著說。

只有那一次或許只是碰巧，然而柯祐爾後來常常在一樣的時間和地點碰見顧錦言，他們就漸漸熟了起來。

「我後來問他為什麼老是待在辦公室，是不是因為闖禍了。他才說他是因為不想回家，騙家裡的人說他要留在學校和朋友玩，所以才老是待到那麼晚。」

溫慎行頓了頓，「你說過他被寄養在一對俄羅斯老夫妻的家裡，他們感情不好嗎？」

「這我就不知道了。我去過他們家很多次，覺得他們關係挺好的。二年級之後他就不再刻意留下來了。」柯祐爾聳聳肩，苦笑了下，「可能難免會鬧點彆扭吧。不過後來我們就變成了好朋友，常常在學校一起玩，也常常到彼此家裡，跟彼此的家人也都很熟。」

柯祐爾邊說邊指了指門口他帶來的大紙袋，「那裡面一半的東西都是我媽叫我帶來的，說什麼怕錦言在這裡吃不慣。我呢？我就不會吃不慣嗎？到底誰才是親兒子？」

溫慎行忍不住笑出了聲。

柯祐爾看方才只要提到「寄養」就會出現在溫慎行臉上、略顯凝重的臉色消失，也覺得輕鬆了些。

「祐爾哥是特地回來看他的嗎？」

「一半一半？我來幫我爸媽辦點事情，我也很久沒回來了，放暑假就順便來看看他。」

柯祐爾說他父母是後來才移民到加拿大，所以會讀中文，也熟悉華人文化。他會知道「謹言慎行」、「睡覺皇帝大」都要歸功於他那喜歡香港電影的爸爸，即使聽不太清楚了還是常常看，而他跟著看久了中文就說得好，甚至還會一點廣東話。

「小時候我有夠辛苦！我爸那個重聽老是把電視開得超級大聲，還把國語版跟廣東話版混著放，我就以為都是中文，全都混在一起講，長大在學校遇到其他華裔的同學才知道我被我爸陰了。」

原來是柯祐爾是看著港片長大和學說話，怪不得他的中文雖然有點海外華人的腔調，卻說得挺好，知道的詞也很多。

「你還是學生嗎？剛剛聽到你說放暑假。」

「哦，我還在修教育學程，所以會晚兩年畢業。」柯祐爾由衷以此為傲地笑了起來，「我將來想和我媽一樣到聾人學校教書，或是再努力一點，在高立德當教授。」

溫慎行懂，但他沒聽懂另外一部分，「高立德？」

「是專為聾人和聽損者開設的大學喔，很酷吧？」柯祐爾掏出智慧型手機，找出網頁搜尋的結果遞給溫慎行，「雖然他們大部分都收聾人或是聽損學生，不過也收少數聽人，我跟錦言都在這裡讀大學，但他去年五月就畢業了。」

溫慎行不習慣用智慧型手機，只簡單看了看。高立德位於美國華府，如同柯祐爾說的，不但是第一所爲聾人和聽損人士提供高等教育的學院，也是唯一一所全部課程與服務都爲聾人和聽損人士所設的大學。

他看完把手機還給柯祐爾，「你們在大學是學什麼的？」

「錦言應該很好猜吧？他讀美術，還是第一名畢業。」柯祐爾莫名地驕傲起來，情緒高漲，「那你知道我是讀什麼的嗎？快猜！」

溫愼行似乎想都沒想，「教育吧。」

柯祐爾浮誇地瞪大雙眼，兩手放在臉頰邊，「你怎麼知道！」

「你剛剛自己說的……」他那樣子讓溫愼行想起美術課本上出現過的某一幅畫。

「哦，我說過了嗎？」柯祐爾笑了笑，一點都不尷尬，「不過你十七歲？也快要上大學了。」

「嗯，九月開學就三年級了。」溫愼行喝了口茶。他好像知道爲什麼柯祐爾對冰酒茶的執念這麼深了，眞的滿好喝的。

「你想好要讀什麼了嗎？」

「我……最近才在思考要不要讀大學，所以還不知道，就想問問別人的經驗。」

看溫愼行說得有些扭捏，柯祐爾就想起自己當年也有過相似的煩惱，只是他想的是究竟要上高立德，還是該上其他「普通」的大學。

「我覺得啦，大學四年花費的時間、金錢跟心血都不是隨便就拿得出來的，要選就選一個自己眞正喜歡，而且不會後悔的。我最後選擇去高立德，因爲我就算聽得到也不想放棄我的聾人社會背景，還想認識更多超酷的聾人、爲聾人文化做更多事情。我很喜歡，也不後悔。」

溫愼行原本還覺得柯祐爾是個像暴風雨般的人，不管是出現、說話還是做事都很突如其來。他第一次發現有人比顧錦心還要隨性，甚至到了有點可怕的地步。

他曾經以爲像他們這樣的人往往是想到什麼做什麼，彷彿沒有言行準則，但他們紛紛證明溫愼行是錯的。顧錦心做的一切都是爲了她的弟弟和兒子，而柯祐爾看似神經大條，其實也有自己的堅持與理念。

「我覺得你也可以問問錦言啊。他只是看起來那個樣子，其實人好得很，一定會願意和你商量。」

「我……知道他人很好。」溫愼行莫名覺得有點難爲情。

「已經嗎！你才跟他一起生活多久，兩個月？三個月？我當初可是花了半年才終於覺得他是個好人！他有夠難相處！」

柯祐爾有種能把別人的話匣子也打開的神奇能力，溫愼行笑了一下後拿出他的筆記本，那裡頭有顧錦言寫給他的十幾條遵守事項。

柯祐爾不會讀中文字，他就一條一條念給他聽，聽得柯祐爾拍著腿大笑，「確實很像他會幹的事！」

「我還有一次不小心惹他生氣，因爲我對他比了手語。」對著柯祐爾，溫慎行很輕鬆地就把這事說了出來，自己都嚇了一跳。

「眞的？你是不是在網路上亂學到什麼東西就對著錦言比？手語也有髒話喔。」

溫慎行懶得辯解自己連智慧型手機都沒有，根本不會上網，「那時我幫他搬書櫃，他用紙筆跟我說謝謝，我就用手語回了他不客氣，結果他臉色大變，問我是不是去學手語了。」

他邊說邊又比了一次不客氣的手語，結果柯祐爾看了後說：「你對他用這個？」要不是這是李悅教的，柯祐爾那表情讓溫慎行眞的差點以爲這是什麼手語髒話。他緊張地點了點頭，繼續說後來他們算是和解了，顧錦言也開始會對他用簡單的手語。

柯祐爾接著問：「那他是怎麼對你比謝謝的？」

溫慎行舉起右手，握拳豎起拇指後彎了幾下關節。

柯祐爾嘖嘖稱奇：「天哪，我還以爲他會和你用美國手語。」

「美國……手語？」溫慎行又聽到了一個陌生的詞。

「正確說來應該是北美手語，因爲美國和加拿大都在用。我以爲他會教你美國手語，因爲我們兩個都是使用美國手語溝通。」

「是我自己在學校找人教我的……」

「哦……」柯祐爾頓了頓，「他應該是想配合你，所以才繼續用下去的吧。畢竟他高中就開始常常兩地往返，寒暑假多半都待在這裡，可能是那時候學的。」

「等等……」溫愼行有點不敢置信，「你剛才說『美國手語』，難道每個國家都有自己的手語嗎？」

「差不多啊。」柯祐爾答得理所當然，好像溫愼行問的是個天大的笨問題，「口語都可以有那麼多種了，手語當然也有。你同學教你的應該是臺灣手語，錦言大概也會，只是可能沒那麼擅長，多半是想著你都開始學了，再潑你冷水也不太好。」

顧錦言當然會，因爲他看得懂，還會回應。溫愼行當初是爲了顧錦言才學手語，卻沒想到還有學錯種類的問題。

他覺得非常崩潰，還有點想哭，於是嘆了口很長的氣，長得好像要把靈魂都嘆出來，無奈地垂下了頭，雙手拄在膝上遮住臉。

柯祐爾看他這樣子，說話都小心了起來：「……你是不是想爲了他學手語，但是因爲不知道他用的是美國手語，結果不小心學錯了？」

溫愼行頭都沒抬地點了點頭。

柯祐爾有點想笑，抬起手安慰般地拍了拍他的肩膀，說了句一點幫助都沒有的「別難過」。

開了話匣子的兩人又聊了一會兒後才想起臥室裡還有位睡覺皇帝大、等著飯點到的大貴人，溫愼行就在柯祐爾停下來喝茶時說自己該去做飯了，起身走往廚房。

他想過要不要叫顧錦言起床出來吃，反正柯祐爾也在，搞不好他們還能敘敘舊。然而柯祐爾拒絕了，說他吃完粥就走，一是他難得良心發現，不想打擾病人；二是他不想邊吃飯邊翻譯，那他不只嘴巴不必吃飯，手也不必拿湯匙了。

溫慎行想想覺得很有道理，又想起來那天庭審結束後，那位手譯員看起來也有點疲倦，手語翻譯想必是個辛苦的工作，即使兩者對柯祐爾來說都是母語也一樣。

所以溫慎行沒有挽留，雖然柯祐爾早在他開口邀約前就說之後還會再來。

溫慎行聽見他這麼說，一時覺得有點心累，但又有點期待。他不習慣和這樣的人相處，不過一點都不討厭，甚至還挺喜歡的。柯祐爾直爽、豪快，就像直射的陽光一樣炙熱，起初可能會不太適應，本質上卻是令人喜愛的存在。

同一個加拿大、同一個溫哥華養出了顧錦言和柯祐爾兩種截然不同的人，柯祐爾是燦爛的陽光，顧錦言倒像是冬日裡偶爾撥開雲層露臉的暖陽。乍看還以爲是冷的，眞正沐浴其中才會發現那光不冷不熱，還很溫暖，恰好與他對這個家的現印象不謀而合。

柯祐爾在連呼「好吃」的讚嘆聲中吃完了溫慎行盛給他的那碗粥後就匆匆離開了，也沒和顧錦言打聲招呼。反正他還會再來，而且他不想擾人清夢，畢竟睡覺皇帝大，病人更大。

溫慎行吃飽後端了一碗粥前往顧錦言的臥室。他剛剛特地先盛了一碗出來放涼，才不會滾燙得難以入口。

儘管知道顧錦言多半不會回應，溫慎行依然在門前跺了幾下腳後才推門進去。

顧錦言正靠著床頭坐，單手捧著本書看。他睡過一會兒後臉色好多了，雖然仍不太有精神，至少不再只有一張臉燒得通紅，其他部分一片死白。

溫慎行將粥放到床頭櫃上，正想拿出筆記本問他要不要現在吃，顧錦言就已經把書放下，從床邊抽出一張折疊桌，攤開架在腿上。

除了睡覺皇帝大，吃飯也是皇帝大，很顯然顧錦言準備好了。溫慎行把粥放到他面前，盛碗的小盤子上放了一支湯匙，讓食欲旺盛的病人隨時能開動。

顧錦言在伸手去拿湯匙前先抬頭看向了溫慎行，朝他比了「謝謝」，四指握拳，拇指豎直後彎曲兩次的那種。

溫慎行思考了下，照柯祐爾剛才教的做了一次——四指伸直併攏，拇指朝自然角度伸直，維持這個手勢用四指指尖輕點下巴，然後將手往前平推。這是美國手語的「謝謝」，也是顧錦言最熟悉的「謝謝」。

見狀，顧錦言非常驚訝地瞪大眼睛。

溫慎行掏出筆記本，在上頭寫：祐爾哥教我的。

既然都學了這個，顧錦言就想柯祐爾大概代他把該解釋的都解釋過了，就沒說什麼，輕輕笑著點了點頭。

溫慎行見他笑了就鬆了口氣，繼續在筆記本上寫著字。

顧錦言正在吃飯，所以溫慎行單方面地把他和柯祐爾聊了什麼一一寫下，拿給顧錦言看。

顧錦言一邊吃粥，等溫慎行寫好一行字時就抬起頭來看看，偶爾會點點頭或笑一笑，讀到柯祐爾又說了什麼鬼話時還會皺一下眉。

溫慎行不知不覺笑得更深了點。他喜歡和柯祐爾聊到的那些內容，更喜歡顧錦言的這些小反應。

顧錦言快吃完時，他在筆記本上寫了一句：祐爾哥是個很有趣的人，他人很好。

顧錦言看完微笑著點了點頭。

他再寫：你們是最好的朋友？

顧錦言這次瞇著眼思考了下，而後好像勉爲其難地點點頭，臉上的微笑似乎說著「我能拿他怎麼辦」，接著伸出一隻手指指著太陽穴並繞了幾圈。

溫慎行寫下：他是個瘋子？

顧錦言點點頭，把溫慎行給逗笑了，而後吃下最後一口粥，放下湯匙。

溫慎行於是寫：你還餓嗎？鍋子裡還有更多。見對方搖了搖頭，他就把碗放回床頭櫃上。

顧錦言接著把折疊桌抬起來，重新折好收回床邊，順道把方才擱下的書放回腿上。

期間溫慎行又寫好了一行字：感覺還好嗎？

顧錦言緩緩點頭回應，溫慎行便寫下「我去拿水給你吃藥」後就帶著碗離開房間。

當他接好一杯水回來，就見顧錦言又讀起了書。

顧錦言的臥室裡還有一個書櫃，比畫室裡的小得多，大約只比半個人再高一點。

既然特別放在臥室裡，溫慎行就猜架上那些大概是顧錦言很常看，或是很寶貝的書，令他想起先前整理書櫃時被顧錦言堆在一旁，說他會另外收起來的那堆書……那本畫冊或許就在這裡。

他把水遞給顧錦言，在對方吞藥時寫了一行字。等顧錦言喝完了，他伸手去接杯子時順道把筆記本塞了過去：你不再睡一下？

顧錦言又隨手把書擱在腿上，沒有點頭或搖頭，只是用手拍了兩下肚子——剛吃飽就躺下會很不舒服。

溫慎行點頭時不自覺地微笑了。雖然都是些簡單的問答，但他喜歡顧錦言和他說話時不必經由紙筆的感覺，比他當初決定開始學手語時想像的還要更好。

他對那書櫃在意得很，既然顧錦言還不打算休息，他就大起膽子在筆記本上問：我可以看你的書櫃嗎？

顧錦言瞥了他一眼，伸手和他要了筆記本。

溫慎行還以爲他這次也會用點頭搖頭或簡單的手勢來回答，沒想到居然要寫字，不禁爲此提心吊膽起來……也許他的書櫃也有很多規矩。

一會兒後顧錦言在還回來的筆記本上寫：沒幾本中文書，找到有興趣的就看吧，但看之前記得洗手。

溫慎行很無奈，只好又寫：我才剛洗完碗，也用洗手乳洗過手了。

顧錦言只點了下頭，對他做了個「請便」的手勢後就繼續看起腿上的書。

沒想到他居然答應了，沒有以睡覺休息爲藉口叫人出去，甚至看上去不大介意自己留在他的臥室裡。溫慎行有些驚喜，卻依然佯裝鎮定地走到書櫃前。

顧錦言在床邊書櫃和床鋪間鋪了塊大地毯，溫慎行索性在地毯上坐下，開始端詳起顧錦言的書櫃。

一會兒後他發現顧錦言其實說錯了，他有的中文書就只有畫室裡那些亂七八糟的圖鑑，一定都是回來後才買的，這裡的書看起來更像是從加拿大帶來的，清一色的英文。

溫慎行歪著頭讀書背上的書名，上頭兩層看起來都是些很難的書，照作者的名字順序排列得井井有條，從書名能看出全是文學作品。最底層的書架則有幾本可愛的兒童繪本，還有果然被收在這裡的那本畫集。

這一層的書籍內容看起來比上兩層親民了些，卻也不盡然都是英文，他看見熟悉的字母以不熟悉的方式排列時就想起稍早的藥盒，猜測應該是法文。

法文的書只有一本，書名的三個單字裡他就只認得「Prince」，接著很快從封面和內頁的插畫認出了這本書是《小王子》。

顧錦言連法文都看得懂嗎?溫慎行轉頭時顧錦言就察覺了他的視線，一看他舉著書抬著眉，立刻想到他在問什麼，點了點頭，拿過筆記本：會一點。祐爾也會，比我好。

加拿大有英語區和法語區，而溫哥華是英語區，但學生從小就可以選擇要不要在學校學法語。當初是柯祐爾先學，學了之後和顧錦言炫耀，把人激得也去報名了法語課程。

溫慎行笑了，在筆記本上問他法語難不難。

顧錦言說《小王子》算簡單，加上法文跟英文有點像，讀起來不太吃力，他想看原文就買了。

你很喜歡這本書?

顧錦言看完點了點頭。

溫慎行很想看，然而他實在看不懂法文，只得無奈地把書放回去，想著要去圖書館找中文或英文版。

他以爲法文書大概就是極限了，沒想到接下來的幾本他連書名都看不懂，本著好奇心抽了一本出來，發現是繪本。他看不懂書上寫了什麼，只知道那些是西里爾字母，主要是俄語之類的斯拉夫語系在用的，當下他有點感謝自己從前就喜歡在圖書館裡亂翻亂看，至少現在認得出來。

顧錦言是被一對俄羅斯老夫妻養大的，會看俄語大概也沒什麼好奇怪，既然是繪本，說不定是他小時候看的書。

溫愼行邊想邊望向顧錦言，發現對方不知道什麼時候偏著頭睡著了。

他有點猶豫該不該把顧錦言叫醒，讓他要睡就躺著睡，又認爲這姿勢大概睡不舒服，他搞不好一會兒就醒了……溫愼行這麼說服了自己，最後只想至少把他腿上那本攤開的書拿開，免得滑掉。

他輕手輕腳地把書拿起，確認人沒醒後就坐回書櫃前，打算把書闔上時發現那書左頁寫俄語、右頁寫英語，還時不時有些可愛的小插圖，看了眼書封，發現是本俄英對照的俄羅斯童話集。

顧錦言原本以爲自己只是著了個涼，流點鼻水、咳個幾下，外加發一點燒，但他忽略了他的身體從來都不特別強健。他一發起燒來就覺得全身發痠、腦袋又熱又脹、躺在床上感覺像失重。

他睡也睡不安穩，做了個夢，意識不斷在清醒與沉睡的邊界游離。

顧錦言半夢半醒間感覺一股冰涼時不時地擦過額間和臉龐，彷彿想爲他拭去眉間皺摺的溝壑和被高燒逼出的惡汗，像一隻溫柔的手爲他撫平心傷的疤痕，擦乾他童年的淚。

或許是冰涼的毛巾太舒服了，當溫愼行從顧錦言的右臉擦拭到左臉，顧錦言也無意識地跟著偏頭，不願意溫愼行挪開手似的。

溫愼行見狀還以爲他燒得太難過，趕緊起身去浴室裡重新把毛巾沖涼，打算敷在他額頭上降溫。

他回到床邊時就看見顧錦言的臉依然偏著，原本藏在棉被下的手不知何時伸了出來，探出一個手掌。

他是在找我嗎？溫愼行想著，不禁在顧錦言床邊多待了會兒……

顧錦言其實非常討厭做夢，美夢或惡夢都討厭，因爲他沒辦法控制夢裡會出現什麼。他討厭所有無法控制的東西，好比病菌，病菌會讓人生病，生病會影響健康，健康不佳就會對生活，甚至是整個人生帶來不可控制的影響與後果。

他小時候以爲是生病帶走了爸爸媽媽、引起那場三天三夜的高燒，把他的聽力也帶走，所以覺得生病很可怕。儘管長大之後，他知道那一切並非是因爲不潔、髒亂、病菌而導致，卻再也改不掉想無時無刻保持整潔的習慣。

幸運的人可以用童年來治癒一生，不幸的人卻必須用一生來治癒童年。顧錦言很有自知之明知道自己是後者，儘管全都是將近二十年前的事了，那些不快樂的回憶依然會在午夜夢迴時陰魂不散地反覆叩響他的心門，挾帶當年他所感受到的悲傷、失望和無助，絲毫不減。

他睜眼時已經不大記得夢裡出現什麼，可能是夜裡偷偷抱著母親照片落淚的父親，或是高燒過後醒來，發現自己再也聽不到的那天早上，又或者是知道他聾了之後就放棄接他回國，之後唯一一次來溫哥華就只是爲了逼他裝上電子耳的顧家養父。

無論他究竟夢到了什麼，那些東西都不會追出夢境來到現實，只會暫時在他心裡留下好一陣子的不愉快。

顧錦言再醒來時已經感覺頭腦清醒許多，大概是溫度降下來了，也不再覺得全身肌肉都在發疼。

他撇頭看了一眼窗外幾乎完全暗下的天色，接著看到在書櫃邊那條地毯上倚著牆坐、正在看書的溫愼行，鼻腔裡還聞到一股淡淡的奶油香。

溫愼行在廚房燉好一鍋加了雞腿肉的奶油燉菜，然而他還想看書，也想在這裡等顧錦言醒，就留下來了。他抬起視線去看下一頁的第一行字時，餘光裡顧錦言睜開了眼睛，便拿起筆記本寫：感覺如何？

顧錦言側著臉，輕輕點了點頭。

溫愼行又寫：肚子餓嗎？我煮了奶油燉菜。

怪不得有奶油的香味，顧錦言想。他肚子是有點餓了，可是他搖搖頭，只朝溫愼行剛才隨手放在地毯上的書瞥了一眼，再回來看向溫愼行的眼睛，然後抬起眉。

溫愼行猜這是在問他剛才在看什麼書，於是把《雪姑娘》的繪本和那本童話合集一起舉了起來。

顧錦言微微張大了眼。他在童話合集裡《雪姑娘》那頁摺了角，被溫愼行發現了。

溫慎行放下書後在筆記本上寫：這裡的俄語繪本都是你小時候看的嗎？

顧錦言點頭回應。照顧他的聾人老夫妻分別叫做謝爾蓋和卡蜜拉，在蘇聯解體時帶著半大的孩子們來到加拿大，開始學英文和美國手語。本來他們在家都用俄國手語，直到顧錦言開始上學，爲了避免他搞混才在家裡也用美國手語。

他們的孩子都早已在外獨自生活了，但那時顧錦言還小，卡蜜拉就翻出孩子們以前的東西給他，當中就包括那些繪本。

他失去聽力時是四歲，被寄養前就已經會看簡單的中文字，後來多虧顧錦心和他寫信，才讓他長大後沒把中文忘記。他的俄文是看繪本和家裡一些東西的標籤學的，英文和法文則是後來在學校學的。

因爲上過學，顧錦言的英文和法文反而比俄文還好。這些繪本不只是他的童年，還是他唯一能完全看懂的俄文，所以他很珍惜，依然留著這些年紀可能比他還大的老舊繪本。

《雪姑娘》是他最常看的繪本，他翻得特別勤，書本狀態特別破爛。

溫慎行的下一行字說：這是你最喜歡的故事？

顧錦言點了點頭，他以爲溫慎行不會多說什麼，頂多簡單微笑一下，可是溫慎行的嘴角稍稍垂了下去，眼神看上去有點落寞。

可是這個故事好悲傷。他寫著。

雪姑娘是用雪堆出來、在雪堆裡出生的，她的爸爸是冰雪，媽媽是春天。

雪姑娘喜歡上了一個牧羊人。可是她是用雪堆出來的，不懂愛情，當然也不知道如何去愛。

雪姑娘的媽媽很同情她，於是給了她一種能力：愛會讓心變得溫暖。所以當她愛得越深、愛得越多，她的心就會越來越溫暖。

雪姑娘對牧羊人的愛愈來愈深。他們一起墜入愛河，雪姑娘的身體卻因爲心太過溫暖而融化消失。

沒有身體的雪姑娘再也沒辦法和牧羊人在一起，牧羊人再也看不見深愛的雪姑娘。

顧錦言看完那行字，只是輕輕地笑了，伸手要了溫慎行的紙筆，側躺著吃力地寫：我覺得這種愛情挺好的。

就算看不見、不在身邊，還是彼此相愛。

顧錦言把筆記本還回去後又默默閉上了眼，溫慎行沒來得及問他想不想吃飯。

顧錦言在一個大雪夜出生。他這輩子都沒見過母親，因爲她在自己出生那天晚上就過世了。日後當他問起爲什麼自己沒有媽媽，顧錦言的父親就會說「你當然有媽媽，只是你看不到她，但她還是很愛你，永遠都會愛你」。

之後在謝爾蓋和卡蜜拉家讀到這個故事，他就開始相信媽媽是雪姑娘，她走的那晚之所以下著大雪是因爲她爸爸來接她了，還信了好一陣子。

溫慎行不知道這些，只默默地注視著顧錦言閉上眼睛的側臉，看了許久。

如果兩個人明明相愛卻沒辦法在一起，不是很寂寞嗎？他想。

到了隔天，顧錦言的燒基本上已經全退，一大早就跟個沒事人一樣又坐在畫室裡畫畫，把溫慎行嚇了一大跳。

他用筆記本問顧錦言還有沒有哪裡不舒服，顧錦言只答沒有，還說謝謝他跟柯祐爾把畫從車裡拿出來，以及他昨天的照顧。

顧錦言把紙筆還給他時順道對他比了個美國手語的「謝謝」，又回頭繼續畫畫了。

既然本人都說沒事，甚至還起了個大早，溫慎行也就只好該做什麼就做什麼，摸摸鼻子出門去了。

一切恢復正常的速度快得顧錦言彷彿從來沒發過那場高燒。

第六章

暑輔上週結束後，學校給了一週的空閒讓準高三生們在九月開學前好好休養生息，溫愼行卻依舊每天都往學校跑，只爲和李悅一起籌備星期五的社團博覽會。

博覽會前一天，他坐在社辦裡那張大桌前剪紙，李悅在他對面拿著彩色筆塗塗寫寫。手語社不像吉他社或熱舞社可以表演，所以兩人當初報名時就決定要擺攤，做些簡單的看板和海報加上他們的介紹，讓大家認識手語。

「結果他用的是美國手語嗎！」

李悅的大叫聲多半傳到隔壁吉他社去了，雖然溫愼行得知當下心裡的反應，就和現在的她差不多。

「嗯……而且我用那麼久了，他也不告訴我。」溫愼行很哀怨。

李悅尷尬地笑了幾下，「他可能覺得你都特地學了，不想潑你冷水吧……」

「誰知道，搞不好他只是懶得跟我解釋。」

「那你要改學美國手語嗎？」

「想啊，不過妳會嗎？」

「不會……但我知道網路上有些免費教材可以用，也有一些書，國家圖書館可能會有。美國手語是最多人研究的手語，所以有很多相關的教材跟論文。」溫慎行別無他意，李悅卻有點抱歉地苦笑了下，一會兒她放下色筆，「我可以跟你一起學美國手語嗎？」

溫慎行有些不解，「可以是可以，不如說我很歡迎，但妳爲什麼也想學？」

「我將來也想研究手語，就想先從美國手語入門，學研究跟調查方法，不然現在研究臺灣手語的人實在太少了。」

她還說如果可以的話想去留學，國外有些大學的教授在做手語研究，而且做得有聲有色，她非常感興趣。

「妳還眞厲害。」溫慎行由衷地說。

「有、有嗎？」李悅愣了下。

「妳知道自己的夢想是什麼，還知道該怎麼追求與實現，眞的很厲害。」哪像他到現在還不確定自己到底想做什麼，連要不要上大學都不知道。

「學長太誇張了……學長也是很厲害的人，一定做什麼都會成功！」

李悅一張臉都漲紅了，音量也不自覺大了起來。

對此溫慎行只笑了聲，然後說：「但願吧。」

隔日，社團博覽會。

雖說他們早在報名參加時就已經做好心理準備，當實際情況果眞和預想所差無幾時，還是有些令人難過。

手語社是小社團，理所當然地被分配到位於校園角落的攤位，和其他幾個小社團在一塊兒，來的人不多。

即使偶爾有幾個人晃過來，也有可能先被其他社團攤位吸走目光，幾乎不會在手語社攤位前停下來。又或者更慘一點，他們連看都不看，只有順路或找廁所時會經過。

事實上，第一個來搭話的學生就是來問廁所在哪的。

「雖然早就知道大概會是這樣，還是好難過……」李悅和經過攤販前的一群女生裡的其中一個對上了眼，對方卻看看她又看看社團海報後立刻別開了視線。

「學長，你這週本來應該休息。都特地來了，結果還是這種下場，眞的很對不起……」

「別這麼說，本來就是我自己提出來的，而且跟妳約好了。」溫愼行抬起手背擦了下額頭上的汗。

他當初看社團只剩李悅一個人時就想過可能會是這種情況，卻沒想到眞的會這麼慘，怪不得每次他問起博覽會時，李悅都答得結結巴巴。

「我出去發傳單吧。」溫愼行拿起了一疊李悅畫的傳單，他們只印了五十張，因爲怕沒有人拿。

「沒、沒關係啦，學長，外面太陽那麼大……」李悅連忙阻止。

「可是這些傳單跟海報畫得那麼好，沒有人看太可惜了。」溫慎行已經拿著那疊傳單從擺攤的書桌後繞了出去，「而且妳還準備好要怎麼介紹手語了，總要有聽眾才行。」

李悅聽了一愣，他什麼時候看到她準備的那些講稿了？

「可、可是……」她話都還沒說完，溫慎行就已經走了。

社團博覽會的特色除了散布在校園各個角落、五花八門的社團攤位之外，還有使盡各種手段招攬新生到攤位上的社團成員。例如吉他社會邊走邊自彈自唱、儀隊會穿著帥氣的制服耍槍、熱舞社會在攤位前直接跳舞……

靜態社團拉人的手段就少點看頭，但生研社會穿著白袍、抱著人腦模型到處跑，軍研社會穿上防彈背心和軍帽……看一眼就知道他們是什麼社團，自然很容易吸引到對此有興趣的人。

當初兩人想破了頭，都不知道手語社可以做什麼，溫慎行也是硬著頭皮抱著這疊傳單走出來的。

李悅的態度乍看之下還算積極，卻常常不自覺把「反正也不會有人來」這種話掛在嘴邊。溫慎行想報答她努力教會自己手語和聾人文化，便想著今天至少要讓李悅不後悔參加博覽會。

他來到穿堂後閉上眼深吸了口氣，往睜開眼睛後看到的第一個目標——兩個女生，鼓起勇氣走去，遞出傳單，「你好，我們是手語社，請參考看看。」

兩個女生大概是被他嚇到了，有點慌張地對視一眼，怯生生地伸手接過時說了聲「謝謝學長」後快步離開了。

溫慎行開始懷疑自己是不是做錯了，他本來就不是外向的個性，平時甚至非必要不太跟人搭話。他一向聰明，做什麼都不會太差，但發傳單招攬人流的任務大概是他這輩子最不擅長的事。

他又試著發了幾張，得到的反應都差不多，對話突兀地開始又突兀地結束，不用想也知道剛才那幾個學生一定不會去攤位，李悅用心畫的傳單也只會淪爲他們手上數十張社團傳單裡平凡無奇的一張罷了。

這樣不行，他得想想辦法。

也許讓李悅出來發會好一點？可是她得留在攤位上才行，萬一眞的有人去了，只有她可以做出最好的介紹。

如此一來，拉人就只能交給溫慎行。他開始思考要怎麼讓人對手語感興趣，接著思索起當初自己爲什麼會想學手語——還能爲什麼，當然是因爲顧錦言。然而並不是所有人都會有一天突然和聾人一起生活，還不滿足於筆談，非要學手語不可。

明明用筆談就可以了，他一開始也是這麼想……直到發現顧錦言連想道謝都不能少了紙筆。他是想用顧錦言的語言和他溝通才學手語，才會在知道顧錦言用的其實是美國手語之後立刻改學。

他想起李悅說過，對一個人用他的母語就是在對他的心說話……他甩了甩頭，一開場就說拉近心與心的距離太奇怪了，絕對會被當成怪人。話又說回來，他學手語是想對顧錦言的心說話、拉近他們之間的距離嗎？

顧錦言看上去很冷漠，實際上卻善良而溫柔，內心無比溫暖，但當溫慎行想到他們不管想對彼此說什麼都少不了紙筆、一定得藉由什麼東西時，他們之間彷彿隔了一道牆，聲音在聾人和聽人之間畫了條無比清晰的界線。

溫慎行見過顧錦言用手語的樣子。不管是在法庭上對著手譯員、在家裡對著柯祐爾，還是偶爾微笑著對他比句簡單的謝謝、不客氣，他喜歡看見打著手語、知道有人會理解而用著自己語言時的顧錦言。

他不滿於紙筆和聲音的隔閡，想靠得更近一點，才能好好看著那樣的顧錦言，將最奪目的他收進心裡。

溫慎行有個或許有些魯莽的想法。當他回過神時雙腳早已邁了出去，伸出手輕拍一個女生的肩膀，就像當初柯祐爾教他的那樣，非常溫柔。

那位女生是跟同伴一起來的，她停下腳步時另外三個同伴也跟著轉頭。

被四雙錯愕的眼睛同時盯著讓溫慎行有點慌張，不過他鐵了心要做這件事情，便硬著頭皮上了。他把傳單捲成一捲塞進褲子口袋，空出雙手後開口：「妳好，妳們……知道……手語嗎？」

他對手語還不夠熟悉，即使早就熟記這些詞對應的手語，還是沒辦法打得像李悅那樣流暢，何況是邊說邊打——不過慢一點才好，才能讓人看清。

那些女孩子笑了起來，彼此看了看，最前面的女生看向溫慎行，「是比手畫腳嗎？」

他想開口解釋，同時想起他得一邊比手語一邊說話，頓了頓後才答：「不是，是聾人的……語言。」

這時候他真希望自己是柯祐爾，不管是說話還是打手語都像呼吸一樣自然。

「聾人？是聽障嗎？」女孩又說。

「等等……」溫慎行用手抹了下臉，「抱歉，我手語沒那麼好，讓我用說的解釋。」

女生們笑了笑，卻沒打算走開。

「聾人確實聽不到，但他們不覺得聾是一種障礙，反而因此發展出很多獨特的文化，例如手語。」他邊說邊發給她們一人一張傳單，「我們手語社會研究聾人文化，也會一起學一些簡單的手語，有興趣的話來看看吧，傳單上有我們的攤位位置。」

其他女生簡單看了看後點點頭，跟溫慎行道過謝後就走了。

最先被拍肩膀的同學依然站在他面前，看了一會兒傳單後說：「可是聾人應該也會讀字吧？用寫字交流不行嗎？」

她聽上去是真的感到疑惑，就像從前的溫慎行。

溫慎行笑了笑，「我本來也這樣想，直到我發現有些事情紙筆做不到，只有雙手才行。」

看那女孩更加疑惑地歪頭，他繼續說：「我們都會強調說話時要看著對方的眼睛，表示誠意和禮貌，可是如果用寫字和聾人交談，不管是我們還是他們，書寫和閱讀時都勢必要低頭，就沒辦法看著對方的眼睛了。」

女孩想想覺得有道理，便點了點頭。

「我們溝通時會看著對方的眼睛，用嘴巴說話、用耳朵傾聽，聾人的耳朵聽不見，但只要用手語就依然可以看著彼此的眼睛交流，不覺得很棒嗎？」

溫慎行說著笑了起來，自己都沒發現。

他本來就嘴笨，正擔心自己是不是只一股腦地把他的想法倒出來、根本沒在乎別人聽不聽得懂而有點心虛，那個女生卻笑了，一連點了好幾下頭。

「你這樣說我就懂了！手語感覺好酷喔！你還會別的嗎？」

溫慎行很快反應過來，「會啊，妳還想知道什麼？」

她問了幾個簡單的基本用語，像是「你好、謝謝、對不起」等，溫慎行還示範了他學過最長的句子：「我是聽人，但我學手語兩個月了。」

聽起來有點沒頭沒腦，然而女同學非常買單，甚至拍了拍手，「好酷，超級酷！」

溫慎行覺得這是個大好機會，連忙說：「手語社的攤位上有一個比我更厲害的女生，還有更多介紹。」

「我會去看看的，謝謝學長！」她說完就跑向早就晃去其他攤位的朋友們。

溫慎行站在原地都可以聽見她說「我想去手語社的攤位」的聲音，不禁翹起嘴角。

他繼續用一樣的方式發傳單，然後發現他打著手語和人介紹時，旁邊圍觀的人變多了。他個子算高，本來就很顯眼，長得還不差，三不五時就會有幾個小女生紅著臉拿了傳單就跑，溫慎行的嘴和手都還來不及說什麼。

傳單不知不覺就發完了，來逛博覽會的新生之間還多出了一個傳聞，說有個滿帥的學長在邊打手語邊發傳單。

溫慎行對此當然不知情。他收工回去時看見手語社攤位前擠了七八個人，有男有女，圍得他甚至沒辦法從外頭看見嬌小的李悅，只能偶爾透過人群間的縫隙看見她忙得團團轉，這裡講一句那裡答一句。

溫慎行沒想到會有這麼多人，同時也看見了李悅臉上的笑容。

李悅笑得那麼開心，讓溫慎行有點心虛。他在拉人時頭頭是道地說應該要試著去理解與尊重聾人，好像多麼胸懷大志，自己卻並不是那樣。

胸懷大志的是李悅，她甚至想做手語研究，而自己打從一開始想學手語，就只爲了一個人、一個理由，說白了就只是私心罷了。

他突然覺得有點對不起李悅，朝著攤位邁開的腳步頓時竟像灌了鉛般沉重。

等攤位收拾告了一段落，他們把海報放回社辦、拿了他們一早放在那裡的個人物品後一起往校門走，路上有說有笑。

「不過原來其他學校的手語社都在跳舞，我都不知道。」溫慎行記得有幾個男生興致勃勃地來到攤位上，手上沒有他發出去的傳單，毫不知情地聽完李悅的介紹後很驚訝地說「你們不跳舞嗎」，並把李悅的表情變得和他一樣驚訝。

「對啊……」李悅苦笑了下，「我當下眞的傻了，只呆呆地跟他說『對，我們不跳舞』……」

「手語已經夠難了，還要編進舞裡，別爲難我們了。」溫慎行也跟著笑了，「想跳舞的話不是可以去熱舞社嗎？何必特地來手語社。」

「我們剛好不會跳舞，眞不好意思。」李悅刻意打趣地說。

「不過今天還滿多人來的，要是開學後有學弟妹加入就好了。」溫慎行知道李悅不只喜歡手語，還很認眞地想經營社團。他希望有人看見她的努力，能和她志同道合最好。

「眞的超級多人，我都快嚇死了。」李悅扭過頭來，一臉又驚又喜。她到現在還是不太敢相信，只有她說了一整天話而感到痠痛的喉嚨，以及和她一起經歷過今天一天的溫慎行可以作證，「學長，眞的很謝謝你。我從來沒想過能在社團博覽會玩得這麼開心，而且還是作爲擺攤的社團之一。眞的、眞的很謝謝你。」

溫愼行邊走邊偏頭，看見李悅的臉紅紅的，也不知是被夕陽的餘暉染的，還是白天的暑氣和汗水與快樂的回憶一道留了下來，把她的臉蒸紅了。李悅看向他的眼神裡好像還有點什麼別的，熠熠生輝，彷彿有所期盼，又有些膽怯。

溫愼行只當自己多想了，「沒事，也謝謝妳替手語社報名參加，我也玩得很開心。」這可是他第一次參加的大型社團活動。

李悅聽完很滿足地笑了，就和平時一樣。溫愼行就想方才那短暫一瞬間的違和果然只是他的錯覺。

他高中二年級的夏天就那麼結束了。

九月，只屬於高三生的苦難生活緊鑼密鼓地開始，新學期的新課本挾帶著大補帖參考書、各式各樣的試卷交替轟炸，誇張一點時能把坐在桌前的學生淹得不見人影，彷彿一刻都沒有爲逝去的夏天哀悼。

到了月底，暑輔最後一週時舉辦的全市分區模擬考結果終於出來了。

溫愼行在一天午休時被叫到導師辦公室約談，塞到他面前的是他的模擬考成績單。

他被約談並不是因爲考得太差，反而是因爲考得太好，老師希望他可以申請獎學金繼續上大學。

他是用低收入戶的身分入學，老師明白各人有各人的考量，只是想讓他知道如果想上大學，家境清寒的學生有很多可以獲得幫助的管道，溫慎行的成績是有可能獲得全額獎學金補助。

他不上大學太可惜了，班導和科任老師們都這麼對他說。他確實還在思考要不要上大學，但他的考量和老師們擔心的錢一點關係都沒有……

他在當天吃晚餐時和顧錦言提了這件事。其實他早該問的，柯祐爾老早就建議過他和顧錦言談談，是一開學就開始病態地占據他生活的作業與考試拖住了他，一定是這樣，絕對不是因爲緊張。

想上就去上。顧錦言在筆記本上淡然地寫，就像在嘲笑溫慎行此前一個月的躊躇都是笑話。

看溫慎行一手執著棋、眼睛讀完那行字後依然沒什麼反應，顧錦言以爲自己話說得不夠清楚，又把筆記本拉回來多寫了句：只要你是自己想上大學，而且覺得不會後悔就去上，不用擔心錢。

前半句和柯祐爾一個月前說的一樣，後半句倒是讓溫慎行在讀完後猛然抬起頭看顧錦言。這意思是顧錦言會替他付大學學費嗎？他是不是可以得寸進尺地認爲那代表顧錦言會留在他的人生裡更久，不會在他一滿十八歲後就立刻離開？

上不上大學好像一直都只是一個障眼法，爲溫愼行眞正的問題掛上一個頭銜，包裝成一個再普通不過的青少年站在人生的十字路口時會有的迷惘。

他眞正的問題是不知道未來想做什麼，還有他所想的那個未來裡會不會有顧錦言。

顧錦言對他的責任只到明年三月十九日，他滿十八歲那一天爲止，已經只剩下不到半年了。

他早就知道顧錦言對他的好並非只是出於監護人對被監護人的法律責任，沒有人強迫顧錦言，一切都是他的一片好心，卻不代表溫愼行對他們兩人之間的關係能多有底氣。

溫愼行很想問，問在他滿十八歲、變成大人之後，顧錦言還會不會在這裡，卻不敢提筆。

不論顧錦言留不留，三月十九日一到，當顧錦言不再是他的監護人，沒有了監護關係的他們會變成什麼樣呢？

家人？他們一直都是家人，顧錦言是他的舅舅。就算沒有血緣關係，母親那近百封橫越太平洋的書信早就讓顧錦言在心裡爲他留了個位置，將顧錦言帶來他身邊。

然而他三個月前才第一次見過這個舅舅，他也知道自己並沒有、也不可能把顧錦言當成和顧錦心一樣的「家人」，那有點牽強了。

朋友？雖然他們只差六歲，最近的相處方式也愈來愈像朋友，而不像一對舅甥。可他怎麼能把顧錦言和學校同學、對他來說最接近「朋友」的人們想在一起。他和顧錦言應該不是朋友。

他們之間到底是什麼，將來又會變成什麼？溫慎行想不通，更想不通的是世界上到底哪種關係會讓他爲了一個人的去留感到焦慮。

顧錦言對溫慎行劇烈的腦內活動毫不知情，只覺得溫慎行這步棋想了非常久，久到他都以爲溫慎行在發呆了，一隻手指在溫慎行面前的棋盤上敲了敲。

溫慎行渾身一震回過神後心裡慌得要死，以爲顧錦言注意到自己在想什麼，他實在太擅長閱讀別人的眼神了。於是他趕緊看似胸有成竹，實則亂槍打鳥地隨便把手上那顆棋子放在一個地方，想讓顧錦言認爲他方才是在想棋路，而這是他深思熟慮後的結果。

事後溫慎行還寧願顧錦言察覺這是他亂放的，因爲顧錦言下一步棋就輕輕鬆鬆地把他將死了。

贏了棋的顧錦言輕飄飄地站起來、輕飄飄地對他比了個「謝謝」，然後輕飄飄地飄進了畫室。

那天的晚餐是溫慎行做的香草雞腿排，下的棋是溫慎行挑的象棋，輸的人是溫慎行。

溫慎行發誓剛剛他絕對看到顧錦言笑了，還笑得很挑釁，再配上美國手語「謝謝」的動作，看起來就像在嘲笑他那步棋下得有多爛。虧他剛剛還故意裝得深思熟慮，豈不是讓他看起來更笨了嗎！

溫慎行收碗盤收得很無奈，卻也不是第一次發現自己心裡有某個角落在悄悄竊喜，感覺每過一天，他就多認識顧錦言一點。他爲看見顧錦言愈來愈多種不同的模樣感到新鮮，也偷偷地感到快樂。

雖然顧錦言是大人，說到底也只是個二十三歲的年輕人，除了那些潔癖和強迫症之外，顧錦言還有很多旁人不多注意就不會知道的小習慣。吃東西前一定會先聞一下，如果是熱的還一定會先吹幾口、用過的餐巾紙或吃完的漢堡包裝紙一定會摺得四四方方、用過的乾淨塑膠袋一定會摺好後綁成一個結，然後才收起來……

說穿了好像還是潔癖或強迫症，不過溫慎行不在乎，反正顧錦言那些習慣也差不多都內化成他的習慣，甚至是反射動作了。

他開心歸開心，想到半年後這種快樂不曉得還會不會存在時，又好像笑不出來了。

溫慎行從小和孤獨相伴長大，不管顧錦心有多努力，他的出身和成長也依然是孤獨的。他以爲自己早就習慣也接受了孤獨，然而直到這一刻才發現自己其實一點都不喜歡孤獨，更喜歡有人在身邊。

生於黑暗、長於黑暗的人見不得光，光不只會亮瞎他們的眼睛、讓別的一切再也入不了他們的眼，還會溫暖他們習慣冰冷的心，再也無法轉身回到黑暗。他們會奮不顧身地追尋光，哪怕摔得粉身碎骨。

他知道人終究是孤獨的，也知道期望就代表也許會失望，卻依然無法克制地希望顧錦言和他之間不只有那一張簽了字的法院判決書。

也許，只是也許，當判決到期、他滿十八歲，他會有勇氣和一個很好的理由挽留顧錦言，問他願不願意在他的人生裡多停留一段時間。

在那之前，他得好好過日子，好好爲自己的將來打算。

溫愼行一向聰明，不過自認至今讀書從未全力以赴，往往都是有過就好，只是過的不是及格線，是他自己的標準，也就是至少九十，最低八十。他從來不知道自己認眞起來會是這個樣子。

他當初進高中時就決定讀理科，想著他成績還不錯，醫生出路穩定又賺得多，加上那時顧錦心病情加重，就想爲了她讀醫而進理組，也就是書讀得最凶、拚了命拚成績的那一群人。

想想對這群人來說，前兩年都只在中間水準的溫愼行突然竄進了班排前三名、組排前十、校排前二十是多具威脅性的一件事。

儘管並非出自溫愼行和那群咬牙切齒的同學們本意，這成爲了一種良性競爭，他也開始比以前花費更多時間讀書。

顧錦言一天中就只有溫愼行出門上學、放學回家，還有他不留晚自習回來吃飯和下棋時會看到他，其餘時間他不是關在自己房間就是去圖書館，就算顧錦言不把自己關進畫室也不見得看得到他。

時間一路流逝，到了十一月初，溫愼行在老師滿意的目光下交出了大學入學考試全科的報名表。他漸漸知道自己的志向已經和當初不太一樣了，決定爲自己留點後路。

人一忙起來就容易覺得時間過得特別快，這句話溫愼行直到最近才深切地有所體會。天氣從進入十一月後就開始轉涼，他慢慢開始把衣櫃裡厚重一點的衣服拿出來穿，顧錦言也在某個週末拿了一條更厚的被子給他，那時已經十二月了——他們不知不覺一起生活快半年了。

距離考試只剩一個月多，溫愼行的生活除了吃飯、上學、下棋、讀書以外一成不變，該做什麼做什麼。

某天晚上十點，溫愼行在學校圖書館讀書直到被警衛趕出來。搭公車回家後，一進客廳就見沙發上顧錦言正打著瞌睡，面前的茶几上還放著一杯多半已經冷掉的咖啡。

顧錦言穿著黑色的高領毛衣，肩膀上披著一條米色的絨毛毯，穿著灰棉褲的腿上擺著一本翻開的書。

溫愼行不只一次發現顧錦言只要閉上眼睛，整個人的氛圍就會柔和許多，畢竟他的眼神看起來太冷、深不見底地，散發一種隱密的未知感。

他只是往顧錦言湊近了點，想看看他腿上又放了本什麼書，顧錦言就突然輕輕吸了下鼻子轉醒了，他連忙後退幾步。

顧錦言惺忪的雙眼逐漸清明，一會兒後他抬起手，用手語說：「你回來了。」

溫慎行也抬起手，「我回來了。」

這陣子他雖然忙著讀書，還是會每週和李悅碰一次面，一起學美國手語。之所以說是碰面，是因為李悅讓溫慎行別來社團課，改在別的時間開讀書會。

新學期的手語社歡天喜地地迎來了學弟、學妹各兩名，不算上溫慎行也恰恰逃過了倒社的命運。即使溫慎行本人不認，李悅依然將此歸為他的功勞，心裡也很希望他能夠參與社團課，畢竟這些加入的學弟妹多多少少都在博覽會上見過他，然而溫慎行是個要考大學的人。

如果是他們之前的模式就罷了，當人一多起來，李悅就必須好好規畫課程、製作講義、籌備活動，盡是些雜事。溫慎行一開始就只是來學手語的，連入社單都沒填，幫忙博覽會只能算是他有情有義，他一直都不是正式的社團成員。

所以李悅三番兩次拒絕了溫慎行想參與社團課的提議，反正社團時間教的也都是他已經會的臺灣手語，他們就改在其他時間碰面，一起繼續學美國手語。

李悅本來就已經具備手語的基本知識，又把那些教給了本就聰明的溫慎行，兩個人都學得很快，三個月就能打出簡單的句子了。所以現在他用手語對顧錦言說：「你又在看這本書了。」

他一眼就認出了那本畫集，並掏出那本有著相同封面的筆記本。那幅畫叫做Above the Gravel Pit，砂礫坑之上，是這本畫集收錄的其中一幅作品，同時也被用作畫集的封面。

溫慎行早就記住這位藝術家的名字Emily Carr，中文的譯名叫做艾蜜莉．卡，是一位加拿大的畫家。溫慎行在學校圖書館用電腦上網時查過她，她在溫哥華島上最大的城鎮維多利亞出生，也在那裡度過了她的大半生。

顧錦心只是碰巧得知艾蜜莉．卡是加拿大人，才挑了那本筆記本送給顧錦言。然而他人就在加拿大，她還從海外把加拿大畫家的東西又寄回去，聽起來實在有點蠢，顧錦心眞是粗線條。

好在顧錦言看來很買單。他把筆記本留了十幾年，還買了有著同樣封面的艾蜜莉．卡畫集，相當寶貝。

那本筆記本大約九月中時就被溫慎行寫滿了，後來他在文具店買了另一本相同大小的繼續用，不過仍會帶著原本的這本。這從前是顧錦言的寶物，現在變成了他的，可惜當初一套的筆早就被他弄丟了。

顧錦言微笑著用指腹撫過那幅畫，溫慎行突然就有了個想法。他跺了兩下腳，等顧錦言抬起頭後用手語慢慢地比劃道：「你爲什麼會當畫家？」

學了一段時間的手語後，溫慎行知道的詞彙增加了，不過依然比得很慢，偶爾還會有些小錯誤，像是手指的位置或手掌的角度不對，可是並不妨礙顧錦言看懂。

他的手語就像牙牙學語的小嬰兒，不完全正確，但很努力，也很可愛。

顧錦言不想辜負他努力的心意甚至超越了他不希望看見溫慎行比手語的本心，所以他笑了，同樣緩慢卻清楚地比了手語：「因爲我當年看到這幅畫，覺得很感動。」

溫慎行不禁有些驚訝，顧錦心當年絕對沒想太多就送出去的筆記本，居然成了顧錦言日後成爲畫家的契機。

自從溫慎行會的手語愈來愈多，他們筆談的頻率明顯降低了些，只有當想說的話比較複雜，或是溫慎行看不懂顧錦言的手語時，他們才會用紙筆。例如此時溫慎行就寫下：你沒有很感動嗎？

顧錦言讀完，直接皺著眉用手語比了句「什麼意思」。

溫慎行就再寫了一句：你的表情看起來不太感動。

口語的抑揚頓挫與語氣之於手語就是表情和力道，這點李悅教過他，加上後來柯祐爾因爲打算一路待到明年一月再回美國，所以這陣子常常來他們家玩，也順帶教了溫慎行不少手語。

對此顧錦言開不開心他不知道，溫慎行只覺得這便宜到了他，因爲柯祐爾非常熱心教學，畢竟是他的本業。他不只愛教，還教得很好，溫慎行進步飛快必定少不了他的一份功勞。

溫慎行從來沒有指責顧錦言不教他手語，或是他教得不好的意思，只是顧錦言在這方面的硬傷實在太多了。例如表情，同樣的手語能因抬眉與否而有問句與肯定句的差異，初學者常常忽略這點。溫慎行學到後就一直很小心，卻依然抓不太準什麼樣的表情會表達什麼樣的語意，直到他開始觀察柯祐爾打手語的樣子。

柯祐爾平時表情就多，說話時當然只會更多，特別是當他講到「興奮、緊張、超級」等帶有強烈語氣或情緒的詞時，他的臉只能用精彩二字形容，一激動起來手甚至能打到站在旁邊的溫慎行。

而顧錦言的表情實在太少，溫慎行在他身上一點都看不出手語裡的表情與動作幅度如何代表情緒與語氣的強烈程度。他看起來幾乎永遠都是清清冷冷的樣子，表情不多，動作也不大。

另一個硬傷倒不是他個人的問題。如果溫慎行有什麼手語不會比，在沒有紙筆的情況下就只能用指拼法問顧錦言。

英語有二十六個字母，美國手語就有二十六種手勢與動作組合來分別代表，稱爲指拼法。使用指拼法就代表溫慎行不只要知道想問的詞怎麼拼，還要非常熟悉每個字母的比法，如果是特別長的字，等他拼完大概都過了三十秒一分鐘，效率實在太低。

他曾經偷偷覺得指拼法難得根本不是人類該用的東西，直到柯祐爾示範了流利使用手語的人指拼起來有多快。他看得眼睛都花了，連柯祐爾剛才比了哪些字母都沒看清，坐在對面的顧錦言卻馬上比出了對應的手語，正確無誤。

溫愼行在那一刻再次認知到他還有很長的路要走。

回到當下，溫愼行說顧錦言看起來不太感動，就只是想調侃一下他的表情眞的太少。顧錦言也知道他就是想皮這一下，於是只翻了個白眼，比了個他看不懂的手語。

溫愼行學著剛才顧錦言的動作，再打了一句「什麼意思」。

顧錦言見狀拿過他的紙筆，在上頭寫了三個大字：要你管。同時想著，反正不管表情如何，溫愼行都看得懂，那就夠了。

溫愼行讀完忍不住笑了。

他的日子或許也不是那麼一成不變，偶爾除了吃飯、上學、下棋、讀書以外，還是有些令人會心一笑的瞬間。也許都是些芝麻綠豆大、微不足道的小事，卻每一次都會被他放在心底，覺得累時就拿出來重新回憶一次。

他這麼做大概不是因爲那些事情多麼好笑，而是因爲和他一起經歷那些瞬間的人是顧錦言。

日子繼續一天一天地過，某天晚上溫愼行一如往常地坐在書桌前做最後的睡前複習時，他的房門突然被敲響了，那時是十一點半。他有點訝異，因爲顧錦言通常不會在這種時間敲他的門，他們往往下完棋後就各自解散，直到隔天早餐時才會再打照面。

溫慎行有些訝異地起身去開了門，只見外頭顧錦言拿著什麼朝他伸直了手，像是想把那東西給他。

他愣愣地伸出手，手心上就被放了一包餅乾，看起來像麵包店賣的，包裝上貼著一張紙條，上頭熟悉的字跡寫著「聖誕快樂」。

原來那天是十二月二十四日，平安夜。

儘管節日來臨，身邊沒人的話過節也沒意義，所以顧錦言上大學後就幾乎不再過節了。但他看溫慎行常常讀書讀得沒日沒夜，離大考愈近還愈變本加厲，不禁怕對方讀書讀到腦子壞掉，而聖誕餅乾不只應景，豐富的糖分還正好可以補充能量。

如此一想，他又從口袋裡掏了一些拐杖糖放到溫慎行手上，就像隨身攜帶糖果餅乾的聖誕老人。

時隔多年，聖誕節時他身邊又有人了，他以為他再也不會想過節，也不會有過節的理由，可當他回神時就在下班回家的路上毫無預謀地走進了一家麵包店……那些糖果餅乾之於他不只是一句簡單的「聖誕快樂」。

溫慎行愣了愣，在顧錦言比出美國手語的「聖誕快樂」時下意識跟著做了一次，然後就繼續呆在原地，連顧錦言什麼時候又鑽回畫室的都不知道。

他腦袋裡直到開門前一刻都還在解三角函數習題，現在卻只剩下一個念頭——聖誕節已經到了？他送了我聖誕禮物？我是不是也該送，我要送他什麼？

溫慎行可憐的大腦被逼得直接短路了。

隔天一早，十二月二十五日，聖誕節當天。

溫慎行幾乎不記得自己是怎麼和顧錦言在同一張餐桌上吃完早餐的，只記得他吃完後把碗盤收拾乾淨，對顧錦言匆匆又比了一次「聖誕快樂」後衝出了門。

他在一路開往學校的公車上非常懊悔——他怎麼沒發現聖誕節到了？他瞎了嗎？路上那麼多商家開始擺出聖誕樹和燈飾，他怎麼都沒看見？

不過他忘了其實也滿合理的。對不信教的人來說，聖誕節是屬於朋友或戀人的節日，還有那些逢年過節就花招百出的商人。以前他和顧錦心也不過聖誕節，她只有在麵包店打工的那年帶過一個蛋糕回家，但就那麼一次。

如果他記得，就一定也會送顧錦言禮物了，雖然他不知道能送什麼。

他的懊惱被帶進了校門、帶進了班上，在看見他桌上的一包糖果時瞬間變成了疑惑。

溫慎行走到位子上，放下書包的同時把那包小東西拿起來看了看，禮物袋上印著雪花和槲寄生，還用了紅色的緞帶封口，一眼就讓人想起聖誕節。他沒想通聖誕節是怎麼追出家門來到學校的，隨口問了下隔壁桌。

「你都高三了，怎麼還不知道？就學生會的聖誕傳情啊，有人傳情給你啦！」

學生會前兩週都有在放學時間到穿堂擺攤，甚至發給全校每班傳情糖果包訂購表。只是溫愼行老是在圖書館待到十點，厭世的高三生沒力氣也沒時間搞這些，所以他沒注意到學生會的攤子，也沒在班上聽說這件事情。

他三年來都沒參加過傳情活動。不買是因爲他沒有閒錢，不收是因爲他跟誰都不算深交，今年卻出乎意料地第一次收到一份。

溫愼行把包裝袋上貼著的小卡片輕輕拔下，想著會不會給錯人了，結果卡片開頭就寫著「給愼行學長」，內文只有「謝謝你，聖誕快樂」七個字，也沒有署名。那字跡圓圓的，很可愛，看起來像是女孩子的字。

他心裡頓時就有了頭緒，不過也沒想太多。畢竟聖誕節是個節日，節日時向身邊的人傳達祝福與感謝本就是件再正常不過的事。

等到八點鐘上課鈴響，他隨手把那包糖果收進抽屜，同時開始思考。同樣是聖誕禮物，爲什麼顧錦言一包餅乾就能讓他一驚一乍成那樣呢？一定是顧錦言平時太冷淡，過節送禮彷彿都與他無關，才把他殺了個措手不及……

到了上午第三節下課，班上同學又號召著要訂飲料，說是天氣冷壓力大，必須喝點什麼。溫愼行把課本塞回抽屜時順手摸到了早上那包聖誕傳情糖果，接著反手從背包裡拿出手機，傳送了一則簡訊給李悅：「妳喝熱可可嗎？」。

午休時分，時隔將近半年，溫愼行再次帶著一杯飲料來到了李悅的教室門口。

李悅升上高二後換了一個班級，依舊是女生班。本來他不想直接過來，奈何李悅收到簡訊後只答了一句「我喝」，沒回覆他後續問能不能在福利社碰面的訊息。

溫愼行逼不得已，怕熱可可過了午休就要冷掉，只好到她班上找人。他這次依然叫住了走出來的一個女生，說要找李悅。

對方的臉瞬間因爲興奮而扭曲起來，回頭就喊：「悅悅，學長來找妳了！他眞的有拿飲料！」

教室裡頭瞬間爆發出比半年前還要大聲好幾倍的尖叫，下一刻李悅就從一群興奮地又叫又跳的女生裡擠了出來，逃命似的跑向溫愼行，一句都不解釋地推著他離開現場，伴隨著好幾句亂七八糟的呼喊聲。

「妳有希望了！你們是雙向的！」

「聖誕快樂！脫魯快樂！」

「李悅妳這個叛徒！」

後幾句溫愼行沒聽清，他只來得及在被李悅推著往前走時回頭看了下，發現那群看熱鬧的女生不只擠滿了門邊，有的甚至還從窗戶裡探出了整個上半身。

到底是誰說女生班就會比男生班安靜？三年都讀男生班的溫愼行感到十分不解。

李悅推著溫愼行在走廊底轉了個彎，在班上同學看不到的樓梯間停了下來，都還來不及喘幾下就連忙說：「學長，對不起，你別聽她們亂說！還有對不起我沒回你訊息！」

她的手機在收到溫慎行的簡訊時就被瞥見她螢幕的同班好友搶走了，一群女生起哄著替李悅回了一句「我喝」，還故意不繼續回覆，尖叫著「這樣學長才會親自來找你」，李悅都快急瘋了。

不過她沒想到溫慎行眞的會親自找過來，看見他時心跳漏了一拍……事實上她的心跳從那一刻起就沒慢過，反而一路狂飆。

「沒關係，不過妳們班怎麼了？爲什麼吵成那樣……」

「一群女生嘛，聚在一起都會那麼吵，哈哈哈……」李悅又尷尬又心虛地笑了幾聲。

「喔……對了，這給妳，我不知道妳喜歡多甜的，所以點了最保險的半糖。」溫慎行把手上的飲料和吸管遞給李悅，「聖誕快樂。」

「謝、謝謝學長……」李悅不太敢接過，心裡有個隱密而瘋狂的聲音在尖叫，但她沒有勇氣去聽。

對此一無所知的溫慎行神態自若地說：「那包傳情糖果是妳送的吧？這是我的回禮。」

李悅感覺心臟都快從嘴裡跳出來了，滿臉通紅卻依然裝作鎮靜地問：「學長怎麼知道是我？」

「妳的字很好認啊，我一看到就知道了。」溫慎行笑了笑。除了認得李悅的筆跡，他也想不到還有誰會送他傳情糖果。

「謝謝妳平時教我手語，等我考完大學之後再一起學吧，聖誕快樂。」

他朝李悅笑了笑，沒發現李悅在他笑的瞬間開始走神，說完就打算走。

李悅見狀突然回神來喊：「學長，等等！」

溫慎行回過頭，「怎麼了？」

「其實那包糖果是我……」她欲言又止，話都到了嘴邊，才臨時改變主意似的大喊：

「我想祝學長大考順利！一定會成功！」

現在還不是個好時機，再等等吧。李悅這麼告訴自己。

溫慎行反應過來後彎了彎嘴角，向李悅再次道過謝後轉身離開。

他遠離的腳步聲愈來愈小聲，李悅的心跳聲卻愈發張狂。

那天放學，溫慎行依然如常去了圖書館，卻在傍晚就離開了校園。

今年的聖誕節是在星期三，顧錦言在聾人學校授課到四點後要去市立美術館籌備展覽的相關事宜，七點才會結束。他前一天晚上說過，也寫在了廚房冰箱的小白板上，溫慎行早上做早餐時看見了。

這是他的大好機會。他拿著方才在圖書館印出來的資料，下了公車後走進一旁的超市。

溫愼行很輕鬆地在一念之間就決定要送熱可可給李悅，卻花了一整個下午思考該送什麼給顧錦言。

最後他決定煮一頓俄羅斯式的節慶晚餐。既然顧錦言讀著俄羅斯繪本長大，謝爾蓋和卡蜜拉大概是照著故鄉的傳統過節，聖誕節晚餐應該也是俄式的吧。

他花了一點時間查詢俄羅斯的聖誕料理，烤派和肉排太耗時間，所以最後選了俄式沙拉與肉餃，以及一種用小麥漿果、罌粟籽和果乾加上牛奶攪拌做成的甜點。

溫愼行並不特別擅長做料理，但照著食譜做菜並不困難，沙拉和甜點都很簡單，切完食材攪拌在一起就沒事了。只有肉餃花了他一點時間、失敗了幾顆，幸好後來找到訣竅，煮出了兩碗漂亮的餃子。

於是顧錦言回家時看到的就是這副光景——餐桌上擺著他再熟悉不過的節慶料理，桌邊的溫愼行正拿著打火機和一個他在超市裡順手買的小蠟燭。

溫愼行見顧錦言回來便把手上的東西放下，用手語打了句「你回來了」。

顧錦言的眼睛瞪得大大的，「怎麼回事。」

這是溫愼行第一次看到幾乎可以說是無措的顧錦言，又比了一句，「聖誕快樂。」

顧錦言有些遲疑，還是比了句祝福，表面上波瀾不驚，心裡卻掀起了一陣洶湧。

一回到家就有人爲他做好了一整桌菜，全是他最懷念的口味，一旁的溫愼行微微笑著，燭光下的笑容蘊含著無盡的溫柔。

顧錦言所熟悉的聖誕節是屬於家人的節日，溫慎行是他的外甥，當然是他的家人，可就在方才那一刻，他知道心裡有什麼東西不一樣了，好像讓他再也沒辦法把溫慎行當成家人看待。

他問溫慎行為什麼會做這些，溫慎行便很誠實地到廚房去拿那幾張在料理過程中沾上麵粉和一些不知名的液體而顯得有點髒的食譜。

顧錦言不禁笑了，接著從外套口袋裡掏出了一枝筆，在那上頭寫：你都查到食譜了，怎麼沒查到聖誕節是什麼時候？

溫慎行看完不解地歪頭，聖誕節還能是什麼時候，不就是今天？

顧錦言就猜他大概滿心想找食譜，因此忽略了多數介紹俄羅斯聖誕料理的網站都會在進入正文前提及一件事——東正教用的是儒略曆，因此俄羅斯的聖誕節也晚了十三天，在一月七日。

顧錦言掏出手機，隨便找了一個類似的頁面拿給溫慎行看。

溫慎行看得臉都綠了，哀怨地拿出筆記本寫：那你為什麼昨天送餅乾？

顧錦言笑了，拿過他的筆記本答：因為送禮物一定要在平安夜。平安夜我不過東正教的，只過西曆的。

溫慎行讀完，還想再問點什麼，顧錦言卻已經到臥室換衣服去了，留他一個人在原地不解——為什麼顧錦言不過東正教的平安夜？

待兩人開始用餐，溫愼行仍時不時望向顧錦言想著方才的事情。

顧錦言的餐桌禮儀依然無可挑剔，也注意到了溫愼行的視線，於是放下叉子，抬手比劃：「這些很好吃。」

溫愼行愣了下，沒想到會獲得顧錦言的稱讚，又或者只是客套，畢竟俄國菜顧錦言應該從小吃到大，而且是眞正的俄國人做的正統菜餚。他本就是硬著頭皮煮了這一桌，能吃就不錯了，居然能收到正面的回應……

溫愼行還沒回神，顧錦言又打了句：「是祐爾的主意嗎？」

他早就知道自己的朋友跟外甥要好起來了，甚至還交換了聯絡方式，對此他一點也不意外——柯祐爾的個性本來就容易交到朋友，加上他還能教溫愼行手語。

唯一令他意外的只有這一桌俄國家常節慶菜，竟然是出自溫愼行的手藝。他以爲溫愼行爲了昨天那包餅乾的回禮打了電話向柯祐爾求助，才會有這一桌菜。

溫愼行卻搖了搖頭，「爲什麼這麼問？」

顧錦言有點吃驚，用手語緩緩回答：「這些都是我以前常吃的料理，所以我以爲是他告訴你的。」

溫愼行沒想到自己碰巧就挑中了這幾道菜，同時抬起手問：「卡蜜拉做的？」

謝爾蓋跟卡蜜拉這兩個名字也是柯祐爾那天下午告訴他的，他順勢就把他們的手語名記住了，以防之後和顧錦言談起他們。

顧錦言點點頭，拿出了手帳和筆：你做得沒有她好吃，但還是很不錯。

溫慎行都不知道顧錦言是在誇他還是貶他、他該高興還是該難過，無奈地苦笑了下。

顧錦言看準他讀完字後抬起頭的瞬間，和溫慎行四目交接，眼裡微微帶著笑意地比起手語：「謝謝你替我慶祝聖誕節，我很開心。」

溫慎行差點以爲自己看錯了，但顧錦言方才比的手語確實是「開心」沒錯。

他不是沒看過顧錦言笑，顧錦言甚至已經愈來愈常對他笑了，不過多半都很短暫、很淺很淡。他最常看見的是顧錦言贏棋時有點得意的笑，可也只有一瞬間，或許都不太能稱作一抹微笑。

這是顧錦言第一次望著他的眼睛笑，笑得眼裡的冰彷彿都化了，他還說他很開心，因爲溫慎行替他慶祝聖誕節。

十二月二十五日正是隆冬，加拿大多半下起了雪，路面也會結凍。那晚外頭的氣溫只有十五度，溫慎行的心卻非常不合時節、也不合理地暖了起來，心跳或許還因爲莫名而陌生的暖意漏了一拍。

他第一次覺得幸好顧錦言的耳朵聽不見，否則方才他那聲悸動肯定被聽見了。

溫慎行的大腦和心臟都還沒反應過來發生了什麼事，手先動了起來，把「again」這個詞重複比了好幾次。

只有這一個詞，顧錦言當然不會懂，疑惑地歪了下頭。

最後，不知道手語該怎麼比、把自己氣急了的溫慎行忿忿拿出筆記本，在上頭寫：一月七日的時候我再幫你慶祝一次。

那才是東正教的聖誕節，顧錦言從小到大過慣的聖誕節。

看他一副巴不得明天就是一月七號、現在就要開始準備慶祝的樣子，顧錦言笑了下後用手語說：「可是你要考試。」

溫慎行才想再比句「沒關係」，顧錦言卻已經低頭寫起字：等你考完吧，那時再慶祝也不遲。接著他立刻拿出了象棋盒和棋盤，不給溫慎行一點反駁的餘地。

等溫慎行洗完碗回到客廳，顧錦言坐在沙發上，難得地正在用手機。

升高三後溫慎行就不常回家吃飯，更常隨便在福利社買點東西應付過去，晚上到家後才會吃點顧錦言留的飯菜當作宵夜兼正式晚餐。不常在飯點回家就代表他們下棋的日子少了許多，能下棋時通常還都是顧錦言煮飯，自然也是玩西洋棋。

溫慎行把他的敗北歸咎於生疏，這點其實顧錦言也一樣，可顧錦言就是能夠愈玩愈上手，搞得溫慎行不只會輸西洋棋，連象棋都開始岌岌可危。

好吧，他就是聰明，自己還能怎麼樣呢，加上顧錦言那雙手還要畫畫，去做飯就夠紆尊降貴了，怎麼可以洗碗呢。溫慎行無奈地想。

他其實很想問顧錦言為什麼不買一臺洗碗機就好，然而想到買了就會失去賭棋的理由，決定還是不問了。

溫愼行走出廚房時，顧錦言恰好從餘光裡看見他，便跺幾下腳把人叫住後起身走了過去——說是恰好也不太對，因爲他就是在等溫愼行。

顧錦言走過來時把手機螢幕轉了個方向，上頭簡訊的訊息欄寫著：大考是什麼時候？

溫愼行舉起手，用他依然不太習慣的指拼法拼出了一月的頭三個字母，接著比了十八、十九和二十。這是美國手語裡日期的比法，他當初和李悅練習了很久，如今才敢對顧錦言用。

顧錦言看過後又低下頭去用手機。

溫愼行的個子比顧錦言稍微高上一點點，只要站得夠近，他就能看見顧錦言的螢幕。他無意侵犯別人隱私，不過有時高度就是那麼剛好，讓他很剛好地看到顧錦言在手機的行事曆上用手寫輸入法一筆一畫爲那三天加了註記，標題是「愼行考大學」。

這是溫愼行某一天碰巧發現的——顧錦言打英文時，用的鍵盤是手機和電腦最常見的按鍵輸入法，打中文時卻不像多數人使用注音，而是手寫輸入法。

溫愼行原本覺得很神奇，想通原因後才知道這再正常不過。注音是依據漢字的讀音進行設計，對聽不見聲音的聾人來說只是無意義的符號。如果不知道每個字的讀音，又怎麼會知道哪個符號代表哪種發音、拼起來會是如何。

李悅告訴他，也是有部分輕中度聽損或配戴助聽器、電子耳的聾人會用注音，只是會背得比一般人辛苦，也會更常出現拼音錯誤。如果是重度聽損或全聾，則更可能使用較爲視覺化的倉頡或是手寫輸入法。

溫愼行那時才發現自己平常是多麼地將聲音當成理所當然，電話、門鈴、注音符號等太多太多，對顧錦言來說都是最遙不可及的存在。

以前他就想過顧錦言爲什麼不用手機打字就好，還以爲是他的潔癖使然，直到他發現這點並想起他的按鍵式手機只有注音鍵盤，否則他差點就要再一次誤會顧錦言了。

顧錦言並非冷漠又不近人情，他的潔癖也不會讓他把溫愼行碰過的東西嫌得像細菌。他有他的苦衷，只是他從不解釋。他其實很溫柔，寶貝珍惜十五年間收到的每一封信，爲了一個約定特地從太平洋另一端趕回來。

他就像是一顆軟心薄荷糖，一開始只會嘗到硬邦邦的糖衣，涼得嗆鼻，久了才會嘗到裡頭又甜又軟的糖心。

顧錦言註記完行事曆後，再問了溫愼行最後一場考試考到幾點。

溫愼行一邊用手指比劃著，突然意識到自己和顧錦言用手語或筆談用慣了，偶爾會忘記他們之間有道名爲聲音的鴻溝，此刻他手機裡的手寫輸入法提醒著他——他是聽人，而顧錦言是聾人。

他又忍不住想，顧錦言是怎麼聾的？一出生就是聾的嗎？還是幾歲的時候出了什麼意外、生了什麼病才失去聽力的？他會希望自己的耳朵聽得到嗎？

溫愼行想起小時候在自然課上老師放過的一些紀錄片，他特別喜歡有關海洋生物的。每當海面開始冒起小泡泡，就表示有東西即將浮上水面，令他特別期待，也許是鯨魚、海豚，或是載滿藏寶箱的神祕沉船。

當時的他尙對一切抱持著高度好奇與期待，然而人會隨著時間流逝、年紀增長而變得膽怯。從前他會好奇是什麼不斷冒出氣泡、即將浮出水面，現在他卻再也不敢去看。

他愈對顧錦言感到好奇、愈想靠得更近，心裡就浮出愈多的疑問。他不確定水底下的東西到底是什麼，可是又想伸手把那些泡泡一個個戳破，好像那樣就能夠阻止一切變得一發不可收拾。

顧錦言標記好時間按下儲存鍵，慢條斯理地抬起頭看向溫愼行。他知道對方一直看著自己，也從他的眼神裡讀出了一些端倪，於是在手機上輸入：你有話想跟我說？

讀完那行字，溫愼行沒有點頭或搖頭，也沒有舉起雙手比劃或是打字回應，只是安靜地望向顧錦言，眼神中沒有一絲閃躲，傳遞著心中的疑惑：爲什麼你不再抗拒我比手語？爲什麼你不過東正教的平安夜？爲什麼顧家明明收養了你，你卻依然一個人留在加拿大？爲什麼我離你愈近，反而愈覺得焦急？

顧錦言看他這樣，又打了一行字：等你考完，我們再聊吧。

這句話彷彿爲溫愼行心裡那尙不知名的東西掛上了個船錨，暫且讓它沉了回去，溫愼行有些焦躁，不過硬是沉住氣點了點頭。

他把顧錦言那句話藏在心底，白天繼續埋頭讀書，夜深人靜時才敢偷偷拿出來想一想，就這麼一路撐到一月下旬，大考開始。

第七章

星期一下午三點，溫慎行走出考場時如釋重負地嘆了一口大氣。

雖說他是半路出家，好歹也苦讀了將近半年，比起那些考前緊張到吐或拉肚子、考完就哭的同場考生，他的反應平淡得像個沒事人一樣。

他掠過或蹲著大哭或立刻開始討論考題的學生，一溜煙地下樓飄進充當考生休息區的其中一間教室裡拿了背包就走。當他走到一樓時，居然在樓梯口看見了李悅，停下腳步時對方恰好抬起頭。

「學長！」

溫慎行有些訝異，「妳怎麼在這裡？」

「明年就換我了，所以想先來看看考場，體驗一下考場的氣氛……」她答得有點心虛。這的確是她的目的之一，卻不是最主要的，「還有……這個給你！聽說學長報考了全科，連續三天辛苦了。」

「謝謝……」溫慎行愣愣地接過那盒薄荷巧克力，認出是便利商店常賣的商品，不是什麼超級貴重的東西才敢收，「不過還眞巧，我們學校被分配到兩個考場，妳居然剛好來我這裡。」

「是、是啊！眞的好巧……」李悅不敢說她把溫愼行的班號記下了，然後去問之前同社的學姐考場是怎麼分的。不過，她不知道應試號碼是否照著班級或學號分配，所以其實並不確定在這裡是不是眞的能遇到溫愼行。

「妳是跟朋友或家人一起來的嗎？」

「我嗎？我是自己來的……」

「是嗎，那就走吧，等等大家都出來會很擠。」

並肩走往校門口的路上，李悅問了不少關於試題、考場相關的問題，溫愼行一一回答，兩人一來一往地聊著，直到出了校門。

顧錦言說過今晚要為他慶祝，還特別在手機的行事曆上標示日期，卻沒多說要怎麼慶祝。溫愼行連續三天都在考試的大腦也想不了太多，打算直接回家休息和找顧錦言，於是轉頭對李悅說：「我先回家了，謝謝妳的巧克力，開學見。」

「等等！」溫愼行剛要轉頭走去公車站，李悅猛地喊住了他，在他一臉疑惑地停下後深深吸了口氣，「我有話想對學長說！」

「喔、喔……」李悅難得這麼強勢，讓溫愼行不禁頓了頓，「是一定要現在說的話嗎？」

「對！我——」她緊張得閉上眼，腦袋幾乎一片空白，想不到該怎麼說，才不會嚇到溫慎行，或是讓他覺得有壓力。她只知道自己不想將此刻所思所感埋沒，也不想再繼續保持沉默。

等李悅終於下定決心並睜開眼睛時，只看見溫慎行望著遠處的側臉，眼神閃閃發光，嘴甚至微微張開了些。那模樣頓時讓她知道，自己根本不必開口，對方也不必給她答覆——那是心裡有人時才會有的眼神。

她的同學們老是喜歡調侃她講到溫慎行就一臉戀愛了的模樣，她也不否認，她確實喜歡溫慎行。這份心意不知是哪天突然出現的，是他得知手語社有了四名新社員時臉上露出的微微笑臉，還是在博覽會上揮汗幫忙的時候？抑或是他突然帶著芒果青茶來找她，還是他出現在社辦門口，說想學手語的那天？

大概就是那時候吧。那時的溫慎行有著和現在相似的眼神，包藏隱密的喜悅、無措的膽怯和藏不住的悸動。

李悅在那一刻明白了她同學口中「戀愛了的眼神」是什麼模樣，只是沒想到她會在溫慎行身上看到，而那眼神看向的並不是她。她心頭一震，想轉頭順著溫慎行的視線看去。

溫慎行卻突然開口：「抱歉，妳再傳簡訊給我，或是之後再告訴我好嗎？我得先走了！」

李悅還來不及挽留，溫慎行就已淹沒在考場外的人流之中。

她覺得自己應該難過，最後只噗哧一聲笑了出來。儘管她心裡有點酸，但並不想流淚，或許笑那一聲是覺得自己傻，溫慎行雖然和她是同路人，然而路的盡頭並不是彼此。

十七歲的李悅，第一次暗戀即失戀。她拍了拍臉頰，想著這豈不是正好讓她專心考大學，還莫名地鬆了口氣，不過她拖著腳步在離開的路上笑著偷偷掉了幾滴眼淚。

顧錦言把車子停在校門口外不遠處的路邊，站在車邊等待時正猶豫要不要傳一則簡訊給溫慎行，因爲他沒說過會來接人。

沒想到人流裡的溫慎行率先發現了他，並一路跑過來，在他面前停下後匆匆把巧克力收進大衣口袋裡，空出雙手說：「你怎麼來這裡了？」

溫慎行已經習慣用手語問一些簡單的句子，當答案不太複雜時，顧錦言也樂於用手語回答他，但此刻的顧錦言沒有拿出手帳，抬起的雙手沒有立刻答覆，反而覆在他剛比完「這裡」的兩手上，緊緊按住。

溫慎行呆住了。他從來沒有碰過顧錦言，顧錦言也沒有碰過他，每次他們想引起彼此的注意時都是跺腳，而不是柯祐爾教他的拍肩。

柯祐爾那時就特別警告過他——

「錦言不喜歡別人碰他，所以你還是能跺腳就跺腳吧，在外面可以用手機傳訊息，他二十四小時都開著震動模式。」

他從那時候就開始慶幸自己從來沒亂踩過顧錦言的底線，但也從來沒想過居然會是顧錦言先越過線來觸碰他。

他震驚地看向自己被緊握住的手，抬頭發現對方看上去神情有些緊張。

顧錦言把溫慎行的手壓得低低的，焦急地左右張望了一會兒，平靜下來後才放開，然後掏出手機，在上頭寫道：抱歉。

溫慎行搖搖頭，還想問點什麼，顧錦言卻已經繞到駕駛座，用眼神示意他上車。

過了幾秒後他才反應過來去開車門，腦海裡想的還是方才反常的顧錦言。

溫慎行幾乎沒看過顧錦言驚慌的樣子，他大多時候都冷靜自持，剛剛的顧錦言卻不只是驚慌，還像是在害怕什麼，甚至急得直接碰他。

他側過頭，車外的街景與光影在顧錦言的側臉上流逝，他沒有開口問目的地是哪裡。

顧錦言開車繞去幾個不同的地方，溫慎行跟著下車時看了看招牌，發現都是市內少有的幾間俄國菜餐廳，還不到晚餐時段，餐廳裡空空如也，門卻沒落鎖。

每到一間餐廳，顧錦言都會在手機上打些什麼，餐廳的人看過後就會同他一手交錢一手交貨，無一例外。

他們就這樣跑了三間店。當溫慎行第四次重新坐上顧錦言的副駕駛座，車上多出三個紙盒和兩罐像酒的玻璃瓶後，終於忍不住抬手問了：「你都買了什麼？」

顧錦言微微一笑，用手語反問了句：「你不是說要再過一次聖誕節？」

見狀，溫慎行愣了下。

顧錦言繼續比：「我在等你的考試結束，然後跟你一起慶祝。」

溫慎行的大腦依舊還沒反應過來，有些受寵若驚，他以爲只有他一個人對這事心心念念，沒想到顧錦言如此認眞。他頓了一會兒後才比道：「所以這些是我們的晚餐？」

顧錦言看完掏出了手機寫道：是，有些料理準備起來太花時間，我也不會做，就用買的。見溫慎行讀過後，又比了句：「你介意嗎？」

溫慎行連忙猛搖頭，怎麼可能會介意呢。

看他否定成這樣，顧錦言不禁輕笑了聲，發動引擎，扣好安全帶對溫慎行比：「東西都買完了，現在回家。」

一旁的溫慎行仍一聲都不敢吭，顧錦言覺得好笑，心裡卻暖暖的。

謝爾蓋和卡蜜拉分別是在他高中畢業和大學升二年級的暑假過世的。他們原本就已經很老了，所以他難過歸難過，倒沒有那麼意外。

他們大二寒假那年，柯祐爾曾經邀他一起回家過節，但他拒絕了，一個人留在東岸。聖誕節在他心中是和家人一起過的節，而柯祐爾是朋友，他知道對方是一片好心，然而那時他暫時還沒辦法放下養父母，去和別人的家人一起過聖誕節。

柯祐爾即使不問也多少猜得出他的心思，因此之後即使早早就考完期末考，也會在東岸留到平安夜當天，和顧錦言一起吃一頓晚餐後再去趕當晚的飛機回家，即使十二月底的機票往往是最貴的。

顧錦言很感激他，心底卻也明白自己大概再也不會有家人能一起過節了……直到這次的聖誕節，溫慎行準備了一桌他從小吃到大、最爲熟悉的俄國菜等他回家，對他說聖誕快樂。或許從那時開始，他就悄悄地期待這個不管是以西曆還是儒略曆來說，都遲到了非常久的第二次聖誕節。

溫慎行不是個愛笑的人，所幸笑容從未眞正離開過他，吃到好吃的東西會笑，看見奇怪的東西會笑，下棋難得贏了也會笑。

顧錦言早該發現的。每當他看見溫慎行笑，不管是苦笑、微笑，還是大笑，就會感覺心中似乎有什麼東西鬆動了下，像結凍的湖面隨著春天的到來而融化，堅不可摧的厚冰開始逐漸瓦解。

那是個非常緩慢的過程，像是從伸手不見五指的湖底追著光源逐漸浮上，當封住湖面的那層冰終於化開，他再次見到陽光，便不自覺地想伸手去捉。

那晚溫慎行手比著「聖誕快樂」，臉上的微笑讓顧錦言回過神，發現自己伸出水面捉光的手不知不覺已經沐浴在暖陽之中，再也捨不得縮回冰冷的水裡。

溫慎行在今晚之前都沒吃過俄羅斯料理，除了他照著食譜煮出來、大概一點都不正宗的那些。鮭魚肉派、腓魚沙拉和吃起來像甜甜圈的炸麵糰都非常美味，他只吃一口就知道為什麼顧錦言願意特地到三個不同的地方去買，還每家餐廳都跑兩趟——分別去訂和去取。他打不了電話，就只能親自去一趟。

他們點燃蠟燭，把家裡的燈都熄了，靜靜地慶祝遲到的第二次聖誕節。

今晚的晚餐不能說是誰煮的，頂多只能說是顧錦言買的，因此他們飯後沒有拿出棋盤，很有默契地一起把碗盤拿去廚房，溫愼行負責洗，顧錦言負責擦，和平分工地一起完成飯後收拾。

溫愼行先一步洗完盤子離開廚房，回到客廳，看見只剩下一盞蠟燭的餐桌，就下意識地想走回房間，又突然停住腳步——大考已經結束了，那些參考書與歷屆試題占據他的生活太久，讓他霎時間不知道該做什麼。

他回過頭，看見顧錦言剛往流理臺上放了兩個馬克杯，快煮壺正煮著熱水，手裡還有兩個玻璃瓶。他很快認出那是今天下午剛買的東西。

顧錦言彷彿早就在等他回頭似的，隨手在筆記本上沙沙寫了點東西後推到湊上來的溫愼行面前：把這兩瓶拿到落地窗前那張沙發後面，還有拿兩條毯子。

為什麼是沙發「後面」？溫愼行感到困惑，不過仍然依言照做，接著就明白了顧錦言的用意。

他平時幾乎不會特地繞進客廳，只會在進出廚房和玄關時經過，因此他從未站在客廳落地窗前往外看。

今晚的夜空特別晴朗，儘管被都市的燈火奪去些許光彩，仍看得見點點繁星閃耀。

顧錦言拿著馬克杯和裝滿熱水的快煮壺過來，就見溫慎行一臉驚喜，笑得微微張開了嘴，仰著頭看那片星空。

溫慎行回頭向顧錦言比了「星星」的手語，顧錦言卻已經從他眼底看見了星星。星光落進了溫慎行眼中，讓他的眼神閃閃發亮，看上去格外像個興奮的孩子。

顧錦言莞爾，示意溫慎行坐下，拿過一條毯子攤開了披到肩上，再讓溫慎行把兩個玻璃瓶都遞過來。

溫慎行披上毯子後把玻璃瓶放到兩人中間，片刻後顧錦言遞來筆記本：這兩瓶分別是Nalivka和Vzvar，都是俄羅斯人會在節慶時喝的東西。同時用手機找了網路上的介紹給溫慎行看——前者是以干邑白蘭地和砂糖將無花果和多種香料醃漬製成的酒，後者則是以數種莓果和蜂蜜拌煮製成的飲品。

溫慎行讀完後隱隱有點期待。

顧錦言下一句卻寫著：你只能喝不含酒的那種。

溫慎行癟了癟嘴，他確實只是考完大學，還沒滿十八。

顧錦言填滿他倆面前的馬克杯，這兩種飲料味道都很重，特別是Nalivka不是很辣就是很甜，幾乎不會有人單喝，所以他只倒了少少一點，接著將杯子倒滿熱水，向溫慎行做了個「請」的手勢。

兩人拿起杯子，在空中輕碰了下。溫慎行聞到杯裡飄出濃濃的果香，喝了一口，混著點蜂蜜和香辛料的香氣充斥口中。

方才碰杯時他就聞到顧錦言那邊傳來了一絲酒味，他沒喝過酒，忍不住有點好奇顧錦言的反應——顧錦言緊閉著眼、皺起了眉，把杯子從嘴邊拿開。這是他在顧錦言臉上看過最誇張的表情，他忍不住笑了起來，抬起手問：「怎麼了？」

顧錦言沒把手帳帶來，於是伸手向溫慎行要了他不管穿哪條褲子都會放在口袋的筆記本，在上頭寫：太烈了，味道很嗆。

怪不得連他都能聞到酒味，只能說不愧是俄羅斯人，要喝酒就一定要喝最烈的。

靠著沙發背坐在地上的他倆中間隔了半個人的距離，溫慎行伸手點了點顧錦言面前的木地板，在對方看過來時比道：「你不常喝酒？」

顧錦言點了點頭，用手語回答：「只有聖誕節喝。」接著開始在筆記本上娓娓道出自己的過去。

謝爾蓋很愛喝酒，但不大能喝，喝多了就會開始瘋狂大笑，笑完倒頭就睡。

俄羅斯男人沒有不愛喝酒的，卻不是每個都很能喝，雖然不管謝爾蓋怎麼大笑都吵不到卡蜜拉和顧錦言，但有幾次把鄰居吵得上門抗議。卡蜜拉後來就開始把家裡的伏特加藏起來，還每三天換一次地方。

謝爾蓋想喝，找不到卻不敢問她，只敢來問顧錦言。

Nalivka是卡蜜拉唯一不會阻止謝爾蓋喝，還會一起舉杯的含酒精飲料，只要是聖誕節就一定會喝。

顧錦言不只一次好奇這東西的味道到底如何，謝爾蓋也不只一次想讓他偷嘗一口，然而每次都會被卡蜜拉發現，只好老實地等到成年。

當他眞的成年、能光明正大喝之後才發現自己並不特別喜歡酒的味道。原本就只會在過節時喝上一點，在老夫妻倆分別過世後連喝酒的理由都沒了。

他四年前絕對沒想到自己未來某天會再次喝起節慶飲料、再次過起聖誕節。

溫愼行從旁看著顧錦言動筆的模樣。他很少主動談起自己的過去，溫愼行所知道的他幾乎只來自潘姨、顧錦心的信和柯祐爾。他不確定是不是酒精、聖誕節或是其他的什麼使顧錦言鬆了口，讀著筆記本上的內容，他止不住驚訝，不過仍努力別把訝異全寫在臉上。

酒精悄悄地蒸紅顧錦言的臉頰，側臉的輪廓裹上一層窗外燈火與星光後更顯柔軟，眼裡的冰也都化盡，溫和得像夜裡無波的湖面。

依溫愼行對他的了解，這或許是顧錦言在人前最放鬆的模樣，同時意識到這是不可錯失的機會，於是小心翼翼地點點地板，謹愼地比道：「我可以問你一個問題嗎？」

見顧錦言緩緩地點了點頭，他便拿起紙筆寫道：爲什麼顧家收養了你，卻把你留在加拿大？

顧錦言微微蹙起眉，溫慎行見狀心裡警鈴大作，擔心自己是不是太冒進。但一會兒後顧錦言的眉頭便舒展開來，在他訝異的目光中接過紙筆，緩緩寫了起來。

故事很長，顧錦言寫幾句後會把筆記本轉向溫慎行，等他讀完就繼續寫。

我媽媽身體不好。我父母結婚之後爲了求醫來到溫哥華，我在那裡出生，但我媽媽在生我的時候過世了。

溫慎行才讀第一句就愣住了，抬手詢問顧錦言的生日。

「一月六日。」

溫慎行看見顧錦言的回覆時心瞬間揪成一團，拿過筆寫：所以你不過東正教的平安夜。

顧錦言笑得有些哀傷，點了點頭，一月六日不只是東正教的平安夜、顧錦言的生日，還是他母親的忌日。

他剛被寄養給謝爾蓋和卡蜜拉的第一年，早在十二月初，聖誕氣息就開始瀰漫大街小巷，他們家依然照著俄羅斯的傳統生活，節日也都照著東正教的習俗過，其中包括平安夜和聖誕節。

一月六日平安夜是家人團聚慶祝的節日，所有人都應該要開心，顧錦言也很想，卻還是忍不住在擺滿聖誕佳餚的餐桌上掉眼淚，後來夫妻倆才知道其中緣故。

於是往後的每一年，他們家便改過起西曆的平安夜，一月七日再過聖誕節。溫柔的夫妻倆不願讓悲慘的身世剝奪顧錦言感到快樂的權利，就算只有一天也好，儘管他們之所以和相遇，就是因爲他的不幸。

後來我爸爸也病倒了，在我三歲的時候開始臥床不起。他在那時連絡上顧家老爺，希望他可以接手照顧我。

顧家老爺以前是軍中高官，而顧錦言的親生父親是他軍校時期的好友，潘姨那時告訴過他。

他帶姊姊來溫哥華看我，所以才會有你看過的那張照片。

原本他們約好了，如果我爸爸過世，老爺就會正式收養我，把我接回國照顧。可是我四歲的時候發了原因不明的高燒，燒了三天三夜，醒來時就發現我再也聽不到了。

我爸爸的病情在知道我聾了之後急轉直下，不久就病死了。

老爺後來打消接我回國的主意，讓我留在加拿大，透過政府機關找了寄養家庭，每個月寄錢過來。

顧錦言還想再寫，溫愼行卻伸手按住筆記本，輕柔地將紙筆都抽了過來。他感覺只有找點事讓手忙著，才不會忍不住去觸碰顧錦言、摟住他的肩膀，或是緊緊擁抱他。

他早就想過顧錦言的過去會很令人心酸，卻依然無法克制心疼，顫抖的手在筆記本上寫：你不恨他嗎？

他不曉得顧錦言恨不恨，只知道多年後敘述著這一切的顧錦言有多平靜，他就能有多恨。他們不是約好了嗎？老頭子憑什麼因為顧錦言聾了，就把他隨便扔在加拿大？

顧錦言想了下，拿回了筆記本寫道：不恨，但我曾經很怕他。

當時顧家老爺年屆耳順，一生求子而未得，終從病重的友人手中領養了個兒子，沒想到是個聾的。

後來顧錦言十七歲時，老爺開始臥病在床，他從那時開始利用寒暑假往返兩地。

老爺也問過我恨不恨他，因為他認為我在加拿大可以接受更好的聾人教育，就把我扔在那裡。我說我不恨，他供我生活衣食無虞，也對我沒有期望，權當只要我還活著，他就盡了對我爸爸的責任。

他也沒想錯，所以我不恨他。

嘴上說得好聽，顧錦言也知道老爺不想要一個聾孩子、覺得聽不到就是一種殘障，將來不僅不可能有什麼大成就，照顧和相處起來還很麻煩。把他留在海外，眼不見為淨，誰都不會傷害到誰。

他不是不知道自己對老爺來說可有可無，只是不願意戳破，就這麼和顧家老爺演了十五年虛有其表的父慈子孝。

溫慎行又比了手語說：「可是你說你很怕他。」

顧錦言深深吸了口氣，從他動筆的樣子都能看出他的語重心長：因為在收養我之後，老爺唯一一次到溫哥華來看我，是為了逼我裝電子耳。

人工電子耳是一種電子裝置，透過手術將電極植入內耳來取代耳蝸的功能，將聲波轉換成電流並直接刺激聽覺神經細胞，進而達到聽力補償的作用。對重度或極重度聽損者來說，幾乎是恢復聽覺的唯一可能。

儘管所費不貲，但顧家並不缺錢，因此當顧家老爺得知電子耳的存在，一刻都沒有猶豫，卻忽略了電子耳並不是魔法，能把聾人的聽力變得和聽人一模一樣。

顧錦言四歲失聰前已經會說話，老爺到溫哥華時他甚至已經七歲，開始上小學了，早就過了植入電子耳的黃金時期。再加上十多年前的技術沒有現在純熟，植入電極時必須破壞原有的耳蝸構造，手術帶來的改變是不可逆的。

顧錦言簡單地說明過這些後才繼續寫：我不怕電子耳會讓我的耳朵變得更糟，反正已經全聾了，還能糟到哪去，我只是怕老爺會對我更失望。

即使手術有幸成功，後續也少不了大量的訓練和復健，然而無論多麼幸運、多麼努力，電子耳依然不可能讓植入者的聽覺恢復成百分之百健全。只要聲音一多、音量一大還是會聽不懂，甚至容易因此莫名頭痛或暈眩。

醫生和我說明所有風險之後，我就拒絕了，說我不要裝。

溫慎行皺起了眉頭，雙手比劃：「可是老爺並沒有放棄，對嗎？」

自從聽說顧錦心為什麼和顧家斷絕關係，他就覺得顧家老頭子是個石頭腦袋，因此當顧錦言又點了點頭，他一點也不意外。

他很生氣，想直接抓我回國，把我綁去醫院。他覺得他有權力決定我該怎麼做，因爲他收養了我，我是他的兒子。

這算哪門子的爛爸爸？溫慎行一時間甚至覺得對他不聞不問的親生父親還好一些。

顧錦言看他氣得脖子都紅了，不禁莞爾一笑，又寫：結果我並沒有裝，你別氣了。

溫慎行讀完抬起頭，用手語問：「眞的？」

顧錦言頷首，朝著溫慎行撥起耳後的髮流，耳朵後方幾乎不曾接觸日光而異常白皙的皮膚上沒有一點疤痕。

是謝爾蓋幫了我。那是顧錦言唯一一次看謝爾蓋那麼生氣。

當時顧老爺特地帶了個手譯員來，想好好說服顧錦言和夫妻倆，結果現場的四個大人爲此吵得臉紅脖子粗。

謝爾蓋通常是個慢郎中，那天他的手語卻比得又快又猛，可惜那時顧錦言的美國手語還不夠好，當下沒完全明白謝爾蓋說了什麼，後來才知道那段話的內容——

「既然你希望錦言改變，你就要負起責任，爲他找最好的醫生和電子耳，安排所有他需要的訓練和復健。但你最好知道，他永遠不可能變成你期望的聽人，何況他根本不願意。」

他長大後再和謝爾蓋聊起這回事，這次終於清楚地知道謝爾蓋對他說了什麼。

「我們從來不覺得聾有什麼不好，可是你有選擇的權利，無論你什麼時候選擇去『聽』都沒關係，若你想選擇做聾人，我們永遠歡迎你。」

顧錦言看了溫慎行一眼，發現他又笑了起來。

知道有人愛他、理解他、呵護他長大讓溫慎行的心情好了許多。

顧錦言也跟著彎了唇，繼續寫：事實證明我不裝電子耳是對的，裝了也是浪費錢跟資源。

他說他的致聾原因不是電子耳能補救的，加上他的聽力退化得太快，從重度聽損到全聾只花了三年，沒有人幫得了他。

溫慎行讀了，有些小心翼翼、怯生生地比起手語：「你真的什麼都聽不到？」

顧錦言抬起離溫慎行比較近的左手點了點自己的耳朵、在下巴處握拳，接著像是往前投擲似的打開手掌，那是美國手語的「nothing」——他是真的什麼都聽不到。

溫慎行有點不確定能不能問這個，不過還是非常真誠地看著顧錦言的眼睛，緩慢卻十分清楚地比：「你曾經希望自己聽得見嗎？」

顧錦言安靜地笑了，彷彿早知道溫慎行會想問這個，舉起的手豎著一隻手指——只有一次。

「爲什麼？」

顧錦言的答案只有一個詞：「榮耀。」

這是溫慎行少數知道較難的詞，也是柯祐爾的手語名，和他的英語名Timothy含義相同。他寫下柯祐爾的名字，在後頭加了個問號。

顧錦言看過後頷首。

他想過很多可能的理由，卻沒想過居然會是柯祐爾。

顧錦言特別先在筆記本上寫了一行字，讓他對當事人保密，他沒多想就點頭答應了。

顧錦言說那是他們小學三年級時的事，若是用他的話來講，柯祐爾從那時開始就是個小瘋子，也是他非常好的朋友。雖然他們能快速要好起來多少得歸功於柯祐爾的成長環境，最主要還是多虧他親和力十足的個性。

起初我們的朋友只有彼此，只有他主動接近我，也只有我願意和他做朋友。

柯祐爾是聾人子女，在家裡只比手語。即使有電視幫助，口語能力也比不上從小開始聽說的聽人子女。他剛開始上學的頭兩年時常被同學嘲笑發音很奇怪，還會被故意取笑或模仿聾人發出的聲音。

而顧錦言不只不會笑他，還能夠看懂他最習慣的手語，因此他們很快成了彼此最要好，也是唯一的朋友。

後來他的話說得越來越好，大家不再笑他的發音，卻在發現他有個聾人朋友後開始取笑我們比手語。

孩子們知道柯祐爾和顧錦言很要好，每次看見他們倆玩在一起就會開始亂比手勢、擠眉弄眼，假裝在比手語嘲笑他們。顧錦言看得見，卻聽不見他們說了什麼，而全都聽得見的柯祐爾每次都會很生氣。

就算聽不到，我也看得出來他們在笑我們比手語。我就告訴祐爾，說我們在外面就別比手語了，用寫字的吧，我聽不到所以沒有關係，但我不希望他們也笑你。

柯祐爾本來就是聽人，在學校只要不和顧錦言做朋友就不必用手語，也不必吃這種悶虧，可以完全融入聽人的世界。

可是他不肯，跟我說他用手語最自在，所以沒關係，讓我不要在意那些一般小學的孩子說了什麼。

顧錦言寫著突然頓了下，溫慎行看過去時發現他微微噘著嘴，看上去難過又不甘心。

但是有一天，我在校門口看見他被那群常常取笑他的孩子們團團圍住。他們故意做著鬼臉、比著一些下流或冒犯的手勢，我知道他們在嘲笑手語，祐爾也知道，就差點和他們打起來。

我不敢過去，怕他會因爲我而被欺負得更慘。我一直看著，直到他們離開，跌坐在地的祐爾哭了起來，哭得很傷心、很傷心，我也忍不住哭了。

好像老是沒心沒肺地笑著、永遠只做自己的柯祐爾居然哭得那麼傷心，顧錦言那時便立刻覺得一切都是他的錯。

他是爲了我才在學校也比手語，是我害他遇到那種事情。即使過了這麼多年，我依然不敢告訴他其實我都看見了。我知道他一定不曾怪罪過我，卻還是忍不住想跟他道歉。

溫愼行讀完重重地呼出一口氣，覺得心臟像是被人一把揪住般難以呼吸。他抄起紙筆，顧不上字跡工整不工整，又氣又急地寫：所以你才不希望我學手語，還急得按住我的手？因爲你怕我像祐爾哥一樣受傷？

顧錦言低下頭別開視線，良久才深吸口氣抬起頭，微微頷首。他知道時代和社會都在進步，會像那些壞孩子一樣嘲笑聾人和手語的人一定會愈來愈少，卻依然反射性地阻止了溫愼行，因爲他還是一樣害怕。

溫愼行緊緊咬住下唇，緩緩伸出右手碰上顧錦言單薄的肩，發現顧錦言沒有抗拒，便輕柔地將手完全覆上肩頭，微微使力讓顧錦言轉過身來面對他，用左手問：「你後悔嗎？」

如果有選擇的權利，沒有人會選擇失聰，顧錦言當然一樣，他也曾經希望自己不是聾的，儘管只有一次，但他依然問了顧錦言這個問題，

顧錦言愣了幾秒，而後很快想通這個問題的含義。他當然後悔過，希望人生可以重

來，別再讓他做個聾人。

剛開始他難過極了。當他發現自己再也聽不見風、小鳥的歌聲、下雨與打雷，還有爸爸溫柔的呼喚，差點把喉嚨哭爛了。可無論他如何哭喊、喉嚨如何刺痛又帶著血腥味，耳朵仍什麼都聽不到。

聾了簡直是一件天大的壞事，爸爸為此難過得一病不起後死了，收養他的顧家老爺也不要他，把他丟在加拿大。他想像普通小孩一樣上普通的學校，然而因為他是聾的，只能去聾人學校。

他經歷過太多的意料之外與不可掌控，父母、聽力，還有在他長大後紛紛離開的謝爾蓋、卡蜜拉和顧錦心。

他不是未曾擁有過，卻一直都在失去，每次都只讓他更加討厭變化，還有無能為力的自己。所以他變得偏執，固執地拒絕改變，想讓一切都停留在掌控範圍裡，因為他再也承受不起任何一次失控，一次都不行。

他聾了之後似乎就沒有好事發生，可是當溫慎行問他後不後悔，他猶豫了。

如果他沒聾，顧家老爺或許就會帶他回國，他就不會遇到謝爾蓋和卡蜜拉，那對愛他宛如親生父母的老夫妻，也不會遇到柯祐爾，他這輩子最好的朋友。

如果他沒聾，他就會被養在顧家老爺的眼皮底下，顧錦心永遠都不會有辦法寄信給他，他們的交集就會僅止於那一面之緣。

如果他沒聾，顧錦心就不會將溫愼行託付給他，他也就不會遇見此刻在身邊的溫愼行。

要是顧錦言沒聾，他們可能就不會出現在彼此的人生裡，溫愼行也明白。他無法想像沒有遇見顧錦言，現在他會在哪裡，過著什麼樣的生活。

就算只是一廂情願也好，他只暗自希望一切都是注定好的，顧錦言因爲失去聽力而留在了加拿大，顧錦心開始和他通信，用和「謹言」成對的「愼行」幫他取了名字。

謹言愼行、謹言愼行，如果這兩種美德總是一併被提起，那是不是打從顧錦心決定這麼爲他取名的那一刻開始，溫愼行就注定和顧錦言脫不了關係？

顧錦言對溫愼行心裡隱密的期盼一無所知，只安慰般地輕輕拍拍肩上溫愼行的手，很淺很淺地笑著對他搖了搖頭。

我不會後悔自己是個聾人，一如我不後悔因此遇見那些我愛的人，還有遇見你。他想。

顧錦言的手收緊了些，然後才移開。

溫愼行看著顧錦言，切身體會何謂「情不知所起，一往而深」。他早該有所察覺，卻依然在覺悟的瞬間愣得差點連自己姓什麼名誰都忘了。

他喜歡顧錦言。早在很久以前、連他自己都還沒察覺時就喜歡了。

第八章

溫愼行曾經天眞地以爲苦日子會跟著大考一起結束，卻忽略了還有準備面試這回事。他依舊會在每天放學後去一趟圖書館，用電腦做備審資料，不過再也不留到警衛來趕人，而是在六點就準時離開，回家和顧錦言吃晚餐。

察覺心意並沒有讓溫愼行的生活出現太多變化，有時他甚至懷疑自己的喜歡到底是哪種喜歡，是把顧錦言當成家人、朋友，還是更接近戀愛情感的喜歡？

這曖昧不明的感覺倒是沒有讓那份心意減少半分，他比以前更期待見到顧錦言，以及和他一起度過的每分每秒。他還喜歡看顧錦言笑，喜歡他在不同的瞬間不經意流露的各種面貌，希望他能一直快樂。

要是永遠都不會滿十八歲就好了，顧錦言就會一直留在他身邊。溫愼行知道這念頭很傻，偶爾還是會這麼想。

寒假結束，下學期開學時已經是二月中，離溫愼行成年只剩一個多月。爲了平時成績和最後的段考，他仍敷衍地讀點書，加上做大學備審資料、跟李悅一起學手語幾乎完全構成他最後一學期的高中校園生活。

不過溫愼行的問題硬是比其他學生大了一點。他原本就不特別想讀醫，顧錦心一走，就更不知道該讀什麼了。

這心煩意亂也體現在行爲上，他從圖書館借了一臺筆記型電腦後就不再安分地每天報到，而是抱著筆電到處去，操場、福利社……或者有時就從教室裡拉把椅子坐在走廊上做備審。

他的心定不下來，不只爲了升學，還爲了他即將年滿十八，煩惱顧錦言究竟會不會離開。然而他不敢開口問，顧錦言也從來沒提起。

某個不是星期五的日子，李悅走進手語社社辦，就看見溫愼行坐在裡頭百無聊賴地盯著面前的電腦螢幕發呆。

溫愼行開始到處跑之後就問過她能不能使用社辦，想找個安靜的地方做備審。升高二後有了學弟妹，她必須更加用心經營社團所以常往社辦跑，也因此見過溫愼行這副樣子幾次，她往往不會說什麼。

然而這次在溫愼行第三次望著窗外發呆，電腦被放置到進入休眠模式時，她忍不住從書裡抬起頭不經意地問了句：「學長，你談戀愛了嗎？」

溫愼行原本輕輕地翹著兩腳椅，李悅這一問差點讓他直接從椅子上摔下來。

「妳、妳突然說什麼啊……」他驚險萬分地扶住桌子。

「學長，如果你嫌我多管閒事就不要回答，完全沒有關係。」李悅直接把手裡的書闔上並放到一邊，「考完試那天是不是有人來接你，而且是你喜歡的人？」

溫慎行心裡警鈴大作，難道李悅看到顧錦言了？

他從不覺得自己喜歡顧錦言是什麼丟臉的事，只是解釋起來會很麻煩，尤其顧錦言名義上還是他的舅舅。

「妳……看到了嗎？」溫慎行如履薄冰。

「沒有，那時候人真的太多了。」

「那妳怎麼……」

「是學長的眼神。我……一看到就明白了。」李悅苦笑了下。

溫慎行開始相信女孩子或許真的在這種事情上有著特別敏銳的直覺，只好認了：「算是吧……」

李悅聽完，緩了好一會兒後才笑了笑，「這樣啊，對方一定是個很好的人吧。」

總覺得她聽上去好像有點心酸，溫慎行試著回想那天發生的事，欲言又止地說：「大考結束那天，妳說有話想跟我說……跟這個有關嗎？」

李悅愣愣地眨了幾下眼，突然噗哧一聲笑出來，有些不好意思：「果然瞞不過學長，謝謝你還記得。我本來想和你告白，說我喜歡你。」

她說得雲淡風輕，彷彿那天流的幾滴眼淚已經不算什麼。

溫愼行花了三秒鐘才完全理解李悅的話，結結巴巴地回應：「妳、妳……喜歡我？」

她怕溫愼行已經開始思考該怎麼拒絕，畢竟他三秒前才說自己有喜歡的人，於是連忙擺了擺手：「學長你別誤會！我現在沒有要告白的意思，而且我覺得應該是我誤會了……」

李悅愈說愈小聲，卻還是被溫愼行聽見了。她三秒前說喜歡他，三秒後又說誤會了……溫愼行的大腦幾乎快要放棄理解現狀，她到底喜不喜歡？

李悅也發現自己越描越黑，不禁又慌了起來，「我、我不是那個意思！我覺得學長是個很好的人，我很喜歡和你一起學手語，也很感謝你時常聽我說社團的事，學長眞的……」

「這就是所謂的『好人卡』嗎？」

「不是！」李悅的臉愈急愈紅，「學長是個很好的朋友！我很喜歡學長，但是是朋友的喜歡！」

喜歡溫愼行多半是個誤會，除了班上女生們的起哄，還有終於有人理解她的熱忱、志同道合的感覺太美好，讓她誤把溫愼行當成了唯一，把心掛在他身上。

李悅沒有談過戀愛，也幾乎沒有暗戀過人，以爲第一次失戀會讓她很心痛，事實上卻只是又哭又笑地掉了幾滴眼淚，然後就莫名覺得輕鬆許多——因爲她的暗戀打從一開始就不成立。

「妳怎麼知道自己的喜歡是哪一種？」溫愼行眞心感到疑惑。

「哪一種嗎？」李悅思考了下後說：「我本來以爲我喜歡你，是因爲班上同學們很會起哄，加上你對我很好，也幫我很多。跟你一起學手語、被你信賴和理解讓我很開心……這樣的人只有學長一個，我覺得那種感覺很特別，所以才誤會了。

「後來我發現學長好像有喜歡的人，突然就覺得有點孤單，因爲你好像比我先一步找到了比手語更重要的東西，我很害怕被丟下，就也想追上去。但當我眞的跨出那一步，才發現好像不是那麼回事。」李悅不好意思地笑了笑，「我只是怕你再也不和我喜歡一樣的東西，就像小學時突然發現最要好的朋友突然喜歡上不同的遊戲、不同的動畫……我大概只是喜歡和學長當興趣相同的朋友，並不是戀愛的喜歡，還好那天沒有衝動告白。」

見溫愼行聽完還是沒有什麼反應，李悅語氣愈來愈心虛，「對、對不起學長，當著你的面說爲什麼自己不喜歡你是不是很奇怪……」

「沒有。」溫愼行反應過來後下意識彎了彎嘴角，「我只是覺得妳很厲害，對自己的心意這麼清楚。」

「什麼意思？」李悅有點疑惑，「學長不清楚自己的心意嗎？」

溫愼行猶豫片刻，糾結著能告訴李悅多少，畢竟他不習慣對人掏心掏肺，加上他的情況還很複雜。斟酌許久，他簡單扼要地總結內心的煩惱，「我很確定我喜歡他，只是我不確定這份心意是不是正確的……」

即便沒有血緣關係，顧錦言依然是他的舅舅，是他的家人，還是他的監護人。

儘管溫慎行一滿十八歲，顧錦言對他再也沒有義務，他們大概也不至於變回素不相識的陌生人，但溫慎行不覺得他能就此滿足。他希望顧錦言可以別走得太遠，繼續留在他的人生裡，可是他不知道這樣是不是太貪心。

「學長是害怕一旦告白，對方可能會拒絕你，甚至會離開嗎？」

「可能吧……雖然或許不管我告不告白，他都很快就要走了……我不知道。」

「可是難道他一離開，你們就再也不會見面或聯絡了嗎？」

聞言，溫慎行愣了愣。

李悅繼續說：「我覺得喜歡上誰沒有什麼正確不正確，因爲心意沒辦法控制，不過如果你們還會有交集，多花一點時間想想也沒關係吧。」

「是……沒有……」溫慎行從來沒有想過這點，被李悅這麼一說，才突然發現自己不曉得在焦急什麼，顧錦言不是一定會離開，離開也不表示他們一輩子都不會再見。他只是不敢問、不敢開口，也不敢踏出改變現狀的那一步。

溫慎行一直以爲自己很堅強，把出身和成長經歷當作堅強的理由與本錢，卻從來不是那麼回事。

他老是一個人待著，唯一稱得上親密的只有忙著工作、一天下來都不一定見得到一面的顧錦心，那也是因爲他們是母子，是他一出生就已經建立好的關係。說到底他根本不清楚該如何走近別人，也不知道該如何與人保持親近。

明明是個想愛人也想被愛的人，卻像個膽小鬼不敢表達。

他害怕自己的情感對別人造成負擔，就像小時候他想關心一臉疲憊地歸來的母親，卻發現她只會因此硬撐起一張笑臉安撫他。他害怕開口要求被愛，就像他曾在半夜看過母親掉著淚打沒有人接聽的電話、留下不會有人聽的留言——他知道她是在打給他的生父，她想要對方回來。

他討厭看到那樣的顧錦心，總是瀟灑而堅強、從不屈服的顧錦心，只有在那一刻會那般低聲下氣、那般脆弱。

是他給媽媽的愛還不夠嗎？爲什麼她還是想從根本沒出現過的爸爸那裡得到愛？想要被愛是這麼難過、這麼可怕的一件事嗎？他忍不住想。

他的焦慮不只來自對顧錦言會不會離開的不確定性，更來自他內心對親密關係的不安全感。

顧錦言是他第一次想主動靠近的人。他想再靠得近一些，卻不知道他能不能那麼做、顧錦言會不會接受。

「那就等等吧！學長會喜歡的人一定很溫柔，一定會願意等！」

顧錦言確實很溫柔，溫慎行怎麼會不知道。

「啊，不過如果你們會分開一陣子的話，或許先暗示一下比較好吧？例如送個東西或是給個承諾之類的，不然萬一對方被追走了怎麼辦……」

李悅自顧自地講了起來，意外把溫慎行逗笑了。他笑完後如釋重負地說：「我真的一直都在被妳幫助，該怎麼辦才好。」

「有、有嗎？可是我沒特別做什麼……」李悅微紅著臉。

「有，妳有。」他心裡多少舒坦了些，至少他知道該怎麼做了，「每一次都是，真的很謝謝妳。」

李悅讓他想到了個好主意，於是他又該開始打工存錢了。

每天夜深人靜時，溫慎行回房前總會刻意繞到顧錦言的畫室，對裡頭畫著畫的人跺跺腳，等他抬起頭時用手語說句「晚安」。顧錦言也會用手語回應他，如果手裡正好拿著筆就點個頭，接著他會把走廊的燈按滅，只留下一小盞他們房門邊的夜燈。

溫慎行刻意不去倒數那是他們之間的第幾個晚安。

他們依然各自過著按部就班的生活，上學、工作、教書、晚餐後的一盤棋、互相道過晚安後就熄燈。溫慎行十七歲的最後幾天一點都不特別，時間就那麼悄悄地流逝。

三月十八號那晚，溫慎行在床上輾轉難眠，依舊沒能將打從認識顧錦言開始就一直在心底盤繞的疑問說出口。他的大腦不肯老實地入眠，反而還擅自將過去九個月裡，他與顧錦言一起度過的每分每秒重新放大解讀，顧錦言寫過的話、比過的手語、有過的表情與小反應……有些過往在這樣的反覆追憶之下愈發清晰，有些卻愈發模糊而曖昧不清。

又在床上翻來覆去好一陣子，直到他終於認清自己就是睡不著，認命地睜開睡意全無的眼睛轉頭望了眼床頭櫃上的時鐘——午夜已過，三月十九日，他滿十八歲了。

生日派對或禮物都是別人家的事，溫慎行從來沒有過那些，只有顧錦心會和他說句「生日快樂，謝謝你來當媽媽的小孩」，然後給他一顆糖。那樣的生日對他來說已是最好的生日，然而會那麼爲他過生日的人已經不在了。

他不禁想接下來到死爲止的生日是不是都要獨自過，然後又突然想起此刻應該就在外頭走廊另一端的顧錦言。

顧錦言應該記得他的生日吧？日期就寫在他親手簽下的判決書上，同時也是他的監護人任期最後一天。或許顧錦言不會牢牢地記著，但不可能不知道……顧錦言會祝他生日快樂嗎？

溫慎行起身披上書桌邊椅子上掛著的外套，打算以到廚房倒杯水的名義看看顧錦言睡了沒。他出房間時瞄了眼顧錦言的房門底下——沒有漏出一絲燈光，又走到永遠不會關上門的畫室前，發現裡頭也是暗的。

顧錦言不可能摸黑畫畫，或許早就回房熄燈了。

他心裡有種說不上來的失落感，自己都覺得莫名其妙。他不曉得自己圖什麼，或許只是想看顧錦言一眼求個心安，畢竟他一直害怕只要一滿十八歲，對方就會離開。

溫慎行欲蓋彌彰地走到廚房，經過客廳時發現沙發旁邊的地上居然有個玻璃瓶，在外頭燈火照映之下顯得剔透。

大考結束那天，他和顧錦言就是披著毯子坐在那裡，而那玻璃瓶看起來也莫名眼熟。

溫慎行的心跳隱密地加快，躡手躡腳地走到沙發邊，就見顧錦言披著和那天相同的毯子坐在落地窗前，右手邊除了玻璃瓶外還有一只已經半空的馬克杯，曲起的雙腿上擺了一本素描簿，左手拿著一枝鉛筆。

顧錦言直到溫慎行從沙發後探出頭、帶來些許光線變化才發現他。他喝酒了，喝得比那天還多，臉也被醺得更紅。

今晚的天氣和那晚很像，窗外有星星和月亮，夾雜都市的燈火爲窗前的兩人裹上一層溫和的夜光，也照亮他們彼此眼裡的驚訝。

「我以爲你睡了。」顧錦言放下筆後用手語說。

「我也以爲你睡了。」溫慎行回答完又比：「你在畫畫？」

顧錦言點點頭，用鉛筆在素描簿上寫了起來：上次我就覺得夜空很漂亮，想畫很久了，只是天氣一直不好。

溫慎行偏頭回想了下，最近確實常常下雨。冬天的天氣本就陰冷，不下雨就算好的了，像今晚這樣晴朗無雲的夜空更是難能可貴，居然正好是他的生日。

顧錦言用手語問他現在幾點了，他不曉得確切的時間，隨意答了個十二點多。

他不清楚顧錦言為什麼笑了，還特地問他想不想睡。他拿過顧錦言的筆寫下：我就是睡不著才出來的。

顧錦言笑得更深了些，讓他去廚房拿個杯子過來。

溫慎行想通的同時瞪大了眼，看著顧錦言的眼神彷彿在質問他「你確定嗎」。

見狀，顧錦言點了點頭，還揮揮手要他快去。

溫慎行立刻跳起來，跑到廚房拿了一個馬克杯，然後回到落地窗前恭恭敬敬地坐下，看顧錦言拿起那瓶Nalivka，往他的杯子裡倒上一些後加滿熱水，他接過杯子時比了個「謝謝」。

兩人碰了杯，接著顧錦言用左手在素描簿上寫：生日快樂，恭喜你成年了。

溫慎行想過顧錦言或許會祝他生日快樂，卻沒想過顧錦言寫下的「成年」二字會讓他感覺這麼複雜。最大的憂慮又浮上心頭，他不想破壞氣氛，只好用酒液將胡思亂想沖回心底，喝了一大口，接著被辣得直接張開嘴，彷彿能從喉嚨裡噴出火。

顧錦言被他的反應逗笑了，溫慎行頓時一動也不敢動。

顧錦言的眼睛是細長的，他頭一次見對方笑得兩眼都瞇成一直線，甚至笑出了聲。儘管並非大笑，只是輕輕地笑出呼氣聲，依然讓他覺得有些暈乎乎的。

溫慎行一直都知道自己喜歡看顧錦言笑，但沒想到連那微弱的笑聲都讓他如此喜歡，喉嚨裡被烈酒點起的那把烈火彷彿一路延燒，把他的心也燒得滾燙。

顧錦言對自己為溫慎行已然燒紅的心添了多大一把柴火一無所知，還在笑他被酒的辛辣嗆成這副模樣，笑嘻嘻地抬著手說：「味道如何？」

溫慎行微微回過神，然後回答：「很辣，但也很好。」

「我第一次喝酒也是喝這個，反應跟你一模一樣。」

「十八歲的時候？」

顧錦言偏著頭，動起筆寫道：算是。溫哥華那個省分的成年是十九歲，但我十二月底的時候就先喝了。

顧錦言是一月六日生的，而Nalivka是聖誕節時喝的東西，謝爾蓋和卡蜜拉特別為了他改在十二月二十四日慶祝平安夜，約莫就是那時候吧。原來顧錦言偷跑了幾天，溫慎行想著笑了笑，伸手拿過顧錦言隨手擱下的鉛筆，在他倆中間的素描簿上寫了起來。

他不知何時習慣固定坐在顧錦言的左邊，因為他是右撇子，顧錦言是左撇子，如此一來就能夠把紙放在中間進行筆談。

你當初成年時是什麼感覺？

顧錦言正抱著雙腿，把頭枕在雙膝上，讀完後抬起一雙眼看了過來，「你很迷惘嗎？」

溫慎行思考片刻，點了點頭，然後比出「大學」的手語。他其實很想豎起右手的食指，指向顧錦言——還有你，但終究沒那麼做。

顧錦言低下頭，沒有立即回覆。

他們之間從來都是靜默無聲，溫愼行卻第一次眞正地感受到寧靜，有點像暴風雨來臨前反常的安穩，一時間只剩下窗外帶著星輝與月光的夜色塡補此時的寂然無語。

顧錦言猶豫了非常久，然後才拿起鉛筆寫道：我在你這個年紀的時候不知道自己爲什麼要活著，因爲活著太痛苦了。

溫愼行久違地再次感到心裡揪緊了下，比之前的每一次都要疼，疼得他差點忘了呼吸。他反射性伸出了手，將顧錦言握著鉛筆的左手緊緊抓在手裡，力道大得他整隻手都在發抖。

顧錦言覺得有點疼，不過他沒有抱怨，只是輕輕撫過溫愼行的手背，拍了幾下，示意他放開。

溫愼行顫抖著鬆了手，眼裡寫滿了不捨，一會兒又輕又柔地比了「爲什麼」。

顧錦言又低下頭沉思起來。

那段時間一切都還很好，他走出了先後失去父母與聽力、孤零零地被寄養在加拿大、無可選擇地被送去聾人學校的陰影，身邊有謝爾蓋和卡蜜拉、柯祐爾，還有每兩個月會寄信給他的姊姊。

他曾經非常期待成年，想著成年就能自立自強、報答謝爾蓋和卡蜜拉對他的養育之恩，或許還能夠回國找顧錦心。但他十七歲時謝爾蓋因年邁逝世，十八歲時得知顧錦心餘命不久的噩耗，十九歲時卡蜜拉也走了。

他才剛成年，原本的期待全成了一場空。他好不容易才擁有，卻又失去了，倘若繼續活著也只是不斷地失去，他突然就不知道自己爲什麼還要活下去。

我失去了很多，但我還有一個夢想。顧錦言如此寫道。

溫慎行看見最後兩個字時抬起了眼，正好對上顧錦言也看過來的視線，他的眼裡帶著股宛如涓涓細水，卻一刻不停傾瀉的暖意。

你記得那個畫家嗎？Emily Carr。

溫慎行認得這個名字，便點了點頭。

姊姊那本筆記本是我第一次看見她的畫，覺得很神奇，原來我所熟悉的溫哥華、加拿大在她眼中、她筆下是如此模樣、我從未見過的模樣。我開始有點好奇，想多看看我出生長大的地方，也想用我的雙手留下我的雙眼所見，所以我開始畫畫，想著長大之後要親自去找她畫裡的那些風景。

於是我在高中畢業的那年夏天開著車，到處追尋將近一百年前她的腳步到過的地方、她畫筆描繪過的景色。

Emily Carr一生留下許多作品，有實景寫生，也有憑空描繪的景色，顧錦言花了很多時間蒐集他喜歡的每一幅畫，有實景的就去實地走訪，沒有的就上山下海尋覓最接近的地方。他想知道Emily Carr看見了什麼樣的風景，才畫出了那樣的畫。

有一次，我在從西北方的海岸開車回溫哥華的途中迷路了，不小心來到一個人煙稀少、夾在兩個海峽之間的小鎮，距離溫哥華還有三個小時的車程。

那是個必須先開車，換搭渡輪，再開車才能抵達的地方——一個人口不足一萬的原住民保留地。路上行人與汽車都寥寥無幾，只有一望無際的海岸邊矗立著無數的原住民圖騰柱迎接他。

我有種很強烈的感覺，好像我生在溫哥華，或是生在這個世界上，就是爲了找到那個地方。

當時正值冬春交替之際，路上的積雪與黑冰開始融化，顧錦言才敢大起膽子，趕著冬天的尾巴開車北上。

那是個悲傷的地方。

那裡打從數百、數千年前就一直都是原住民的城鎮。十九世紀時踏足的歐洲傳教士帶來的天花奪走那裡九成居民的性命，更別說後續的殖民主義、原住民寄宿學校又是如何肆虐。

而那樣的地方並不少，加拿大多數的土地都沾染著原住民的血與淚，顧錦言不是不知道，只是當少了現代都市叢林與文明掩蓋，他才頭一次感受到一塊土地的歷史與哀戚。

那眞的是個很小的小鎮，我只花一個多小時就走遍了。正當我問到路、打算回到車上時，一陣特別強烈的海風令我回頭。

海風雖冷卻不刺骨，帶著來自大海卻不帶有鐵鏽味的腥鹹，鬼使神差地，他邁開了腳步走去，彷彿冥冥之中有什麼在呼喚他。

我一看見那片海岸就知道了，那就是我注定要找到的地方。

天空與海分別勾勒出地平線與海平面，鄰近黃昏帶著橘黃色調的天色之下，海岸邊有著幾戶低矮的民宅、一個小碼頭，和一座有著高聳鐘塔的教堂，一旁的空地上立著無數十字架狀的墓碑。

他一刻都沒有猶豫，立刻從車上把紙筆和畫架都搬下來，開始作畫。

我不停地畫，直到天黑又天亮，累得我差點沒力氣開車回溫哥華，心裡卻感到不可思議地平靜。

自始至終，顧錦言從來不覺得自己恨過什麼，不管是先後帶走他父母的病魔，還是那場讓他聾掉的高燒、想強迫他裝電子耳的養父、來不及見第二面的姊姊……

可是，當他站在海岸邊，看被夕陽染成一片粉紅與暖橘的天空、海邊的教堂與墓碑、十字架旁隨風搖曳的花花草草，卻感覺自己原諒了，心突然得到自由。

這塊土地目睹過原住民的苦難、承載著他們的傷痛與血淚。當一切事過境遷，悲傷的過往在大地的懷抱下安眠，見證一切的天空與大海依然寬容地與時光作伴。

他才發現自己不是不恨，只是一直在等，直到有一天他終於來到同樣曾經擁有許多，也失去許多的地方，讓這裡的風吹乾他的眼淚、土地埋葬他的傷痛，然後繼續跟著時光的腳步前進，活過今天並期待明天。

我在那裡痛快地大哭了一場，覺得我好像和這個世界和解了。過去的悲劇無法抹滅，但活著的人們永遠都會有下一個明天，顧錦言曾經被自己的過去壓得喘不過氣，卻在那一刻放下了一切。

後來我去了維多利亞的博物館，那裡的館藏也有Emily Carr的作品，然後發現了一幅畫，畫裡的景色就是我當天看見的那片海岸，一模一樣。

儘管相隔超過百年，顧錦言和Emily Carr都到過同樣的土地，看見同樣的景色，並選擇將親眼所見繪製成畫。

原來打動了我的景色，早在一百多年前就也打動了她。我大受感動，所以才決定要做畫家。就像她的畫當初拯救了我一樣，我想拯救別人，也想拯救我自己。

溫慎行無語地望著顧錦言的側臉，都市燈火揉合夜空星光，輕巧地落在他的眼睫、臉頰與唇瓣，令他看上去柔和得不可思議，彷彿就要融進夜色裡。

你可能不會相信，我曾經很恨溫哥華。

我父母決定要去那裡，在那裡生下我後又丟下我。我不知道自己該不該留下，卻也不知道我究竟該去哪。

後來老爺收養了我，但也沒帶我走，好像溫哥華是個因爲世界上沒有人要我，所以扔下我的地方。

可是後來，我發現這世上再沒有其他地方像溫哥華一樣，承載我的所有笑與淚、怨恨與諒解。那是一個或許我原本會花上一輩子去恨，後來決定花一輩子去愛的地方。

即使顧錦言不說，溫慎行光看眼神也能明白他是如何愛著溫哥華，那塊伴他走過所有悲喜的土地。

他第一次覺得自己眞正觸碰到顧錦言內心最柔軟的部分，卻不明白爲何感到如此心酸。也許是因爲得知溫哥華之於顧錦言的意義，知道讓顧錦言留下來無異於割捨對方在世上努力活過的痕跡、剝奪對他來說無比重要的事物。

溫慎行努力穩住自己發抖的手，顫顫微微地寫：那你爲什麼還是來了？就因爲我媽媽的那些信？

他怎麼想都想不到有什麼理由能讓顧錦言捨下溫哥華，來到這個和他一點緣分都沒有的地方，難道一個承諾眞的勝過他對溫哥華深沉的愛？

一開始確實是。他爲了遵守和顧錦心的約定回來，想著至少得接住溫慎行，別讓他眞的落得孤身一人，匆匆回國後立刻就提出監護權聲請。

顧錦言只在書信裡看著溫慎行長大，他大可直接把這套顧家的房子留給他，只負責每個月寄錢回來，就像當初的顧老爺——他甚至還見過顧老爺兩次。

然而他還是留下來了。他以爲是因爲溫慎行是顧錦心的親生骨肉，她親自在信裡託付他，要他多看顧那個孩子。

出於對姊姊的責任感，我覺得必須對你好，護你周全，讓你好好地長大成人。

他當初很不習慣，覺得他和溫慎行之間好像隔著一道看不見的高牆，不知道該怎麼跨越。他讓溫慎行不必把他當成家人，也不必那麼小心翼翼，因爲他不捨得看這個從未擁有過什麼的少年，在失去唯一的母親後還要活得如此謹小慎微。

不知從何時開始，他漸漸喜歡上溫慎行在他身邊度過的每分每秒、家裡多出的腳步震動、有了生活味的小房間，還有對方只要沒事就一定會踩著飯點回家吃晚餐，以及飯後賭注無比幼稚的每一次棋局。

顧錦心的信曾經是他活下去的意義之一。當他決定回來找溫慎行時，曾經隱隱約約地期待溫慎行能夠成爲顧錦心的延伸，給他一個理由繼續活下去。

他的盼望沒有落空。溫慎行讓他再一次開始享受今日、期待明日，彷彿活在世上又有了意義。

他的過去在他心裡挖了一個大洞，那片海岸爲他刻畫出洞口的形狀，讓他知道該拿什麼來塡補，接著他遇見了溫慎行。溫慎行悄然住進他心裡，爲他補上那個洞，讓他再也不缺什麼了。

他頓了頓，而後才寫：但現在我眞的只是想對你好，希望你快樂。

顧錦言放下紙筆，轉過身面對溫慎行，抬起手，指尖無比清楚地在空中勾勒他的眞心，「生日快樂，謝謝你來到這個世界上。」

他的指尖在空中停駐片刻，他眞的能這麼做嗎？剛滿十八歲的溫愼行終於成年、終於自由，這麼做未免太過自私……不，或許當他發現那份責任感開始變質，開始隱密地想要看見、得到更多，再也壓抑不住這份期望，打從那一刻起的他就是自私的了。

他猶豫了很久，半空中的指尖才繼續起舞，「因爲有你，我覺得很幸福。」

溫愼行看懂了，在自己都還沒反應過來時就扭過頭，閉上眼深深吸了口氣，將三月依然微涼的空氣吸入鼻腔，試圖讓腦袋冷靜點，然後屏住呼吸，想著這樣或許能讓瘋狂鼓動的心臟冷靜下來，壓抑那股想吻顧錦言的衝動。

他甩甩頭，匆匆比了個手語讓顧錦言等等，然後慌忙起身衝回房間後又衝了回來。

溫愼行在顧錦言面前蹲坐下來，攤開的掌心上躺了一塊看似漆黑，實則在夜光下隱隱透著紅的石頭。

顧錦言用手語問他這是什麼，他想對方可能沒聽過這個東西的中文名，便緩緩地用指尖拼出六個字母——garnet，石榴石。

這是他從上個月底開始打工存錢後在珠寶店買的。想送禮物的想法來得太突然，他買不起製成飾品的石榴石，只好買了一塊原礦。

溫愼行將手掌湊近了些，示意顧錦言接過。

顧錦言拿起後細細端詳一番，礦物起伏不平的表面讓夜光不規則地反射，一部分照進眼裡，令他看著石榴石的一雙眼也跟著熠熠生輝。

溫慎行在顧錦言再一次看過來時用手語比道：「送你的禮物。」

顧錦言愣了愣，問他爲什麼。

溫慎行乖乖地拿起筆寫：這是一月的誕生石。他有點害怕對顧錦言提起他的生日，寫的時候不敢看他的眼睛，寫完之後也只顧把素描簿塞過去就別開臉。

溫慎行的字跡一直都稱不上端正整齊，然而這次特別工整的字跡完全表明他對這件事有多麼愼重。

我知道你大概從來都不慶祝，也不喜歡過生日，但我還是想跟你說生日快樂，謝謝你母親拚了命把你生下來，才讓我能夠遇見你。他在心裡默默說道。

他緩緩將頭轉回時，發現顧錦言居然在笑。

顧錦言自己也感到不可思議。他一向不喜歡和人提生日，可是當溫慎行問起他的生日、爲什麼不過東正教的平安夜，他竟然一點都不覺得牴觸。

他手中的石榴石就是答案，因爲溫慎行只是非常眞心地爲他來到這世上，得以和他相遇而感到開心。

顧錦言沒有多說什麼，比了個「謝謝」，並表示自己會好好珍惜。

見他似乎很喜歡，溫慎行心裡輕鬆了些，也跟著皮了起來，用手語打趣地問：「我會有生日禮物嗎？」

顧錦言點點頭，比了「當然」後在紙上寫：不過我沒想到你也還沒睡，讓我準備一下，明早拿給你。

反正明天還不遲，仍然是他的生日，溫慎行便乖巧地點了點頭。當他的視線再次看定，就見眼前的顧錦言放大了，對方過分蒼白纖細的脖頸近在眼前，額間傳來的觸感溫熱而柔軟。

溫慎行花了好一會兒才反應過來，是顧錦言吻了他的額頭。

顧錦言隱忍而又張揚的心意無處宣洩，最後被融進一個吻裡。

這是他至今人生中最不管不顧、肆無忌憚的一次，反正溫慎行都成年了，也已經是最後了，就讓他任性一次吧。

當他緩緩退開，用手語對溫慎行道完晚安，就把那顆石榴石拽在手裡，拿著酒瓶和馬克杯起身離去。

溫慎行則留在原地千頭萬緒。他甚至不記得自己是怎麼回到房間、怎麼入睡的，滿腦子只想著睡醒後見到顧錦言該如何是好……

第九章

隔天早上，溫慎行走出房門，找遍全家上下，只差沒把房子整間倒過來，都找不到顧錦言的身影。

三月十九日一早，顧錦言從溫慎行剛邁入第十八年的人生裡消失了，無影無蹤得彷彿他從未來過。

顧錦言走了，留給溫慎行的那間房子一如往常——彷彿他隨時都會回來的整室私物以及滿滿的空虛與寂寥。

他冷靜下來後發現餐桌上還有兩個紙盒，一大一小，分別是一臺筆記型電腦和一支智慧型手機，旁邊還留了張紙條，上頭寫著「生日快樂」，讓他又氣又好笑。

顧錦言一聲不響地走了，還能用這點東西逗他開心，讓他把這事揭過後像沒事一樣過日子？就這麼想打發他？難道這將近十個月的相處都是假的，事實上顧錦言一直很想擺脫他？昨天的吻又算什麼？酒後意亂情迷？

溫慎行站在原地，感覺血壓直線飆升時，門鈴或者說是「門燈」突然亮了起來，瘋狂閃著白光。對瀕臨爆炸的溫慎行來說，那震動的嗡鳴聲幾乎完美踩在他的引爆點上。

柯祐爾已經回美國了，所以不可能是他，儘管心知肚明，溫慎行去開門時依然懷抱著愚蠢的期待，想著或許是顧錦言一早出去買東西，結果忘了帶鑰匙，搞不好他出門去買生日蛋糕了，畢竟他禮物都準備好了。

然而附近沒有哪家麵包店在早上八點就開門，外面的人也不是顧錦言。

溫慎行不認識的男人一身西裝筆挺，鼻梁上架著不近人情的金屬框眼鏡，開口就是一句「溫先生早」。

溫慎行滿臉疑惑，接著錯愕地在男人背後發現更令他意外的人，「潘姨？」

潘姨沒說什麼，只是有些抱歉地笑了笑，「對不起，可以讓我們進去嗎？」

三十分鐘後，溫慎行得知男人是個律師，姓劉。劉家是法律世家，和顧家是世交，因此潘姨也認識。

他一聽到「顧家」、「世交」等等字眼後就沒什麼好預感，在劉律師拿出一疊文件後，溫慎行的心直接涼了下來。

劉律師上門所為有二，一是幫助新鮮出爐的成年人溫慎行做好在社會上獨立的準備，諸如銀行帳戶和健康保險，以及稅務申報相關的程序與知識。

二是他作為顧錦言指定的法律代理人，負責將原先由顧錦言持有、屬於顧家的一切全部轉移到溫愼行名下。

溫愼行一向是個理性的人，知道事情的輕重緩急。他沒有讓情緒掌管大腦，質問眼前恐怕並不知情的兩人顧錦言去哪、爲什麼要這麼做，而是老實地讀過每一份文件上的每一條條文和款項，有不懂的地方就問，確定理解一切後才簽字，像個老練的成年人。

他的穩重與自持讓劉律師的工作簡單許多，看在潘姨眼裡卻令人格外心疼。她去年七月就知道顧錦言有意讓溫愼行繼承顧家，卻在收到律師聯絡時才知道他竟然不打算留下。

儘管他身爲養子的立場或許本就不太適合親自出面，指定律師作爲代理執行人會更妥當，但顧錦言那時特地登門拜訪不只爲告知她他的決定，還爲拜託她到時多擔待些。

她當時不覺得顧錦言會這麼無情，沒想到等溫愼行一成年他還眞的就這樣走了。

即使顧錦言消失了，溫愼行依然不覺得對方是完全地離開。顧錦言早就悄悄走進他心裡，他的離去不只在溫愼行心裡留下一個空洞，更像直接往他臉上重重地甩了一巴掌，要他別自作多情、別胡思亂想，一個吻根本代表不了什麼。

劉律師告知他銀行開戶、財產轉移等生效都需要一段時間，之後需要身爲當事人的溫愼行簽字時他還會再來，便離開了。

潘姨默默留了下來，輕輕拍著溫愼行的肩。

「潘姨，好久不見。」溫愼行疲憊地笑了笑，補上遲來的招呼。

「好久不見。」潘姨花了點時間說明她和劉律師爲什麼會來。事情的原委得回溯到去年七月，顧錦心的六七，她之所以沒來，是因爲顧錦言找上了她。

溫愼行聽完潘姨的敘述後感到格外衝擊，原來顧錦言從那時開始便打算讓他繼承顧家的財產，將一切還給他，爲他年滿十八這一天做好準備，時機一到立刻抽身。

即使顧家並非大富大貴，前軍閥和軍官世家的財產也絕不少，光這間房子就能讓他安穩地生活一輩子，把其他幾間房子都租出去的話還可以過包租人生，甚至不必工作。

可溫愼行知道這些後並不開心，甚至愈來愈生氣。顧錦言到底在想什麼？憑什麼他一成年，顧錦言就把這些一股腦地扔過來，然後拍拍屁股走人？

他還在努力試著接受顧錦言離開、接受他把顧家的一切都塞給他，那努力卻在得知顧錦言甚至終止收養時被打得粉碎。

終止收養代表顧錦言和已故的顧家老爺之間不再存在親子關係，從此變回非親非故的外人，也不再具備繼承資格，顧家遺產的繼承順位就落到了顧錦心的獨子，也就是溫愼行身上。

顧錦言不只離開了溫愼行，還離開了顧家和他的人生，讓他想找也不知該從何找起。

潘姨走後，溫愼行終於卸下了在人前的防備，呆坐在玄關。

是他做錯了什麼嗎？顧錦言爲什麼就這麼走了，還走得沒有一點不捨與留戀？難道顧錦言對他說過的每一句話、露出的每一次笑臉都是逢場作戲？他們相處過的這些時光又算什麼？

在玄關呆坐了一早上，溫慎行終於因爲口渴起身去廚房接水。他出來時重新端詳起餐桌上的生日禮物，在窗外陽光的照射下才發現便條紙背後似乎還有字——是一串數字，以+1開頭，看起來就像電話號碼。

當初和柯祐爾交換聯絡方式時，他把他在加拿大的電話號碼也一併給了溫慎行，那號碼就是+1開頭，美加通用的國碼。

他認得出這不是柯祐爾的號碼，那麼答案就只剩下一個。

顧錦言從他的人生裡消失了，沒有一點預兆，卻並非走得孑然一身。他在離去之際帶走了溫慎行的孤獨，留給他無盡的思念，還有他最後的溫柔——你知道我會在哪裡。

溫慎行花了一點時間啓用筆電和手機，下載了一些應用程式，包括柯祐爾提過的通訊軟體，只要用電話號碼就能註冊並找到其他用戶。

他用自己的門號開通了帳號，在尋找用戶的搜尋欄輸入柯祐爾的電話號碼，按下好友申請。

溫慎行拿起紙箱，打算把這些東西搬回房間時來到走廊的拐角。他本該往左轉，視線卻不自覺地看向顧錦言的畫室。畫室的門從不關閉，永遠都輕輕地掩著，回想今早，或許那扇緊閉的門早就在警告他有什麼不對勁。

他曾經問過顧錦言爲什麼不關門，顧錦言只說那是他心態的延伸，一種習慣，一個好的畫家必須善於觀察，不能在看清事物的全貌前就擅自斷定，要時時保持好奇。

你聽過盲人摸象的故事嗎？只摸到象牙的人覺得大象像蘿蔔，摸到耳朵的說像畚箕，摸到尾巴的說像繩子……

顧錦言平時難得有那麼多話，就是爲了說這個故事給溫慎行。

他想起整齊乾淨得不行的客廳，以及顧錦言空蕩得令人髮指的臥室，兩者都和他的畫室形成強烈的對比。他習慣讓一切保持不變，因爲生活必須持續走在「正軌」上，不能有一絲偏差，改變會帶來不可預期的結果，他厭惡也害怕。

只有畫畫的時候，一絲不苟的顧錦言才能毫不顧忌地表現自我。空白的畫布讓他能夠盡情地勾勒線條、揮灑色彩，而那樣的自由某種程度上也延伸到他的畫室。

如果說顧錦言的畫室代表他的內心，畫室有多亂也許就代表他有多自由奔放，溫慎行倒也不介意，不如說相當樂見，只在想到如何打掃時才嘆了口氣。

溫慎行視死如歸地推開畫室的門，裡頭竟出乎意料地相當整齊，雖然沒到臥室的整潔程度，至少地上不再堆滿隨時能絆倒人的摺疊畫架或畫筒，散落的參考書籍也好好地收進了書櫃。

他嘖嘖稱奇地走到工作桌邊，原本散布整桌的水彩罐和鉛筆、炭筆竟都不見蹤影，留有顏料和刻痕的原木桌面終於見光，顯得上頭唯一擺著的一本素描簿格外突兀。

總覺得那封面有點眼熟……溫慎行伸手翻開素描簿，頭幾頁是幾張潦草的鉛筆速寫，接著數頁寫滿了整面的字，兩種截然不同的筆跡分別交錯，就像是正在對談的兩個人。

謝謝，幫大忙了。

你是被書壓到了嗎？

正是顧錦言在他出門上學時被書堆壓倒的那天早上，那好像是他和顧錦言變得親近的第一個契機。溫慎行不自覺地笑了，原來他沒有把這些擦掉。

溫慎行讀完對話，下一頁出現了張鉛筆的素描像，是個男孩子，直髮齊眉，顯得特別乖巧，他身上的襯衫在胸口處有個小口袋，上頭繡了一排數字。畫裡的他坐在餐桌前，面前擺著一個馬克杯和一個小碗，手裡捧著另一個碗，正拿著湯匙把吃的往嘴裡送。

溫慎行立刻認出男孩子身上的制服，還知道馬克杯裡裝的是豆漿，桌上的小碗中有兩顆水煮蛋，手裡的碗是燕麥粥。因爲畫裡的男孩子就是他，每天出門上學前吃早餐的他，餐桌對面顧錦言眼裡的他。

溫慎行將素描簿緊緊抱在胸前回到餐廳時，他的新手機正在餐桌上響個不停，一點開螢幕就發現有十幾則新訊息，全都來自同一個軟體，訊息都頂著一樣的頭像和名稱。

Timothy Ke：慎行？眞的是你嗎？（下午12:36）

Timothy Ke：你居然加我好友了！你有手機了？你什麼時候買的！（下午12:36）

Timothy Ke：天哪太棒了，這樣我們就可以隨時隨聊天了！哦，你當然也得要有網

路，但反正錦言家什麼都有！（下午12:37）

文字訊息沒有聲音，溫慎行卻無端生出了一種想抬手摀住耳朵的衝動，柯祐爾的訊息就跟他本人一樣，特別健談，只要不阻止就會講個不停，稍微搭話一句就會變本加厲。

溫慎行才剛點開訊息欄準備打字，柯祐爾的電話就打來了，於是他慌慌忙忙地接通電話——科技新手溫慎行不曉得對方看得到自己正在輸入訊息，還以為柯祐爾會通靈。

「慎行！好久不見！你好嗎！」柯祐爾彷彿每個語尾都跟了三個驚嘆號的熟悉嗓音從耳邊傳來。

「祐爾哥。」

「抱歉，我想說反正我都要用語音輸入訊息，你打的字我也看不懂，還要讓你也傳語音或打英文，我就直接打來了！沒嚇到你吧！」

「倒是沒有……」溫慎行笑了笑。

「然後呢，你怎麼有手機了！你又去打工了？」

「不是，是……舅舅送我的生日禮物。」溫慎行這聲「舅舅」喊得非常彆扭，倒不是覺得顧錦言是他舅舅有什麼不對，而是「我喜歡的人是我舅舅」聽起來就滿糟糕的，儘管他們沒有血緣關係，而且顧錦言從今天起也不再是他舅舅了。

「哦，你過生日了？今天嗎？生日快樂！」柯祐爾的音量和語氣明顯高昂起來。

「謝謝……」

「錦言有沒有要幫你慶祝啊？十八歲就成年了吧！得好好慶祝一下才行！」

「咦？」溫慎行頓了頓，「你不知道嗎？」

「知道什麼？」柯祐爾的語氣有些遲疑。

溫慎行感覺喉嚨緊了緊，「他……離開了。」

他在柯祐爾的追問下把昨晚到今早發生的事說了遍，不過省略了顧錦言吻他的部分，同時有些意外顧錦言居然沒有把他離開的事告訴柯祐爾。

「是喔……居然發生了這種事，不過確實很像他的作風。」他說顧錦言從以前就是個特大號的悶葫蘆、死腦筋，想到什麼就會一股腦地做到底，幾乎從來沒有人能說動他。

「我以為他至少會先跟你說過。」柯祐爾可是溫慎行所知範圍裡唯一一個和顧錦言最親近的人。

「我也是第一次聽說。」柯祐爾聽上去難得地冷靜。儘管他知道得不比溫慎行多，卻像是一劑定心針般令溫慎行平緩下來，「不過也不用太擔心啦，反正你也知道錦言會去的地方就那麼一個，他甚至連電話號碼都留給你了，你知道能去哪找他。」

柯祐爾說著傳了一串地址，是謝爾蓋和卡蜜拉以前住的地方。老夫妻過世時他們的孩子已經在東岸定居，正打算把那棟房子賣掉時就被剛繼承顧家財產的顧錦言買了下來。

柯祐爾說的沒錯，溫慎行也想不到顧錦言除了溫哥華還會去哪裡，何況他若真要走，怎麼可能留下電話號碼。這更像是一個提問、一個機會，顧錦言的離開是給他時間思考，等他做出決定。

溫慎行沉默片刻，彷彿經歷深思熟慮後才再次開口：「祐爾哥，我有事想問你。」

「哦，你說你說。」

「是有關大學的事。」溫慎行邊說邊捏緊那張小小的便條紙。

到了六月初，去年這時的溫慎行剛認識顧錦言、搬進他家不久，今年這時他正式從高中畢業了。

畢業理應是件值得開心的事，尤其是父母師長，以及在大考和面試中得利、考上理想校系的學生們。

溫慎行考得非常、非常好，面試的表現更是沒話說，他填進志願表的校系幾乎每個都錄取了，還都排在正取前五以內，一夕之間成了全校師生皆知的名人。老師們笑得合不攏嘴，他的同屆們則紛紛眼紅得不行，特別是那些今年夏天還要再拚一次的學生。

正當所有人都好奇哪個校系會雀屏中選，溫慎行做了一個驚天動地的選擇——放棄所有學校和系所發來的入學資格，決定不上大學。

顧錦言和溫慎行這對舅甥其實非常像。溫慎行做事一向只聽自己的，放棄入學當然也不例外地先斬後奏，把老師們嚇得差點心臟病發，又氣又無可奈何。

他們追著溫愼行問理由，溫愼行便搬出家世背景和近期遭遇當作擋箭牌，加油添醋地把自己描述得可憐兮兮——沒了監護人後又變回天涯孤獨、窮得只剩下錢和房子等等，讓老師們根本無從下手。

「學長，我從來沒有覺得你這麼討人厭過。」這是畢業生歡送環節時李悅對他說的話。

他好不容易在前來送行的在校生行列中找到她，卻只得到一句討厭，無可避免地愣了下，但想想自己幹了什麼好事，被討厭也沒什麼好奇怪，便只彎了彎嘴角，「抱歉，我的筆記都給妳，有空還是跟我一起學手語吧。」

「我不是那個意思！」

「哦，還有我應該先告訴妳的，抱歉。」

李悅還想發作，溫愼行卻不僅已經知罪，還誠意十足地賠不是，搞得她一時之間就算想說點什麼也不好說。

「不過我是說眞的，我們再一起學手語吧，如果妳有空的話，我還可以教妳讀書。」

難道這就是天才的無知，以爲所有人只要接受指導就能獲得相同的成績嗎？李悅第一次氣得想伸手打人，礙於場合才沒有眞的動手，於是又氣又無奈地問了句：「不是那個問題……學長，你到底想怎麼樣啊？難道你眞的不讀大學了？」

「那倒不是。」溫愼行不常笑，笑得別有深意更是少見，「之後一定告訴妳，妳會喜歡的。」

他說完就回到畢業生離校行列裡，留下一頭霧水的李悅。

畢業並沒有爲溫慎行的生活帶來多大的改變。當他的同學們忙著四處玩樂，他依然照著上學時間到車站旁的補習班報到，之後到圖書館和李悅一起讀書或是學手語一兩個小時，剩下的空閒時間則全被他拿去打工存錢，這樣的生活持續整整一年。

他無法確定是什麼悄悄地改變他的未來，也許是放棄大學入學資格、和柯祐爾的那通電話、顧錦言留下的那本素描簿，也或許是當他意識到顧錦言對他來說不再只是「舅舅」。

不，大概更早，可能是他第一次遇見顧錦言、顧錦心寄出第一封信，或是顧家老爺決定收養顧錦言那天……所有的因緣際會漸漸在溫慎行面前鋪出一條路，但選擇如此前進的是他，不爲了誰，只爲了自己。

嶄新的未來在三月下旬第一次敲了門，讓溫慎行離開補習班，在柯祐爾和他從前在高立德的恩師牽線下找到一位在大學研究手語和聾人文化的教授。說來也挺巧，那位教授任教的大學是溫慎行當初塡志願時的第一順位。

教授聽了他的經歷和來意，在知道這個巧合時笑了，沒說什麼就答應溫愼行去他課堂旁聽的請求，溫愼行甚至還沒搬出柯祐爾和他恩師的名字。

「人嘛，眞的想做什麼的時候擋都擋不住，更何況我根本沒有擋你的理由，多好。」教授笑著對他說。

接下來的日子溫愼行依然在聽課與學習，只是地點從補習班換成大學，學的東西從英文變成他眞正最感興趣的手語與聾人研究。

走在大學校園裡，他時不時會想著，若他沒有放棄入學，乖乖去讀考上的財法商醫，是不是就會和在這裡與他擦肩而過的大學生們一樣，走在明朗而安穩的道路上。

時間悄悄來到八月下旬，新的未來再次敲響溫愼行生活的大門，他也已經將手放在門把上。

李悅特地到機場送他。她早在畢業前就如償所願地考上她的第一志願，畢竟她原本就聰明，也肯努力，再加上溫愼行的指導簡直所向披靡。

「妳眞的來了。」溫愼行儘管知道她會來，還是有些驚喜。李悅前陣子剛和同學們去離島旅行，曬得皮膚明顯黑了一階。

「我怎麼可能不來！學長，恭喜你入學，還有終於存夠錢了！」

「妳也是，恭喜妳畢業，考上妳的理想學校。」

她陪溫愼行辦理登機和托運等手續，兩人有說有笑，直到距離溫愼行的班機起飛只剩下一個半小時。他該去過安檢和海關了。

「學長，你要保重，有空的時候跟我分享一下那裡的生活，我會很羡慕你的。」

「我會的，也祝妳大學生活一切順利，需要練習手語的話隨時找我。」溫慎行頓了頓，「能在高中遇到妳眞是太好了，我眞的很開心，謝謝妳。」

李悅愣了下，沒想到會在此刻迎來溫慎行的眞情告白，「別說得好像以後再也不會見面啦……不過我也很開心！謝謝你來手語社，慎行學長。」

兩人相視一笑，給了彼此一個溫暖的擁抱，而後溫慎行便轉身排進安檢隊伍。他每走幾步就會回一次頭，李悅仍然留在原地，用飽含祝福的笑容目送他。

當溫慎行來到玻璃門前，再往裡走一步就要看不見李悅時，最後一次回首望向後頭。依然笑著的李悅高高舉起右手，彷彿早就知道溫慎行還會回頭再看她最後一次。

在人聲鼎沸的機場裡，溫慎行和李悅之間不只距離遙遠，中間還隔了好幾十個人，可是溫慎行依舊清楚看見李悅的右手輕輕張開五指，中指微彎，在下巴上輕刮了下——那是美國手語的「祝你好運」。

溫慎行也笑了，跟著舉起右手，併攏五指放在下巴，力道堅定地往外一推，「謝謝妳。」

他們嘴角的笑容一絲不減，直到溫慎行的身影完全消失在玻璃門後。

溫慎行這輩子沒出過國，也沒搭過飛機，第一次就去了特別遙遠的美國東岸。他在西岸的舊金山轉機後終於抵達華盛頓特區。

當他拖著被時差與長途飛行夾擊而百般疲憊的身體，以及兩個二十三公斤重的大行李箱走出管制區時，就見柯祐爾站在入境大廳，一見了他就高高揮舞起雙手：「慎行！」

柯祐爾就是有種能讓人打起精神來的魔力，他的心情在看見對方的瞬間就變得輕鬆許多，因第一次出國而繃起的緊張情緒立刻消失殆盡。

「祐爾哥。」溫慎行鬆了口氣的同時也笑了。

「辛苦你啦！長途飛行很累吧？」柯祐爾邊說邊拍拍他的肩，同時無比順手地拉過溫慎行的其中一個行李箱。

「還好，一直睡就到了。」

「哈哈哈，很好！能睡就是福！我每次總是睡個二三十分鐘就會醒，難過死了。」

「祐爾哥，謝謝你特地來接我，開車過來也很遠吧。」

打從留學這個想法冒出來那一刻起，柯祐爾不曉得幫了他多少。先是給他建議、教他寫申請文件、幫他和研究手語的教授牽線，現在還親自來機場接他，送他去學校。

柯祐爾從五月就開始在費城進行第一段實習。當他知道溫慎行錄取學校後就說要來接機，還說費城就在華盛頓特區隔壁……事實上兩地之間大約有三個小時左右的車程距離，得陸續經過威明頓、巴爾的摩等大城市後才能抵達。

「哎，跟你說過多少次了！開車一天以內會到的地方都很近！你別放在心上。」

他邊走往停車場邊和溫慎行說些有的沒的，像是在聾人學校的實習如何、美國東岸的冬天比鬼還可怕等等，溫慎行邊笑邊聽。

「對了，你和錦言說過你來這裡了嗎？」

柯祐爾正幫他一起把行李搬進後車廂，突如其來的詢問令溫慎行心頭緊了下。那是個在忙著補習備考、申請學校的這一年內，他想都不敢想的名字。

溫慎行頓了頓，「……還沒。」

「還是和他說一下唄，我覺得他知道了會開心的。」柯祐爾逕自拿過他的手機，高高舉起後笑著對鏡頭比了個V字手勢，把後頭無奈的溫慎行也拍了進去，「喏，還你。從這裡到學校只要不到半小時，你最好猶豫完趕快決定。」說完就往駕駛座走，還嘿嘿地笑了幾聲。

溫慎行開門上車時在手機上打開通訊軟體。十八歲生日那天，他在上頭登錄了顧錦言留下的電話號碼，向他傳送了好友申請，隔天便收到對方同意的回覆。

他當初遲遲無法決定該怎麼設定顧錦言的聯絡人名稱。他不想讓顧錦言頂著一串沒溫度的電話號碼，卻也不知道後來的顧錦言叫什麼名字，他肯定不姓顧了，「錦言」可能也是顧家取的，聽起來才會和顧錦心像姊弟……也許他在被收養前有過別的名字，或是他在加拿大是用英文姓名。

溫愼行想過去問柯祐爾，可即使問到了，他也不覺得自己能把其他名字和顧錦言連接在一起，對此他有點害怕。顧錦言的「顧」來自他母親，「錦言」則和「愼行」成對，他無意間把那名字當作他們之間還存在一點聯繫的最後一絲僥倖。

在他心裡，顧錦言永遠只會是「顧錦言」，是一個夜深人靜、午夜夢迴時，他才敢拿出來偷偷思念的名字。

雖然沒辦法拿來設定成通訊軟體上的暱稱，他也不是沒有問過顧錦言的手語名。彼時他剛從柯祐爾那裡知道「手語名」這個概念不久，便在紙上動筆寫：你的名字怎麼比？

溫愼行以爲顧錦言會直接指手比劃，他卻手掌朝上地曲了曲手指，要過筆答：你不用知道沒關係，知道怎麼比這個就好。

根本還沒開始學美國手語的溫愼行拚了命才記住顧錦言比了什麼，甚至得時不時在浴室對著鏡子再比一次，才不會忘記。直到後來學得夠多了，他才知道顧錦言的指尖對他說「你要叫我小舅舅」。

顧錦言不只沒幫自己設定用戶名，連頭像也是系統預設的灰色小人，彷彿開通帳號後就再也沒登入過。溫愼行當初還傳了訊息給柯祐爾，確認這眞的是顧錦言本人沒錯。

溫愼行捨不得他心裡最溫暖的那個人變得像冷冰冰的機器人帳號，於是「小舅舅」成了他最後爲顧錦言設定的暱稱。

他點開與小舅舅的聊天室，裡頭只躺著簡短的幾則訊息，每一則都相隔好幾個月。最新的一則是三月時顧錦言祝他十九歲生日快樂，溫慎行回了一句「謝謝」。

再上一則是一月時，溫慎行問顧錦言「我可以跟你說生日快樂或平安夜快樂嗎」，顧錦言沒說可以不可以，只回了一句「謝謝」。

溫慎行當然不想當個只有過節時才會傳祝賀訊息的罐頭帳號，也不是沒想過要問顧錦言過得好不好。有好幾次他都已經打好字，拇指在傳送鍵上游移，百般掙扎後還是按下刪除鍵。

他並不會時常點進這個聊天室。柯祐爾是唯一一個會在這個軟體上聯絡他的人，只有當他傳來奇怪的梗圖或影片讓手機的通知跳個不停，溫慎行才會爲了回覆至少十則起跳的訊息轟炸而點開它。

他會在回覆完柯祐爾後偷偷地點開他與顧錦言的聊天室，把不超過十則、全都惜字如金的訊息再讀過一遍，沒有一次例外。

他很想念顧錦言，他十數年來獨一無二的小舅舅。

柯祐爾早在他猶豫的功夫裡把車開出機場。當車子駛下高架橋、逐漸進入市區，溫慎行終於把剛剛那張愈看愈尷尬的自拍傳了出去，附上一則訊息：我要去高立德讀書了，今天剛到華盛頓，祐爾哥來接我。

他像是做賊心虛似的飛快打完字並按下傳送，接著立刻將螢幕關上，一刻也不敢多看。要不是他的手已經開始微微發抖，溫慎行覺得自己甚至會去把聊天室的提醒關閉，就不必隨時抱著一顆未爆彈。

高立德的新生報到日是星期一，溫愼行在柯祐爾熟門熟路地帶領下完成註冊和宿舍入住等手續，到了傍晚，特別請假來接人、明天還得回去實習的柯祐爾就得驅車趕回費城。

他在晚餐後開車將溫愼行送回宿舍門口，「好啦，我只能幫你到這裡了，接下來祝你好運！有需要幫忙就跟我說，我會立刻過來。」

「謝謝。」溫愼行下了車，關門前彎下腰對駕駛座上的柯祐爾笑了笑，「眞的很謝謝你，祐爾哥。開車小心。」

「我會的，回到費城再告訴你！」柯祐爾對他晃了晃手上完全沒加糖奶的冰美式——撇除容易利尿之外，它無疑是長途駕駛的最佳良伴。

夏天的華盛頓天黑得很晚，溫愼行回到宿舍房間時是晚上六點半，整理完行李後大約是八點，天色才終於暗下，不過依然殘留著夕陽暈染的橘紅。

他直到那時才敢拿起手機，有些緊張地點開螢幕，發現有兩則新訊息，傳送時間是下午五點，當時他正準備和柯祐爾一起去覓食。

第一則訊息是顧錦言對他傳送的那張照片按了個讚，第二則訊息一如往常地簡短，只有一句「恭喜，祝你好運」。

溫愼行默默地笑了，開始思考能不能拍張宿舍房間的照片，傳給顧錦言問他以前讀高立德時是不是也住宿舍、房間是不是也長這樣，最後還是決定作罷，只傳了一句「謝謝，我會加油」。

同年的十二月，聖誕節。

打從顧錦言先一步畢業並回到西岸，再也不曾在東岸滯留到假期開始的柯祐爾在平安夜當天一早從費城驅車出發。時隔三年，洋溢濃厚聖誕氣息的華盛頓特區對他來說竟然有些陌生。

他上次看見溫慎行還是感恩節。每次見到溫慎行，他的手語都會進步一些，他們之間的對話也漸漸從百分之百的中文口語變成口手參半。

溫慎行錄取的不是高立德的大學部，而是專爲不諳美國手語的學生成立的附設語言學校，成績合格才能入讀正規的四年制大學。

溫慎行不僅是沒有正式學過手語的聽人，還是留學生。柯祐爾本來還擔心他要用英文學習手語並不容易，但他忘了溫慎行就和他舅舅一樣聰明，他的擔心大概是多餘的。

他帶溫慎行去了一家他以前每年都會和顧錦言一起來的義大利餐館，據說老闆在做廚師前是個拳擊手，特別喜歡提從前擂臺上的當年勇。

柯祐爾很喜歡，總是強迫中獎似的把那些故事翻譯成手語，然而顧錦言一次都不領情，老是覺得都是編出來的。

「愼行，你一定沒過過最道地的聖誕節！我們可以每一年換一種花樣，今年來試試這個吧！」飯後柯祐爾拿出兩組信封和信紙。

溫愼行很是疑惑，「這是什麼？」

「寫信給聖誕老人啊！不管你信不信聖誕老人，他眞的存在，就在芬蘭！」他邊說邊把其中一組推到溫愼行面前，又從口袋裡掏出一支筆遞過去，「雖然已經有點遲了，不過聖誕節本來就可以許願！想收到什麼禮物，或是新一年裡想實現的願望，都可以寫信告訴他！」

語畢，他便迎來了格外漫長的沉默，長到他以爲溫愼行或許正在心裡恥笑他一個二十五歲的大人如此幼稚，才聽見溫愼行有些欲言又止地開口。

「什麼願望都可以嗎？」

「當、當然！」

柯祐爾沒想到溫愼行會這麼配合，甚至已經動起筆了。畢竟顧錦言當年在他們七歲時就用「世界上沒有聖誕老人，送你禮物的是你爸媽」一句話打碎他的童年信仰，因此他本來對那個狠人的外甥沒有任何期待。

溫愼行低著頭，靜靜地在紙上一筆一畫寫下想對聖誕老人說的話，還有他人生第一個聖誕願望。他從來不曾許願，因爲他是個沒什麼欲望的人，或者說他也曾經有過希冀與盼望，卻在認清現實與人生無常後就放棄了。

把願望寫在信紙上，寄給一個遠在大西洋另一邊、其實沒有魔法的聖誕老人，這麼做不代表他的願望一定會實現，然而不代表他不能許願。

他相信人終究是孤獨的，可是他依然許下了一個願望——希望能和已經離開了他、遠在將近五千公里之外、大陸另一端的人在一起。

柯祐爾看不見溫慎行在信紙上寫了什麼，只是看了一眼溫慎行低著頭，虔誠而寧靜地寫下願望的模樣，覺得自己快哭了。

隔年四月，溫慎行二十歲，考完最後一場期末考之後確定能在九月新學期開始時升上大學部時，他不禁鬆了口氣。

不知是幸還是不幸，成長經歷令他有著非常驚人的適應力，加上頭腦又聰明，無論是英語還是手語都學得很快，不出多久就習慣了與以往截然不同的生活，還交到了一些朋友。

大一那年，他在朋友的遊說下參加了美式足球部。他打了場校際友誼賽才知道，球場上常見隊員爲防機密外洩，互相靠攏圍圈討論戰術的策略一開始是高立德的學生發明的。

他們發現對手會偷偷觀察他們的手語，才決定圍起來不讓人看，後來被其他學校學去後廣泛流傳。

溫愼行比賽後覺得自己快被撞得散架，無視朋友的苦苦挽留退出了社團。他這段期間又長了點個子，長肉的速度卻跟不上，才不想和那些壯得像熊的白人或黑人學生拚命。

那年聖誕節，柯祐爾帶他去聖誕市集，還買了熱紅酒給他喝。

美國大部分的州都將飲酒年齡訂在二十一歲，當時溫愼行還差三個月，柯祐爾卻只豎起食指要他別多嘴，讓他想起顧錦言說過他第一次喝酒也偷跑。

大二那年，溫愼行正式決定雙主修美國手語和聾人研究，算完畢業所需的學分數後，發現自己大概連暑假都得上課，只有年末的聖誕和新年假期能喘口氣。

那次聖誕節柯祐爾帶他去了華盛頓港旁的溜冰場，之後看了場職業籃球賽。

大三那年，已經大四的李悅來到喬治城大學交換，爲期一年，許久未見的兩人時隔四年又在同一座城市生活。李悅依然在學美國手語，進步當然不比在高立德讀書的溫愼行，當年誰教誰學的立場直接逆轉，兩人都不禁笑了。

那年聖誕節，柯祐爾要帶他剛交往半年的女朋友回溫哥華，留下的溫愼行就和李悅一起去逛市集，這回他成了帶路的那個。

李悅在市集買到特大號的蝴蝶餅時，讓溫愼行幫她拍了張照，說要傳給她男朋友。

他身邊的人都成雙成對，不只李悅和柯祐爾，還有市集裡的遊客，絕大多數都是挽著手、摟著肩或腰的情侶。

溫慎行看著李悅和男朋友傳訊息、滿臉幸福的樣子，不禁彎起嘴角，而他被寒風凍紅的鼻頭和耳尖更顯得他格外寂寞又孤單。

大四那年，溫慎行在籌備畢業的忙碌中送走了李悅，把最後需要的所有學分通通塞進了課表。

彼時柯祐爾已經回到溫哥華，開始在他母親曾經任教、顧錦言以前就讀的聾人學校當老師。他問溫慎行想不想來溫哥華過聖誕節，溫慎行以假期短暫、機票昂貴爲由拒絕了。

他怎麼可能買不起一張機票。他拚命打工籌齊了自己的生活費，加上顧家的遺產，絕對買得起機票——他只是覺得自己還沒準備好。

這些年柯祐爾不是沒有察覺兩人之間可能出了點事，因此沒有太爲難溫慎行，只傳了個英文的網頁過來，標題是〈聖誕節在華盛頓特區該做的十二件事〉。

Timothy Ke：錦言以前喜歡去植物園看聖誕紅，還會去看國會圖書館的特大號聖誕樹。（下午4:21）

溫慎行有時眞不知道柯祐爾到底是有意還是無心，令他又愛又恨。

來華盛頓特區的第五年，溫慎行第一次一個人過聖誕節。他總是特別容易在獨處時想起顧錦言，尤其是聖誕節。

這天他去了植物園，也去了國會圖書館，晚上在一家俄羅斯小餐館點了他記得顧錦言愛吃的東西，飯後還來了一杯Nalivka。

他照著顧錦言的方式，過了他在華盛頓特區的最後一次聖誕節。

隔年，溫慎行終於在二十四歲時得到他的雙學位畢業證書。他給這不知用多少金錢與血淚才換來的努力結晶拍了張照，傳給柯祐爾和顧錦言。

柯祐爾立刻打了一通吵得不行的電話道賀，顧錦言則依然淡淡的，給照片按了個讚後說了句「恭喜」。

他和顧錦言的聊天室多出了不少訊息，一年大約十則，多半都是節慶或生日祝福。不過去年聖誕節溫慎行拍了一張Nalivka的照片傳過去，顧錦言第一次沒有只按讚，而是用了文字回覆溫慎行去的那家餐廳的名字，後面加上了個問號。

儘管顧錦言也在華盛頓特區待過四年，對那裡的俄國餐館瞭若指掌，溫慎行依舊不曉得他是怎麼從一張只拍到杯子的照片認出餐廳，就回了句「你怎麼知道」。

小舅舅：這家的Nalivka是最好喝的。（下午8:03）

他想擅自認為顧錦言是在誇獎他，因為他挑中了整個華盛頓特區裡Nalivka最好喝的俄羅斯餐廳，過著和當年一樣的聖誕節。

他的手指頓了頓，良久才在鍵盤上敲下他隱忍又大膽的回覆：我還想和你一起過節。

溫慎行本想按下傳送後就立刻把手機關掉，訊息卻在下個瞬間立刻顯示已讀，螢幕左下角跳出「對方正在輸入訊息……」的提示。

這是溫慎行經歷過最漫長的十秒鐘，緊張得心臟都痛了起來，直到終於等來回覆。

小舅舅：下次吧，聖誕快樂。（下午8:06）

「改天吧」和「下次吧」都是時常被人拿來當作婉拒的說詞。上次顧錦言說「改天吧」，是當溫慎行問起他爲什麼不希望看見他用手語，但後來顧錦言還是把當年的事告訴了他。

然而那已經是六年前了，如今溫慎行對顧錦言的「改天吧」、「下次吧」已經沒有把握，心裡卻有個小角落在偷偷地期盼，也許未來的某一年他們眞的會再一起過聖誕節，也許顧錦言答應他了。

從高立德畢業的那年夏天，溫慎行再次帶著兩大箱的行李來到機場，坐上飛往舊金山的班機——當初怎麼來的，現在就怎麼走。

溫慎行回到了十七歲那年和顧錦言一起生活過的家。他在出國之前拿了一筆錢給潘姨，拜託她找人每兩個星期就過來打掃，屋裡依然一塵不染，保留著他和顧錦言生活過的痕跡，彷彿隨時都會有人回到這個家來。

實際上他在華盛頓特區生活了五年，從來沒有回來過，他暑假得修課，寒假又太短，何況顧錦言不在，回來也只能追憶過去，倍感空虛。

溫慎行在五年後又回到這個家，卻也沒待上多久。他在兩個月內迅速收拾好家當、該辦的事都辦好、看過顧錦心後，在八月底又坐上了長途飛機，這次的目的地是溫哥華。

時間回到三月，他在確定今年能夠畢業後就開始申請溫哥華的手譯學程，如此一來就能夠用學生簽證入境加拿大，考到手譯員證照後就可以申請工作簽證，順利的話還能夠拿到永久居留權。

溫愼行初到高立德時還沒想得這麼遠，卻也沒對自己驚人的行動力感到訝異。

在溫哥華降落後，前來機場接他的人依然是柯祐爾，如同五年前一樣，對方站在管制區外的入境大廳等他，見到他就高高揮舞雙手。

柯祐爾一臉泫然欲泣，浮誇地說著：「天哪，我們愼行長大了，嗚嗚嗚。」

溫愼行哭笑不得。

他們吃了頓飯後一路開往北溫哥華，當年顧錦言和柯祐爾生活的地方。也不知是有心還是無意，溫愼行屬意的租屋處恰好就在北溫，是間洋房，屋主是來自魁北克的畫商，洋房的一樓被改造成畫廊，二樓則是起居室。

溫愼行的運氣很好，屋主突然需要回魁北克一趟，急著找租客而開出相當便宜的租金，在溫愼行提出他願意幫忙顧畫廊、讓屋主不必急著收拾後金額甚至被壓得更低。

柯祐爾直說他該去買樂透，因爲這幾年溫哥華的房價就跟瘋了一樣飆漲。

雖然顧家的遺產讓溫愼行不必爲房租煩惱，但習慣省吃儉用的他依然覺得自己賺到。

他終於來到溫哥華了，顧錦言無比深愛的地方。當初決定要來時，他不只想著要看看顧錦言出生長大的地方、想了解是什麼樣的溫哥華養出這樣的顧錦言，也想著或許能在這裡見到他。

然而溫慎行卻在畢業前夕，突如其來地從柯祐爾口中得知顧錦言已經不在溫哥華了。

溫慎行那時差點把手機摔了，重新拿好後盯著螢幕愣了五秒，僵硬無比地打了幾個字：那他現在在哪？

Timothy Ke：維多利亞！他前陣子剛搬到島上，還是在當畫家。（上午11:48）

溫慎行一點都不意外。維多利亞是什麼地方，是顧錦言最崇拜的畫家艾蜜莉·卡，出生、度過大半輩子並臨終的地方，他當然會在那裡。

溫慎行追著顧錦言的腳步來到溫哥華，沒想到對方又先他一步到了別的地方，讓他消沉了好一陣子。他不是沒想過要去維多利亞，可是他還得上學，溫哥華也有更多手譯的工作機會，因此還是在溫哥華落腳。

溫哥華的緯度比華盛頓特區高，冬天卻不大冷，氣溫極少低於零度，也很少下雪，倒是幾乎每天都在颳風下雨。冬天時高緯地區的日照時間本就短，溫哥華還多是陰天，怪不得柯祐爾在他剛來時就建議他去買一大罐維生素D，免得因爲缺少日照而過度憂鬱。

溫慎行換到當地的駕照時也買了一臺二手車，和當年顧錦言開的車是同一款，銀色的賓士。那時他已經習慣溫哥華的天氣，以及有課上課、沒課顧畫廊的生活。

他的房東兼畫廊老闆後來決定搬回魁北克，房子可以繼續租給溫慎行，但他打算把畫廊關了，就和溫慎行表示不會再進新的作品，剩下的畫溫慎行看著賣就行。

每賣出一幅畫，牆上就會多出一大片空白，溫慎行看得不大習慣，就把顧錦言的畫掛上——顧錦言離開時沒有帶走任何東西，在畫室裡留下好幾幅作品，全被他帶了過來。

他原本打算之後掛在家裡，卻因爲二樓的起居室不大而作罷，不過等到畫廊正式關門後，一樓也會變成他家，就把這當成提前布置新家。

比起畫廊裡的其他作品，上門的客人們顯然對顧錦言的畫更感興趣，他三天兩頭就會接到客人的電話，說想買顧錦言的畫，還開出相當高的價錢。他只好一次又一次地拒絕他們，表示這些是他的個人收藏，無法出售。

第十章

十二月的某一天，溫哥華難得下起了大雪。

溫慎行平日一向起得很早，打算出門時收到了學校老師發來停課的電子郵件。既然不必出門也出不了門，乾脆讓畫廊開張，雖然他很懷疑是否會有客人在大雪天上門。

當門鈴眞的響起時，溫慎行不免感到有些驚訝，放下手中的書，來到一樓打開木門。

外頭那人穿著一身深棕色的大衣，裡頭是件黑色的套頭毛衣，一頭漆黑的捲髮上戴了幾朵雪花。他的半張臉都埋在圍巾裡，只露出一雙深不見底的眼眸，裡頭彷彿結了一層冰，像是冬天結冰的湖面，從那之下看出來的視線冰冷而淩厲。

但溫慎行知道那層冰下藏著一顆溫暖、熾熱且柔軟的心——門外那人正是他這六年來，想都不敢多想的顧錦言。

溫慎行愣在原地張了張嘴又閉上，伸手摸向口袋，摸空了才後知後覺地想起自己早就不再隨身攜帶筆記本了。從前用來和顧錦言筆談的筆記本被好好地收著，他只要用雙手就能和聾人交談了。

在高立德苦讀五年的是他，一見顧錦言就什麼都忘了的也是他。片刻後他才艱辛地抬起手，「爲什麼？」

顧錦言沒回答，視線看向他身後的畫廊，打起手語，「你不請我進去？外面很冷。」

溫愼行趕緊側身讓對方進來。

一進畫廊顧錦言就開始四處張望，看了一圈後才看回溫愼行臉上，「這是你的畫廊？」

「算是……」溫愼行有些猶豫地答，還在思考要不要和顧錦言解釋事情原委，沒想到顧錦言已經看見了牆上他本人的畫。

他本想撲上去用身體擋，就被顧錦言回頭的眼神釘在原地。

「原來眞的有人在賣我的畫。」

「沒賣！」溫愼行一時急了，比了好幾次「不」或是「錯」的手語，最後才想到可以讓顧錦言去看畫框下方，那裡擺了一個小牌子，上頭寫著Not for sale。

顧錦言笑了，他本來就只是想調侃一下溫愼行，沒想到反應這麼大。

溫愼行見狀終於鬆了口氣，「你怎麼來了？」

「有客人說在北溫的一家畫廊看到和我風格很像的作品，就順便來看看。」顧錦言朝溫愼行彎起嘴角，「沒想到眞的是你。」

當顧錦言的食指指尖指向溫愼行，他的心臟好像停頓了一下，直到他相信眼前所見均爲現實，才再次開始鼓動。

他誤會過顧錦言非常多次，包括誤認他是個像冰塊一樣的人、特別回來做他的監護人是因爲別有居心，諸如此類。他很想給之前認爲顧錦言不苟言笑的自己一頓巴掌，顧錦言其實很常笑，他勾起的眼尾和嘴角都會笑，比著手語的指尖就像起舞一般靈動。

正值深冬，顧錦言髮絲上還沾著幾片小雪花，溫愼行卻彷彿在他身上看見七年前的夏天、專屬於青少年的燥熱感，以及他第一次看見顧錦言笑時所感受到的那股悸動。

他那一瞬間就明白，光陰從來沒有磨滅他的初心，他還是一樣喜歡這個人，喜歡得不行，只消一眼，就能令他忽略七年的苦苦等待有多難熬。

「你長大了。」

溫愼行是長大了，不只長了個子，臉龐也褪去少年的氣息，這時他二十四歲，比他們初見時的顧錦言還大。

溫愼行仍有些不敢置信，呆愣愣地回答：「你也是。」

顧錦言也不一樣了，回到加拿大讓他的皮膚更白了些，捲髮則在乾燥的氣候下更顯蓬鬆。他還是一樣削瘦，被外頭寒風微微凍紅的臉頰讓他看上去比當時更年輕，像個十七八歲的青春少年，就像他們初見時的溫愼行。

「說什麼呢，我已經三十了，早就不會再長大了。」他爲溫愼行的話無聲地笑了笑，表情有些無奈，「你的手語比得很好了。」

沒想到當初看見他比手語像活見鬼的顧錦言竟然會這麼說，溫慎行不禁瞪了下眼，才緩緩地點了點頭。

「高立德很不錯吧，華盛頓特區怎麼樣？」

「……我比較喜歡溫哥華。」

「你才來多久，別想故意討我或祐爾開心。」

「祐爾哥知道你來溫哥華嗎？」

「他忙著準備結婚，我只是回來家裡看看，所以沒和他說，是他告訴你我在維多利亞的吧。」

「只是回家看看，還看到我這裡來？」

即便顧錦言同在北溫，離他這裡也有段距離，開車大約十來分鐘，顧錦言這趟回家還眞是回得十分「順路」。

顧錦言眨了眨眼，都快看見溫慎行周身那股怨念了，便不再逗他，老老實實地答：

「回來看看，還有來看你。」

溫慎行的手指順著顧錦言的食指指尖指向自己，同時挑起眉。手語不像口語一樣，聲音會在空中消失不見，顧錦言的指尖確實指向了他，不偏不倚。

然後顧錦言又說：「晚上別開畫廊了，要不要去吃飯？」

當晚七點，顧錦言的越野款賓士在畫廊前停下，早在樓上就聽見了引擎聲的溫慎行早已到一樓推門出去。

溫慎行沒有拒絕顧錦言來接他一起去餐廳的提議，不然顧錦言就會發現他的車就是當年那臺銀色賓士的同款，感覺莫名羞恥。

溫哥華市中心位於一座海灣裡的半島上，他們從北溫出發，經過第一條橋進入市中心，又經由第二條橋離開。

顧錦言下橋後在路邊停了車，那裡離海岸很近，望過海的另一邊，大橋另一端就是高樓林立的市中心，看得再遠點就能看見北溫哥華。

「看什麼呢。」顧錦言鎖好車後點了點溫慎行的肩膀。

「我在想你居然會開這麼大臺的車，有點意外。」溫慎行其實根本一眼都沒看顧錦言的車。他在看西方，溫哥華島的方向，維多利亞就在島上，顧錦言是從那裡過來的，可惜海峽太寬、夜色太暗，他只看得見漆黑無比的海平面與夜空接壤之處，一望無際。

「今年初剛買的，因爲我很常到處去，才買了越野的款式。」

「你還是一樣常常上山下海？」

「算是吧，工作不忙的時候。」

他倆邊走邊聊，顧錦言將他領進一間希臘菜餐廳，裡頭的服務生似乎認識他，話都沒搭就將他們帶進裡頭靠窗的雙人座。

「你還會吃希臘菜？」

「我也不是只愛吃俄國菜，這家的烤羊排非常好吃。」顧錦言答完時服務生剛好過來，他就指了幾下菜單，服務生確認過後和他對上視線並點頭微笑。

「這位先生要點什麼呢？」

顧錦言是這裡的常客，他們知道他耳朵聽不見，卻直接向與他同行的溫慎行搭了話。溫慎行沒有開口回答，也用指的方式點餐，從頭到尾都保持著禮貌的微笑。也許他們會把自己也當成聾人，不過沒關係，在高立德的那五年早讓這變成他的習慣。

顧錦言把這一切都看在眼裡，默默地笑了。溫慎行一定會在高立德學到如何和聾人相處，包括情況允許時盡量別在聾人也在場時使用口語交談，因為那樣做就像直接將對方拒於門外，不給予他們任何參與溝通的權利。

溫慎行不只學到了這點，還將所學無比自然地融入習慣。他早就知道溫慎行是個溫柔的人，卻仍感覺心裡暖了起來。

服務生走後，溫慎行就發現了顧錦言臉上那抹溫柔得不行，彷彿還有點欣慰的微笑，不禁頓了下，「你在笑什麼？」

顧錦言擺了擺手，「沒有，我只是很開心。」

「開心？因為你很久沒來這家餐廳，還是很久沒看到我？你明明早就可以約我見面，我去哪裡做什麼都有告訴你，是你每次都只會按讚。」

溫愼行的反駁很有道理，理直氣壯得把顧錦言逗笑了，「你學太多手語了，沒有當初只能用紙筆交談時老實了。」

溫愼行很無奈，卻並不打算這麼放過顧錦言，「這太不公平了，你對我的生活瞭若指掌，自己的事卻一句都不提，我也不敢問，你甚至幾乎不回我訊息！」

「反正祐爾不是都會告訴你嗎？」

「不一樣！」溫愼行瞪著眼加大了動作的幅度和力道。

「好吧，現在讓你問，你想問什麼？」顧錦言比完手語後將手肘拄在桌上，看上去遊刃有餘。

溫愼行能問什麼？他當年爲什麼不告而別？爲什麼從不見他？爲什麼突然去了維多利亞？最後他卻只是問了：「你過得還好嗎？」

顧錦言都已經做好攤牌的心理準備，見狀心裡莫名軟了下去，頓時感到有些無措，「還行吧。」

他說自己現在住在維多利亞近郊，和一個刺青師合租房子，繼續做接委託的畫家。

「刺青師？」

「他挺有名的。我有時會幫他畫幾張稿放到網路上，有人認領的話報酬會分我四成。」顧錦言邊說邊找出刺青師室友在社群軟體上的個人頁面。

溫愼行往下滑了幾則貼文，便看見刺青師一條大花臂掛在顧錦言脖子上的黑白合照，下方內文寫著：我的新室友！這老兄是個天殺的鬼才藝術家，之後會開放認領他的傑作！

顧錦言注意到溫愼行的眉頭漸漸皺起，把手機拿回來放下後比道：「你別想太多，我們只是朋友。」

溫愼行的臉頓時急紅了，舉起手又放下幾回後才說：「我才沒有想太多。」

才怪，你的臉跟耳朵都紅得露餡了。顧錦言笑著想。

「我偶爾還是會來溫哥華看看，有空的話再一起吃飯吧。」往來維多利亞和溫哥華的渡輪加上車程大約是三個小時，至少比華盛頓特區近多了。

顧錦言不排斥見他，甚至看起來挺放鬆的……那他還記得那晚的吻，還有那本被留下的素描簿，以及當年的不告而別嗎？

然而他還不敢直接問，只好換個話題：「你爲什麼去了維多利亞？是因爲Emily Carr？」

溫愼行不僅手語變好了，指拼也快了許多，已經和當年他認爲「不是人」的速度一樣快了。

顧錦言看完低下了頭，一會兒後才答：「算是吧。」

「算是？還有別的原因？」

「是。」顧錦言點頭，沉思片刻，「待在溫哥華讓我有點痛苦，就搬走了。」

「痛苦？」溫愼行微微蹙起眉，「爲什麼？」

「因爲太想念了。」顧錦言笑得有些哀傷，又有點寂寞。

溫慎行頓時不大忍心繼續問下去。恰好送上桌的餐點令他倆拿起刀叉，讓他不必繼續掙扎，直接中斷了對話。

溫慎行走出餐廳時顯得有點不情不願。等他們開車回到北溫，顧錦言大概會先送他回家，他就得和顧錦言分別了。

顧錦言這次眞的只是回來看看，並不會久留，明天下午他的工作室有委託，一大早就得去港口搭渡輪。

顧錦言慢他一步出來時正在裏圍巾，見溫慎行看了過來便問：「有吃飽嗎？」

溫慎行忙點了點頭，「不好意思，讓你請我吃飯。」想了想又說：「我請你喝咖啡？」

顧錦言擺了擺手，「咖啡就算了吧，我會睡不著。你還在讀書吧？等你開始工作賺錢了再請我吃飯。」

溫慎行感覺自己好像又被顧錦言當成小孩。

顧錦言毫無自覺，繼續道：「別不好意思，你十七歲那年的起居不都是我負責的。」

「是沒錯，但你早就不是我舅舅了。」溫慎行像是回嘴一般比道，放下手後才發覺自己好像說得過分了些，連忙望向顧錦言，只見他又笑得有些寂寞，就像方才席間他說溫哥華讓他有些痛苦。

溫愼行想說自己不是有心的，顧錦言卻已經動起了手。

「也對，你怎麼會不知道……抱歉，當初什麼都沒和你說。」顧錦言緩緩比劃著，寒風凍紅了他的指尖，「是我太害怕，讓你辛苦了。」

他沒有等來溫愼行的回覆，只等來一雙溫暖的手——他沒有甩開。

溫愼行一直都比顧錦言高一些，手也比較大。他從以前就覺得自己大概能輕易將顧錦言的雙手包進掌心，原來並不是錯覺。

那晚的氣溫低得連呼吸都會結凍，顧錦言就在兩人呼出的氣息凍成的微微白霧中看溫愼行低頭，像是捧著什麼絕世珍寶一般，將他的雙手捂熱。

一會兒後溫愼行放開他時抬起頭來向他笑了笑，「我們換個地方？」

顧錦言也彎起嘴角，對他點了點頭，「那還是去買咖啡吧。」

最後他們帶著兩杯熱拿鐵一路開回北溫。顧錦言在下橋後一路向東，直到看見海灣，才拐進位處山腳下又緊鄰海岸、恰好落在山海夾縫之間的小鎭，在砂礫灘上把車停下。

溫愼行一下車就看見被群山包圍並倒映著星空的澄澈的海。這裡算是非常深入陸地的海灣，迎面吹來的冷風幾乎不帶有海水的腥味，也是北溫哥華人煙較爲稀少的地方，光害少了，就能看見更多星星。

顧錦言讓溫愼行拿好咖啡，敞開後車廂的門後清出一塊位置，從箱子裡拿出兩疊鋁箔製的保溫毯出來，用其中一疊和溫愼行換過一杯咖啡，接著稍稍踮起腳尖，一屁股坐上了後車廂，朝溫愼行拍了拍身旁的空位。

溫愼行坐下後發現側開的門恰好能擋住絕大多數的冷風，身上的保溫毯則爲他留住所有的溫暖。

「大部分人都只會來這裡爬山，很少留到晚上，所以不會發現這裡的星星很漂亮。」顧錦言說他從以前就很喜歡來這裡，算是他的私房景點，現在分享給溫愼行了。

「維多利亞也有這樣的地方嗎？」

顧錦言有點訝異溫愼行會再問起維多利亞，一會兒後才答：「有啊。」

溫哥華島很大，而維多利亞充其量不過是一個小角。顧錦言說他有空時就會開著越野賓士去島上其他地方，看到想畫的景色就停下來，車上才會備著這種露營常用的保溫毯。

他說起維多利亞時臉上總是帶著笑容，甚至眼裡也飽含笑意，彷彿說起維多利亞就是說起他最喜愛的艾蜜莉．卡，格外幸福。

這讓溫愼行莫名有點難過，「是因爲溫哥華讓你痛苦，你才搬過去的嗎？」

他以爲顧錦言最深愛的地方應該是溫哥華，難道不是嗎？

「是，也不是。」顧錦言深深吸了口氣，下定了決心後才說：「認識你之後，我覺得溫哥華有點不一樣了。」

顧錦言不是不曾擁有過，只是失去了太多。他老是在失去，直到他忘記「擁有」究竟是什麼感覺、直到他遇見溫愼行。當他發現溫愼行能夠輕易地牽動他的心緒，他心底深處爲此感到喜悅並開始奢望更多，倒數的時光卻再再提醒著他「失去」有多痛苦。

他和溫愼行之間的關係打從一開始就是倒數，那麼或許他一開始就不該擁有。

「我離開你之後回到溫哥華。這個我最熟悉的城市裡並沒有你，不管哪個角落都沒有你的身影，反而讓我更想念和你一起度過的歲月，所以我去了維多利亞，一個我除了Emily Carr以外一無所知的地方，好讓我分心。」

溫愼行緊緊地咬住下唇，覺得自己快氣哭了，好一會兒後才道：「如果那麼痛苦，爲什麼還要離開？你知不知道我也很難過？」

顧錦言百般無奈地說：「早知道你會這麼難過，我可能會多心軟一點。但我也清楚你一定會挽留我，才決定不告訴你。」

「你早就知道了？」溫愼行簡直要氣瘋，「那你還走得那麼絕！什麼都不說、什麼都留給我，讓我以爲你眞的打算就此人間蒸發！」

溫愼行通常是個心如止水、沒什麼情緒的人，這輩子動過最大的氣大概就是眼下，因爲顧錦言，也只能是因爲顧錦言。

「對不起。」顧錦言比著手語，這個動作讓他揉著心窩，彷彿他眞的爲此感到心痛，「我也覺得自己好像有點太過分了，明明爲此受過很多次傷，還用這種方式傷害你，眞的很對不起……我只是眞的很害怕。」

「害怕什麼？」

溫愼行知曉顧錦言是個很溫柔的人，卻也因爲溫柔而膽小，就像他當年看見柯祐爾落淚，往後便一直害怕看見聽人比手語、受他們根本不必受的傷。

「怕你是因爲別無選擇，所以誤會了。」

他問溫愼行有沒有聽過吊橋效應，那是一種心理現象。當人身處危險之中，情緒和感受的強度都很容易在生理和心理的綜合作用影響之下加劇，同時警覺性和注意力也會提升，會更容易對同一環境中的人事物產生強烈的情感投射。

「雖然那時你就已經很成熟、很勇敢，法院卻不能放著失親的未成年人不管，所以他們找到了我，也只有我。」

儘管他並不是因爲收到法院通知才回來的，結果卻沒有什麼不同。

「還記得你剛來幾天就發高燒嗎？那只告訴我一件事，就是你非常緊張。失親又寄人籬下，如果不是不安和焦慮讓你病倒，大概就是只有笨蛋才會得的夏季感冒了。」

溫愼行無可狡辯地笑了。

「生活的劇變是你的吊橋，而我就是在搖晃的橋身上迎面向你走來的人，我怕你因此誤會自己的眞心。」顧錦言並不害怕失去，也不害怕擁有過後的失去，唯一令他害怕的只有誤以爲他擁有了，回神才發現全是一場空，「這世界很大，你値得多去看一看，去找你眞正喜歡的。」

溫愼行知道顧錦言眼裡那層冰隨著他們的日漸相處而化去，讓他看見其中熾熱的眞情實感，卻沒仔細想過是什麼讓冰融化了。

顧錦言覺得自己像《小王子》裡的那隻狐狸。溫愼行用他的眞誠與溫柔馴服了他，他們彼此需要，變成彼此在萬千人海中的獨一無二，但他始終覺得溫愼行心裡總有一天會有一朵更特別的玫瑰。就像顧錦心說的，他善良而純粹，值得去追求他眞正愛的。

在故事裡狐狸最後和小王子說了再見，讓小王子去守護他心愛的玫瑰，而那同樣是顧錦言最後的答案。

想馴服一個人就得冒著掉眼淚的危險，溫愼行已經鼓起十足的勇氣接近並走進顧錦言心裡，他知道自己也必須鼓起勇氣，哪怕落淚也得道別，才不會辜負溫愼行。

「可是萬一我看過了世界，知道我喜歡的不是玫瑰，而是狐狸，該怎麼辦？」

十八歲那年，顧錦言離開後不久，溫愼行立刻去書店買了《小王子》，連英文版都買了，想著如此一來或許會離顧錦言更近一些。

溫愼行曾經汲汲營營，想要趕快變成大人，卻從來不知道自己在追求什麼、想要成爲什麼，是顧錦言離開時留下的足跡爲他指了方向。

他曾經一直都在追尋，直到他遇見狐狸，讓他發現自己根本不必拘泥於最好的玫瑰，因爲他的狐狸已經如此重要且獨一無二。

不管是玫瑰還是狐狸，只要花費時間，都會變得重要而特別。最重要的東西只用眼睛是看不見的，得要用心感受，所以溫慎行放下高中三年的努力成果，在人生地不熟的美國東岸從零開始，最後跟從他的心來到了溫哥華。

「我都想清楚了。」溫慎行將手搭上顧錦言的肩，令他轉過身來，兩人面向彼此。

顧錦言見過柯祐爾受傷的模樣，害怕溫慎行也會爲了他而比手語，因此受傷。

可是對溫慎行來說，手語反而讓他離顧錦言的心更近。就算眞的會受傷，如果手語能讓他走進顧錦言的世界、直接對顧錦言的心表達他的眞摯，他想不出有什麼理由退縮。

「我不怕受傷，也不會後悔。」他一個字一個字地比，每一個動作與手勢都非常俐落，用指尖刻劃著他的一片赤誠，「我想跟你在一起。」

溫慎行要鼓起多大的勇氣與覺悟，才能遠離他最熟悉的土地和語言，在陌生的華盛頓特區拚上七年的光陰，用陌生的英文學陌生的美國手語，最終來到他一無所知的溫哥華。

顧錦言都知道，也都看見了，卻依然不敢相信，顫顫巍巍地抬起手，「爲什麼？」

溫慎行緩緩地說：「因爲我比較喜歡快樂結局，雖然你覺得雪姑娘的愛情很好，可是太讓人難過了。」

顧錦言雙眼微瞠，想起自己確實說過這種話。

回到溫哥華後，他想過就算溫慎行此後過上沒有他的人生，他們或許還能偶爾傳傳訊息、問彼此過得好不好，逢年過節也許可以見面吃個飯，那樣他就滿足了。即使看不見、即使不在身邊，他的心意也不會有絲毫改變。

然而溫愼行追了上來，直接告訴顧錦言他不要那樣的結局。

當有人告訴他北溫有間畫廊的作品風格和他非常像，畫廊的老闆是個二十來歲的年輕亞洲人時，他知道他的期待可能會落空，回過神卻已經搭上了回溫哥華的渡輪。

儘管受寵若驚，但他終究是隻狐狸，就算被人馴養，依舊習慣堅強，受傷就躲起來舔舐傷口，在沒人看見的地方掉幾滴眼淚。他從來不是備受呵護的玫瑰，所以當小王子回過頭站在他眼前，他確實非常開心，也仍感到畏縮。

於是，他沒頭沒腦地說了句：「可是我是個男人。」

溫愼行不解地皺了下眉，「我也是男人啊……你覺得不行？」

顧錦言開始慌了，急急忙忙地又說：「可是我的耳朵聽不見。」

「沒關係。」溫愼行拍拍他的肩膀，「因爲你看得見我，我也看得見你。」

我看得見你是多麼好的一個人，還有我多麼喜歡你，所以沒關係。我不怕受傷，也不會後悔，只要你也願意……這些心意最終都融在了那句回答，以及他眞摯的目光。

看顧錦言依舊一臉不可置信，不斷抬起又放下的手簡直像是把結巴具現化，溫愼行不禁笑了笑：「你還不相信？明明你看得比誰都清楚。」

溫愼行從口袋裡掏出手機——顧錦言當年送他的那隻已經壞了，可他依然買了同樣的型號繼續用。他打開手機裡其中一本相簿，點開第一張照片遞給顧錦言，是當年顧錦言留在畫室桌上的素描簿裡，他正在吃早餐的素描。

接下來的幾張相片全都是同一本素描簿裡的素描，全是顧錦言眼裡各種瞬間的溫慎行。有背對著他在廚房裡洗碗煮飯的、有手拄著下巴苦思棋路的、有站在畫室門口朝著他笑的……所有溫慎行想得到、想不到的，全都被顧錦言看在眼裡並畫了下來。

顧錦言一直都看得見他，這就是最好的證明。

「你……」顧錦言一隻手指無措地指著溫慎行，「你都拍下來了？」

溫慎行理所當然地點頭，「對啊，我怎麼敢把那麼大一本素描簿隨身帶著，弄髒了怎麼辦？」

素描簿之所以會被留在畫室，其實並不是出於顧錦言的本意。他原本爲了要不要把素描簿帶走掙扎非常久，最後離開時走得太匆忙，就忘了這件事，直到在溫哥華整理行李時才想起來，還懊惱了一陣子。

那原本是他畫給自己看的，爲了記住十七歲的溫慎行，結果不小心被本人發現就算了，居然還一張不漏地拍下來存進手機……顧錦言把手機遞回去時耳根燒得通紅。

溫慎行看見了，笑著把手機收好，「現在你願意相信了？」

即使不拿出相簿，光是溫慎行此刻身在溫哥華，就在他面前，用不再生澀的手語對他表露眞心，他怎麼能不信。

顧錦言點了點頭，於是溫慎行伸出雙手，比起七年前寬大許多的臂膀將他緊緊地擁入懷中，溫暖得讓他頓時有點想哭。

他和溫愼行，誰都沒說過一個愛字，像個悶葫蘆，平時有什麼都往心裡放，一聲不吭地悶著。等到哪一天葫蘆滿了，再也放不下、憋不住了，無處可去的愛就會滿溢而出。

等到那時候，不必有人開口，也不必有人聽見，只要用心就能看到——你看，我是這麼地愛你，你看見了嗎？

當溫愼行緩緩地放開他，臉上的表情差點讓顧錦言以爲自己回到七年前。

溫愼行就像從前每一次下棋輸給顧錦言，一臉哀怨地問他爲什麼都不會輸時一樣，又要賴又撒嬌地說：「你明天一定要回維多利亞嗎？」

顧錦言很無奈，心裡卻因爲溫愼行第一次向他撒嬌而暖呼呼的，「我不是說過明天有工作嗎？」

溫愼行不是第一天知道顧錦言有多難被說動，只是在此情此景覺得自己或許能再討到一點甜頭，忘了那可是固執到令人髮指的顧錦言。他碰了一鼻子灰，可憐兮兮地把對方又抱得更緊了些。

很久以前，溫愼行曾經想過顧錦言會不會眞的像冰雪一樣，除了凍人的冷以外再沒什麼味道。如今眞把人抱在懷裡，他才發現顧錦言聞起來像清新的雪松，淡淡的，卻很沉穩，就和他的人一樣。

片刻後溫愼行鬆開手，望著顧錦言的雙眼，「你還留著我之前送你的石榴石嗎？」

「當然。你想做什麼？你已經送給我當生日禮物了，該不會想要回去？」

「呃……是，也不是？」溫慎行不好意思地搔了搔頭，「我那時沒什麼錢，只買得起原礦。最近畫廊的客人介紹了很好的飾品工匠給我，想問你能不能先把石頭還我，拿去做成飾品之後再給你。」

溫慎行還想問顧錦言喜不喜歡項鍊，卻發現對方已經下意識地低頭往自己胸口看去。然而冬天的衣服很厚，他尚看不出什麼端倪。

溫慎行期盼的眼神就像無言的催促，顧錦言只好紅著耳尖認命地把圍巾摘下，從套頭毛衣裡拉出一條細細的銀鍊子，末端綴著一顆鮮紅的尖墜，放手後恰恰好垂在胸前，就在他的心窩旁邊。

「抱歉，這是我自己去做的……」顧錦言看上去有些難爲情，「我想隨身帶著，又怕弄丟，就去磨成墜子……」他打完手語才發現溫慎行不知何時已經用手遮著臉低下頭，就伸出手拍了拍他，「怎麼了？」

「沒有，我只是太開心了，我……」溫慎行本還想比點什麼，卻在發現自己無法言語後用雙手遮住自己紅得彷彿要燒起來的臉龐。

顧錦言笑了，笑得非常開心，還笑出了聲，溫慎行清清楚楚地聽見了，令他特別、特別驚訝。不是呼吸或是輕哼，而是顧錦言聲帶笑出的笑聲，這他是第一次聽見顧錦言的聲音，很清脆、很輕靈，有意無意地搔刮著他的鼓膜，搞得他心裡也癢癢的。

「才這樣就這麼開心，我該拿你怎麼辦。」

顧錦言比完手語，輕輕抬起左手覆上溫慎行的臉頰，將他的臉捧起後緩緩湊了上去。

直到唇上傳來溫熱而柔軟的觸感，溫慎行才意識到顧錦言在吻他，那一刻無論是他的心跳還是時間，一切彷彿都靜止了。

當他們交疊的唇瓣緩緩分開，他的氣息、顧錦言的氣息，無一不可聞。

顧錦言不開口說話，可是他從來不是一個安靜的人，他的呼吸、脈搏、心跳，溫慎行全都聽得見，也一點都不願錯過。

溫慎行紅著臉稍稍退後了些，抬起手說：「你的心跳好大聲。」

顧錦言輕輕捶了溫慎行的胸膛一下，在溫慎行的左胸上將拳頭攤開成手掌，感受掌下的震動，「你沒資格說我。」

他們不知何時牽起彼此的手，對視一眼後又笑了起來。

從溫哥華買來的拿鐵早就冷了，可當心裡已經足夠溫暖，他們便一點也不介意。

兩人聊了很多，從溫慎行在高立德的生活點滴、顧錦言年初剛搬去維多利亞的事一路聊回了七年前。

「說起來，你改姓了吧。」顧錦言看似隨性地問，實則早在看見溫慎行傳來的畢業證書照片時就注意到了上面的姓名拼音。

「對啊。跟著見都沒見過的爸爸姓也太奇怪了，眞不懂我媽在想什麼。」他滿十八歲後除了開通銀行帳戶和報名駕訓班，做的頭幾件事之一就是改姓。改成隨母姓後，他就從溫慎行變成了顧慎行，最初還覺得聽起來有點怪，習慣了就覺得挺好的，畢竟是顧錦言也曾經頂著的姓。

「挺好的啊，只是筆畫多了點。」顧錦言很少寫中文，但每寫一封信給顧錦心，不管是署名還是寫收件人姓名時都沒少吃過這個虧。

「沒差很多。你是不是也改姓……可能還改名了？我猜你的名字是顧家取的。」

顧錦言點點頭，他父母本來就沒幫他取中文名字，被顧家收養後才叫「錦言」。

「因爲收養終止了，我就改回生父的姓，不過名字沒變。」畢竟那名字裡蘊含了他和顧錦心之間的情誼，還和「慎行」成對，他從頭到尾都沒想過要改。

「眞的？那你現在姓什麼？」

顧錦言捉過眼前人的左手，在那上頭一筆一畫寫了起來。

「你姓陸？陸地的陸？」

他點了點頭，「怎麼了？聽起來很怪嗎？」

「沒有，只是還不習慣，不過挺好的。」

不管頂著什麼樣的姓、生活在什麼樣的地方，他依然是「錦言」，而他也依然是「慎行」。即使被七年的光陰和太平洋分隔，他們依然走到了彼此的身邊，就像「謹言慎行」總會被人們一併提起，成雙成對，缺一不可。

隔年五月，愼行又一次和錦言一起搭上渡輪、開著車來到了維多利亞。錦言當初搬來時像螞蟻一樣把他北溫哥華的家搬空了，將家當全帶到維多利亞，這下他倆得再一次像螞蟻搬家般把東西一點一點載回去。

每次過來，錦言都會做地陪兼導遊，帶著愼行在維多利亞玩上一天，睡一晚後隔天早上再回去。

這是愼行第五次來維多利亞。他才剛開始覺得和這個充滿歷史氣息、步調優雅的城市熟悉起來，卻已經是他們最後一次來搬東西了。

搬家最初是愼行在二月時提的，那時學校正在放短短九天的春假，他到維多利亞找錦言時問他願不願意回到溫哥華，兩個人一起生活。

他本來很有自信，以爲錦言一定會立刻答應，然而得到的回答卻是「我考慮一下」。愼行有點錯愕，不過沒多說什麼，只道：「我可以問爲什麼嗎？」

錦言點點頭，「我很喜歡溫哥華，也想再跟你一起生活，只是溫哥華對我來說有著太多回憶，我需要沉澱一下。」

先有他的親生父母，後有謝爾蓋和卡蜜拉，無論血緣的有無，都是他的家人。距離他們先後離開已經過去至少十年，世界上再也沒有「他的家人」，而溫哥華是他唯一一個可以想念他們的地方。

愼行望著他的側臉，明白了他的爲難。他當然無意讓錦言遺忘過去、只管跟他快樂地開始新生活，那等於抹煞了錦言努力活到今天、之所以是「錦言」的證明。於是他抬起手，「我也可以成爲你的家人。」

現在，就在這裡，還是其他地方都行，也許這可以是另一個他愛上溫哥華的理由，或是成爲一個讓他喜歡上世界其他地方的契機。

愼行腦袋裡想得非常浪漫，錦言卻盯了他一會兒，然後說：「你是想讓我再當一次你舅舅嗎？」

三秒過去，愼行的臉才緩緩紅了起來，也不知是氣的還是羞的，「你明知道我不是那個意思！」

他這時候眞是特別地恨手語，難爲情時連抬手遮下臉都做不到。

錦言知道愼行又中計了，笑得特別開心，「我知道，鬧著你玩呢。」

打從發現他的反應特別有趣，錦言就愈來愈喜歡逗他，搞得他有時都不知道該生氣還是該笑。

很顯然錦言的玩心還沒得到滿足，因爲他又突然挑著嘴角說：「如果這是你眞心誠意的請求，考慮一下也不是不行。」

那當然是他真心誠意的請求。他從來不是什麼擅長說甜言蜜語的人，只會依然像以前那樣，用行動來表達自己有多眞誠。

三月，愼行二十五歲生日時，在他努力不懈、誠意十足地糾纏一個月後，錦言終於答應了。

他們就從那時慢慢開始幫錦言搬家，有空時就來搬一趟，一路搬到了五月，因爲畫架、畫筒、畫袋等美術用具遠比愼行想的還要占空間。

錦言說過他之所以一到年紀就去考駕照，除了想去找Emily Carr畫過的景色外，也因爲他不想背著這些大包小包通勤上學。

幸好他們搬到第五趟時終於快搬完了，否則柯祐爾的婚禮就在下週六，他們絕對趕不上，因爲錦言找不到他的西裝，不曉得是已經被打包帶回溫哥華，還是仍然留在維多利亞……

以前的錦言從不會有找不到東西的問題，他的潔癖和強迫症讓他找東西時精準得像衛星定位。但在愼行的善良和溫暖融化了他長年冰封的心後，他就放下了過去那些近乎偏執的習慣，與自己和解了。

和解的結果具體地體現在他的生活環境上，錦言家不再像以前那樣少得什麼都沒有、一塵不染到沒人味的地步，反倒是他的畫室正在逐步擴大勢力範圍，不至於髒亂，卻所有東西都擺放得非常……自由奔放。

他終於願意放過自己、活得自在一些了，那很好。愼行試著這麼說服自己，但依然不止一次邊打包邊問錦言能不能拿出點以前的樣子來，因爲他從前的潔癖和強迫症就像是舉家搬遷到了愼行身上。

他到現在還是默默遵守著以前筆記本上那十幾條生活規則，彷彿眞的完全變成了他的本能，而他本人甚至直到錦言提起前都沒意識到。

他們搬家時遇見過錦言那位刺青師室友幾次，他對這位鬼才藝術家即將搬回溫哥華感到非常不捨，不只讓錦言有空就多傳幾張作品過來、把分紅拉高到五成，還說無論是錦言還是愼行，想要刺青就隨時過來，他免費提供服務。

愼行不覺得自己未來會想要刺青，只在看到那條大花臂時想起這人與錦言勾肩搭背的情景，並爲此有些吃醋。想想他當初有多麼小心翼翼，連拍個肩膀都不大敢，這個大花臂竟輕易就做到了他從前想都不敢想的事情，眞是不公平。

沒辦法，誰叫他把錦言拒人於千里之外的厚冰給融化了呢。

刺青師對他心中所想一無所知，拿了錦言交還的鑰匙後就在門口和他倆揮手道別。

坐上車之後，他以爲他們會直接開去港口，畢竟載著一車東西也很難再做什麼。

沒想到錦言在發動引擎前問了他：「你願意陪我去個地方嗎？」

返回溫哥華的渡輪一向從維多利亞最北端的港口出發，他們卻一路向南開，來到最南端的一個海角。愼行認得這裡的景色，因爲他之前和錦言去維多利亞的博物館時看過一幅艾蜜莉・卡的畫，就是這個海角。

此時正好接近黃昏，夕陽西下，暖橘的雲彩和那幅畫一模一樣，這裡是錦言在維多利亞最喜歡的地方。

他們把車停在路邊，一路沿著馬路和步道前進，直到接近丘頂，愼行鬆開他們牽著的手，錦言疑惑地回頭望了過來。

「錦言。」愼行比了他的手語名，呼喊了他的名字。

就和所有語言裡的名字一樣，手語名也代表著一個人的身分與認同。手語名只能爲聾人所贈，且獲得和贈與的雙方都必須達成共識，擁有手語名就代表一個人加入了聾人社會，並且得到他們的接納。

從前在高立德，多數的學生和教授都是聾人，他們都擁有自己的手語名。愼行是聽人，他們就用指拼法拼出他的名字，沒有人向他提過手語名的事，因爲他們都知道其背後象徵的意義，並不是能夠隨意決定的。

愼行知道這些事情後，思考很久才又問了一次錦言的手語名，就在他的二十五歲生日當天，說這就是他的生日願望。

當時錦言笑著抬起他的雙手，併攏五指，左上右下地交疊，左手輕輕拍了幾下右手手背——這是美國手語裡的「勸戒」，象徵如織錦一般貴重的金玉良言。那不只是他的名字，也代表著手語名對他來說是很珍重的存在。

錦言或許不再是愼行的小舅舅，但那沒關係，愼行已經知道他該如何呼喊錦言，也曉得錦言一定會看見。

「去吧，我在這裡等你。」愼行在晚風裡如此說道。

錦言望著他，半晌後點了點頭，「謝謝你，愼行，我一會兒就回來。」

愼行的手語名是錦言取的，也是在愼行二十五歲生日、他問了錦言手語名的那一天。那是錦言送給他的生日禮物，意思是「持重」，如其名也如其人，代表他所作所爲皆自持自重，出於本心，不曾有一絲虛假。

錦言不曉得愼行會不會知道他爲什麼送他手語名。愼行沒有怨他當年就那麼離開，而是找出了他百般藏匿、卻又希望能被看見的眞心，回到他身邊。

他知道愼行爲了理解並走向他付出多少努力、懷抱著多麼純粹的溫柔走進並融入聾人社會。他很感激，也很感動，便將手語名贈與了他——謝謝他從未放棄、不偏不倚地走向自己。

愼行也點了點頭，目送錦言的背影爬上小丘。當初是錦言先朝著他的方向邁開步伐、在他天涯孤獨時做了唯一伸手接住他的人，所以當錦言離開，他也邁步追上，直到他們再次並肩前行。

這次愼行又做了留在原地、看著錦言遠去的人，不過這次卻不一樣，因爲他知道錦言一定會回到他身邊。

錦言在小丘上往下眺望就能看見和那幅畫一樣的景色——夕陽西沉，反映著天空的海面也染上晚霞的色彩，波濤海浪壯闊地奔湧，又在拍打上岸後悄然消逝、回歸寧靜。

五月的海風溫柔地吹撫他的髮絲與臉龐，過往的所有愛恨、歡笑和淚水都曾經無比鮮明而張揚，消失在海中的浪花彷彿掏盡了他的恨與淚，只有愛與歡笑在經過歲月的打磨和淘洗後更加純粹而耀眼，像夕陽下波光粼粼的海面，與兩顆毫無虛假的眞心相映成輝。

無論是蕭條的原住民小鎭還是這片海岸、溫哥華還是維多利亞，他會一直記得他是如何得到救贖，往後也會繼續深愛下去。

不過當他了無牽掛地轉身，將那一切留在身後時，他很清楚自己已經找到繼續活下去、迎接下一個明天的理由，鼓舞著他邁開腳步走下山丘，朝他同樣深愛的人和未來走去。

全文完

後記
我所熱愛的

嗨，我是徐行。現在是溫哥華時間晚間九點四十三分，台灣時間中午十二點四十三分，為您帶來《小舅舅》的實體書出版後記。

首先想感謝每一位購買本書、讀到最後，正在閱讀本篇後記的每一位讀者！不曉得有多少人知道，甚至了解聾人和手語，又是怎麼知道的呢？我想應該很多人都聽過或看過相關題材的知名臺灣電影，或是日本的動畫電影，也許多多少少對聾人的生活和手語有點基礎的認識。

我會接觸到手語的契機說來很簡單，也很奇怪。我大學畢業的那年暑假在系上工作，負責籌備小朋友的夏令營，除了要準備許多課程和小遊戲外，主管也鼓勵我可以邀請系上的教授、碩博生等來當客座講者，或是提供教材。

那時我想起了敝校有手語課，而且老師是全省最有名、省政府的御用手語翻譯。

哦，在這裡說一下，我從大學開始在溫哥華生活，在加拿大是位於英屬哥倫比亞省。

一個英屬哥倫比亞省有兩個多加州那麼大（對不起，美國我只去過加州，沒有別的比較值），故事裡提到的維多利亞所在的溫哥華島甚至快跟臺灣本島一樣大了，那還只是英屬哥倫比亞省的一個小角落，超扯。

等到我哪天有空有錢了，也要想錦言一樣到處去看看……抱歉離題了，總之那位手語老師眞的很厲害，疫情時加拿大就跟臺灣一樣，每天都有防疫指揮中心直播，在全省直播新聞的右下角提供手語翻譯的老師就是他。

結果他暑假正好不在溫哥華，所以我還是只在電視上看過他，但他介紹了一位朋友給我，是在省立聾人學校教數學的老師。我和這位老師聯絡上了，他非常慷慨地表示願意每個禮拜來個一小時，教夏令營的孩子們比手語。

就像多數不了解的人一樣，我也曾經以爲手語是全世界共通的，頂多就是比手畫腳、用不同的手勢和動作把口語比出來而已。眞正學習、了解，甚至和使用手語的聾人接觸之後，我才醒悟自己一直以來都抱著口語使用者的偏見看待手語。

手語和中文、英文，還有世界上的所有語言一樣，都是人類自然發展出來的語言，不同國家的手語也都不同，各自有自己的語彙和文法。知道得越多就覺得越有趣（因爲我大學是學語言學的，怪宅宅一個），後來我就徹底變成一個手語宅了。

去年九月時我上了語言治療的研究所，出於語言和聽力的相輔相成關係，語言治療師和聽力師被稱爲姐妹職業，我們也和聽力學是同學院不同組，都必須輔修彼此的學科。

有人會看，哈哈哈……）

雖然《小舅舅》是在研究所開學之前的一個月內趕工出來的（現在想想每兩天就寫一萬字眞的很瘋）、開學前我就已經對聾人和手語有一定了解，開學後我卻依然覺得每天都學到很多。像是文中提到祐爾爸爸患有的梅尼爾氏症，以及電子耳對錦言沒用的原因，我都有辦法解釋！但在這裡寫出來就眞的太怪咖了，之後可能可以放到站上（但不知道有沒有人會看，哈哈哈……）

話又再說回來，《小舅舅》的創作契機是我在手語課下課回家的路上突然浮現的：一個突如其來、必須和聾人一起生活的聽人。

就算我並沒有這樣的經歷，每個禮拜去上手語課的兩個小時就已經足以讓我覺得自己走進截然不同的世界。課堂上禁止開口說話，只能使用知道的手語或指拼，眞的不行才能用寫的，眞的是非常震撼與嶄新的體驗，《小舅舅》也才因此誕生。

錦言和愼行兩個人很不一樣，但是也很像。我大學時輔修過心理學，學過一點人格剖析，當初是先決定好兩人各自的經歷，也就是整個故事的大綱之後才定下他們的個性。

錦言跟愼行都是心裡有傷的人，在我筆下才都變成這種過度謹小愼微又保守的個性，最後也因此替他們定下了這兩個名字，也能說是人如其名吧，讓各位一路憋到最後眞是對不起……

亂七八糟地說了很多，但畢竟已經花了十幾萬字篇幅來敘說他們兩人的過去、現在和未來了，請讓我任性一點地談談創作動機吧。

總之，謝謝評審、編輯的青睞、寫作過程中親朋好友的支持、打從創書以來每一則來自文友或讀者的留言，以及每一個見證他們故事的你們。錦言、愼行、祐爾和李悅都分別代表了我在認識聾人和手語的過程中不同的心境與角度，如果有人因爲這則故事而對我所熱愛的事物產生一點興趣，那眞是我的莫大榮幸！

最後再次感謝購買本書的讀者。在此由衷希望我的故事多少感動了你、溫暖了你的內心！之後有緣再見！（我有時間的話一定會寫……）

徐行

筆於距離臺灣大約一萬公里外的加拿大溫哥華

二〇二五年三月九日　晚間十點二十四分（太平洋夏令時間）

國家圖書館出版品預行編目資料

小舅舅／徐行著. -- 初版. -- 臺北市：POPO原創出版，城邦原創股份有限公司出版：英屬蓋曼群島商家庭傳媒股份有限公司城邦分公司發行, 2025.05
面；　公分. --
ISBN 978-626-7455-90-6（平裝）

863.57　　114003862

小舅舅

作　　者／徐行
責任編輯／林辰柔　行銷業務／林政杰　版　　權／李婷雯

內容運營組長／李曉芳
副總經理／陳靜芬
總 經 理／黃淑貞
發 行 人／何飛鵬
法律顧問／元禾法律事務所　王子文律師
出　　版／POPO原創出版
城邦原創股份有限公司
台北市南港區昆陽街 16 號 4 樓
電話：(02) 2509-5506　傳眞：(02) 2500-1933
email：service@popo.tw
發　　行／英屬蓋曼群島商家庭傳媒股份有限公司城邦分公司
聯絡地址：台北市南港區昆陽街 16 號 8 樓
書虫客服服務專線：(02) 25007718・(02) 25007719
24小時傳眞服務：(02) 25001990・(02) 25001991
服務時間：週一至週五09:30-12:00・13:30-17:00
郵撥帳號：19863813　戶名：書虫股份有限公司
讀者服務信箱 email：service@readingclub.com.tw
城邦讀書花園網址：www.cite.com.tw
香港發行所／城邦（香港）出版集團有限公司
地址：香港九龍土瓜灣土瓜灣道86號順聯工業大廈6樓A室
email：hkcite@biznetvigator.com
電話：(852) 25086231　傳眞：(852) 25789337
馬新發行所／城邦（馬新）出版集團 Cité(M)Sdn. Bhd.
41, Jalan Radin Anum, Bandar Baru Sri Petaling,
57000 Kuala Lumpur, Malaysia.
電話：(603) 90563833　傳眞：(603) 90576622
email：services@cite.my

封面插畫／九日曦
封面設計／也津
電腦排版／游淑萍
印　　刷／漾格科技股份有限公司
經 銷 商／聯合發行股份有限公司
電話：(02)2917-8022　傳眞：(02)2911-0053

■ 2025 年5月初版　Printed in Taiwan
■ 2025 年6月初版1.8刷

定價／380元

ISBN　978-626-7455-90-6
本書如有缺頁、倒裝，請來信至service@popo.tw，會有專人協助換書事宜，謝謝！

POPO原創出版 www.popo.tw　城邦讀書花園 www.cite.com.tw